-A.W. BENEDICT-
Beanstock
-MÖRDER AN BORD-

Bibliografische Information der Deutschen Nationalbibliothek:
Die Deutsche Nationalbibliothek verzeichnet diese Publikation in der Deutschen Nationalbibliografie; detaillierte bibliografische Daten sind im Internet abrufbar

Umschlaggestaltung: www.wolf-photoart.de
Schriftdesign: Tobias Wieduwilt

Korrektorat: Jona Gellert

© 2019
Herstellung und Verlag: BoD – Books on Demand, Norderstedt.
ISBN: 9783750408432

„Jeder ist ein Mond und hat eine dunkle Seite,
die er niemandem zeigt."

Mark Twain
(1835-1910)

September 1936 Spanien

Es war noch immer heiß und schwül, obwohl die ersten Anzeichen des kommenden Herbstes unübersehbar waren.

Die Bodega war trotz der schweren Zeiten überfüllt. Beißender Zigarettenqualm lag in der Luft und Wortfetzen flogen durch den Raum. Die Leute waren aufgebracht.

In den letzten Wochen wurde überall in Pamplona heftig diskutiert. Tote waren zu beklagen.

Der Bürgermeister der Stadt war verschwunden. Im Rathaus saßen Anhänger Francos.

Eine Frau betrat die Bodega. Ihr langes schwarzes Haar glänzte im Schein der Kerzen, die den Raum nur notdürftig erhellten. Stromausfälle waren inzwischen an der Tagesordnung. Sie trug einen dunklen Hosenanzug, was allein schon eine Provokation gewesen wäre, denn Frauen war das Betreten dieser Männerdomäne eigentlich untersagt.

Aber als die Männer sie erkannten, johlten sie nicht unangebracht oder versuchten, die Frau zu beleidigen. Sie wurde ehrerbietig begrüßt und ein magerer Kellner schob ihr sofort einen Stuhl an einen der Tische.

Sie setzte sich und für einen kurzen Moment wurde es still im Raum. Aus ihrer Tasche zog sie einen Stapel Blätter und reichte ihn den Männern am Tisch.

„Wir werden siegen!", grölte ein Mann. Sein Gesicht war dunkel, gezeichnet von der Sonne und der schweren Arbeit auf den Feldern des Grundherrn. Der dichte ungepflegte

5

Schnauzbart hing wie eine dicke Fliege in seinem Gesicht. Er sprang auf und verteilte die Zettel im Raum.

„Hier mein Freund, schließ dich uns an! Wir werden siegen!" Damit warf er den Zettel vor einem jungen Mann auf den Tisch.

Einer der Männer an dem Tisch beugte sich zu ihm herüber und flüsterte: „Enrico lass das sein. Das bringt dir so viel Ärger ein, wie du noch niemals hattest. Denk an deine Eltern. Wenn sie wüssten, dass du dich dem Widerstand anschließen willst, würden sie noch einmal sterben."

Der Angesprochene überflog das Flugblatt in seiner Hand. In großen Buchstaben stand dort ein Aufruf zu einem Protestmarsch am nächsten Tag.

Seit April versuchte General Franco mit Gewalt an die Macht zu kommen. Ihm gegenüber stand die sogenannte spanische Republik. Viele der Führer aufseiten der Linken hatten den Bürgerkrieg, der im Land tobte, begrüßt und dachten an eine Wiederholung der russischen Revolution hier in Spanien.

„Wenn wir uns den Linken anschließen, nehmen wir den Faschismus Stalins in Kauf, stellen wir uns auf die Seite Francos, haben wir einen Faschismus des Militärs. Was ist besser, frage ich euch? Ich bin nicht so dumm, wie ihr denkt." Enrico hatte leise zu seinen Freunden gesprochen. Er zerknüllte das Flugblatt in seiner Hand. Hinter seinem Rücken erschien das lächelnde Gesicht der Frau im Hosenanzug. Sie legte ihm vertraut die gepflegten Hände auf die Schulter.

„Was höre ich da, mein lieber Enrico? Du willst

danebenstehen, wenn deine Leute für dich in den Krieg ziehen? Du willst dich feige in deiner winzigen Werkstatt verstecken und nichts tun? Sogar ich, die Tochter deines Grundherrn, bin dabei und kämpfe."

Sie setzte sich neben den jungen Mann und sah ihm tief in die Augen.

Enrico war ein großer, muskulöser Mann mit langem, lockigen schwarzen Haar. Er legte sein Zigarillo in den Aschenbecher und lächelte die dunkle Schönheit neben sich freundlich an.

„Cassandra, was denkst du eigentlich, wie dumm ich bin? Wir sind ein Spielball der Mächte. Ich glaube nicht an eine Allianz mit Russland. Ich meine, wir sollten ohne die russischen Kommunisten unter Stalin agieren. Das habe ich dir doch schon so oft gesagt. Du willst es nicht hören. Wenn die Republik beginnen würde, wirkliche Reformen anzustreben, vor allem für die Landbevölkerung, die immer noch im Feudalismus lebt, dann würde ein Faschist wie Franco nichts zuwege bringen. Und dann noch eins, ich bin dem Grundherrn nicht mehr verpflichtet. Ich bin frei. Meine Eltern haben ihr Leben lang für deinen Vater geschuftet und jetzt willst du mir etwas über Freiheit erzählen?"

„Würde, würde, könnte!", rief Cassandra laut aus. „Es ist zu spät für eine Umkehr. Warum kommst du nicht morgen Abend zu mir und wir reden über alles? Ich würde gern deine Meinung nochmals diskutieren."

„Nein danke, Cassandra, ich habe Arbeit in meiner Garage", entgegnete Enrico und zauberte damit eine tiefe Zornesfalte auf Cassandras Gesicht.

Sie sah in die Runde der jungen Leute.

Neben Enrico Gonzales saß dessen bester Freund Leon, daneben der Lehrer Gomez und neben ihm der alte Esteban.

„Wir sehen uns morgen, liebe Freunde, nicht wahr, Gomez? Ich weiß, du bist ganz heiß darauf, Franco in den Hintern zu treten." Cassandra drehte sich um und verließ die Bodega.

Sie ging zwei Straßen weiter, überquerte nach einigen Minuten den Fluss Arga und erreichte den Platz vor dem alten Rathaus ohne Probleme. Es war dunkel und leer in den Straßen. Der Putsch brachte die Menschen dazu, nachts nicht mehr aus den Häusern zu gehen. Marodierende Putschisten waren allgegenwärtig. Cassandra de Estrellas hatte keine Angst. Sie betrat das Rathaus und sah sich vorsichtig um.

Im Gebäude stieg sie die breite Treppe hinauf und betrat ein Zimmer im ersten Stock, das hell erleuchtet war.

An einem riesigen Schreibtisch in der Mitte des Raumes saß ein uniformierter Mann und sah nur kurz von seinen Notizen auf. Er verzog kaum das Gesicht, als er die Frau sah.

„Hast du dich wieder in diesen hässlichen Anzug gesteckt? Du weißt, ich mag das nicht. Zieh dich um, bevor du bei mir erscheinst!" Seine kalten Augen verrieten keine Regung. Er wedelte mit der Hand und Cassandra gehorchte. Nach einer halben Stunde erschien sie erneut im Zimmer. Diesmal war ihr Haar hochgesteckt, sie trug ein langes Seidenkleid mit einem halsbrecherisch tiefen Ausschnitt und glitzernde Pumps. Um ihren Hals wand sich eine Goldkette, wie eine Schlange kurz vor dem Angriff.

„Na siehst du, das ist besser. Nun berichte. Ist endlich Ruhe eingetreten? Was macht dein spezieller Freund aus Kindertagen?"

„Er ist nicht mein Freund und schon gar nicht aus Kindertagen. Seine Eltern haben für meinen Vater gearbeitet, bevor sie sich leider aus dem Staub gemacht haben, faules Pack."

„Sie sind gestorben. Oder? Also nicht dein Freund."

Der Mann mit dem schwarzen, glatten Haar war aufgestanden und ging langsam auf die Frau zu. Dabei rückte er die Uniformjacke gerade und strich liebevoll über den Orden. Um seine Taille war ein glänzend weißer Gürtel geschlungen. Die Augen sahen emotionslos auf Cassandra. Er stand nun ganz nah vor ihr.

„Wir haben uns entschieden. Im nächsten Jahr wird etwas sehr Interessantes in Miranda de Ebro gebaut. Das wird dir sicher gefallen, meine Liebe." Er strich mit der Hand leicht über ihr Gesicht. Sie lächelte.

„Dann kannst du deinen speziellen Freund als einen der Ersten dort unterbringen. Was hältst du davon?", fügte der Mann hinzu und ging zu einer Kommode, auf dem funkelnde Weinkaraffen und Kristallgläser standen.

„Unser ehemaliger Bürgermeister hat da eine schöne Sammlung von Weinen im Keller gehabt. Schade, dass er sie nun nicht mehr genießen kann. Lass uns auf den morgigen Tag anstoßen. Wir werden diese ganze Brut mit einem Mal schnappen und dann ist Schluss."

Er reichte Cassandra ein Glas mit rotem duftendem Wein und stieß mit ihr an.

9

„Du bist der Beste Richard", hauchte Cassandra.

Der Angesprochene griff zornig nach ihrem Handgelenk und drückte es schmerzhaft zusammen.

„Du sollst mich hier im Rathaus nicht so nennen. Ich bin Coronel Ricardo del Ruiz, verstanden?"

Cassandra rieb ihr schmerzendes Handgelenk.

„Entschuldige", hauchte sie leise.

Cassandra wusste genau, was sie getan hatte. Sie hatte ihr Land verraten für den Ruhm an der Seite eines Faschisten, eines Ausländers und eines Mannes ohne Ehre und noch weniger Gefühl. Aber sie fühlte sich dadurch mächtig und das war ihr genug.

Enrico Gonzales stand mit einem öligen Lappen in der Hand vor einem alten, halb verrosteten Austin Seven und war sich nicht sicher, ob er weiter basteln sollte oder dem Besitzer klarmachen musste, dass dieses Auto seine besten Tage hinter sich hatte. Der Nachbar in einer der Nebenstraßen hatte ihn fast auf Knien angefleht, ihm und seiner Frau zu helfen. Sie wollten die Stadt auf schnellstem Weg verlassen und benötigten das Auto.

Der nette Nachbar hatte ein Geschäft für Lederwaren und die Guardia Civil hatte ihn bereits auf eine Liste gesetzt. Señor Rosenblum musste fort. Er hatte Angst und wollte außer Landes reisen. Also versuchte Enrico sein Bestes, um das klapprige Auto wieder zum Laufen zu bringen. Er mochte das alte Ehepaar.

Der Abend kam und Enrico dachte an seine Freunde. Hoffentlich würden sie vernünftig sein und nicht zu dieser

Protestaktion gehen. Er hatte zwar nicht vor, sich den Francoanhängern anzuschließen, aber mit dem linken Flügel war er genauso wenig einverstanden. Er hatte sich der spanischen Republik verschrieben und würde sich dafür engagieren, auch wenn es bereits aufseiten der demokratischen Republikaner Tote gegeben hatte.

Von weit her waren Gewehrsalven zu hören. Geschützfeuer wummerte durch die Nacht.

Enrico hatte es geschafft. Das Auto lief wieder. Er brachte es seinem Nachbarn und erklärte ihm, was er im Falle einer weiteren Panne machen könne. Rosenblum wollte ihm seinen Lohn zahlen, aber Enrico lehnte ab.

„Versuchen Sie nach Frankreich zu kommen, ist ja nicht weit. Ich wünsche Ihnen viel Glück."

„Enrico, überlegen Sie es sich noch einmal, kommen Sie mit mir und meiner Frau. Wir müssen hier weg, glauben Sie mir. Es wird noch schlimmer werden. Ich habe etwas sehr Verstörendes gehört. Man will in Miranda de Ebro ein Lager errichten. Verstehen Sie mein Freund?"

Der junge Spanier lächelte.

„Glauben Sie doch nicht alles, was man Ihnen berichtet. Gute Fahrt."

Rosenblum schüttelte den Kopf.

„Wir werden heute Nacht gegen zweiundzwanzig Uhr abfahren, dann ist Ruhe in der Stadt. Wir warten bis dann auf Sie. Überlegen Sie es sich."

Enrico nickte dem alten Mann mit dem weißen Haarkranz zu und ging zurück in seine Werkstatt.

Als er nur noch ein paar Meter von seinem Haus entfernt

war, hörte er es bereits.

Schreie kamen von jenseits des Flusses. Ein Geruch nach Feuer lag in der Luft. Irgendwo musste ein Brand ausgebrochen sein. Er wollte gerade weitergehen, als sein Freund Leon vor ihm stand. Er war völlig außer Atem, seine Kleidung starrte vor Schmutz, in seinem Gesicht mischte sich Blut mit Ruß. Er stolperte mehr in die Arme von Enrico, als dass er fiel.

Enrico setzte ihn gegen die nächste Wand. Aus einer Wunde am Bauch drang unaufhörlich Blut.

„Was ist passiert Leon, wo sind die anderen?" Er nahm ein Tuch aus der Tasche und drückte es auf die blutende Wunde.

„Sie war es, Cassandra! Sie hat alle verraten. Sie haben schon am Tor zur Altstadt auf uns gewartet. Haben sofort geschossen und Coronel Ruiz stand mit ihr dort und sie haben gelacht. Sie ist eine Verräterin, aber das hat sie nicht kommen sehen. Ich habe es ihr heimgezahlt."

„Was hast du getan?", fragte Enrico und sah sich immer wieder vorsichtig um.

„Ich hatte den alten Revolver von meinem Vater mitgenommen. Ich habe sie erwischt. Ich, ich …!" Er konnte nicht mehr weitersprechen.

„Leon, wo sind die anderen? Wo ist Gomez?"

„Haben ihn niedergeschossen und den alten Esteban haben sie weggeschleppt. Seine Frau hat so geschrien. Da haben sie sie auch mitgenommen. Es ist alles aus, Enrico, du musst fort. Cassandra hat alle verraten, da habe ich sie erschossen, erschossen, ersch … "

Leon wurde ganz still. Sein Gesicht war zur Ruhe gekommen. Eine einzelne Träne lief aus dem Auge. Enricos Freund aus Kindertagen, der mit ihm bereits auf der Hazienda des Grundherrn gespielt hatte, war gegangen.

Enrico nahm seine Jacke und legte sie ihm über das Gesicht. Dann erhob er sich langsam und sah die Straße hinunter zu seiner Garage. Sie stand bereits in Flammen. Alles, was er sich aufgebaut hatte, war dahin.

Es blieb nur eins zu tun.

Er drehte sich um, sah nicht mehr zurück und ging zu dem Lederwarenladen von Rosenblum.

Der alte Mann schüttelte ihm mitfühlend die Hand und seine Frau umarmte ihn.

Sie würden nicht länger warten. Das Auto stand fertig bepackt bereit. Enrico setzte sich hinter das Steuer und sie verließen Spanien noch in derselben Nacht. Ihr Weg führte sie nach Frankreich und dann weiter über den Ärmelkanal nach England. Und das war, wie sich in späteren Jahren zeigen sollte, nicht nur für den jungen Spanier die beste Entscheidung gewesen, sondern vor allem für die Rosenblums.

Enrico Gonzales wurde erst Taxifahrer in London und nach dem Krieg überaus angesehener Chauffeur bei den Baronets von Parsley Manor.

Die Rosenblums konnten ruhig in London bei Verwandten leben, während es vielen anderen Leuten schlecht erging.

Von seinen Freunden in Spanien hörte Enrico nur noch ein einziges Mal. Ein Brief erreichte ihn nach dem Krieg, in dem eine alte Freundin ihm berichtete, dass in Miranda de

Ebro tatsächlich ein Lager entstanden war. Schlimme Dinge waren dort passiert und sein Freund Gomez, sowie das Ehepaar Esteban und Dolores kamen in diesem Lager auf schreckliche Weise ums Leben. Der Schuldige wurde Gonzales genannt.

Das Lager wurde von einem Coronel mit harter Hand geleitet.

Früher nannte er sich nur Coronel Ricardo del Ruiz, aber inzwischen hatte er wieder seinen deutschen Namen angenommen, Richard Russ. Dieser Name und das Gesicht dahinter würden Gonzales für immer im Gedächtnis bleiben.

Ein Brief aus London

Beanstock sah auf die Uhr an der Wand. Es war Zeit. Die Baronets warteten auf die Post und die tägliche Zeitung.

Er nahm den Brief, der am Morgen für ihn gekommen war, warf einen besorgten Blick darauf und steckte ihn in die Tasche seines Jacketts.

Er erhob sich, griff zu dem bereitstehenden Tablett und ging durch den Flur zur Halle. Ein kurzer Blick in den Spiegel, Kleidung und Frisur waren vorschriftsmäßig.

Einen winzigen Moment erlaubte er sich, die Augen zu schließen, um sich für das folgende Gespräch zu wappnen. Regel 34: *Ein Butler ist immer Herr über jede Situation.*

Aus dem Salon kamen die Stimmen von Sir Percival und Lady Fedora. Sie war glücklich, dass ihr Mann nach der langen und aufreibenden Zeit in Ägypten gesund zurückgekommen war.

Professor Ian McGregor hatte sich am Tag vorher auf den Heimweg begeben. Er war nach London zurückgekehrt.

Das Britische Museum hatte ihm, zu seiner außerordentlichen Freude, eine Vortragsreihe zu den Ereignissen der Ausgrabungen im Wadi Hammamat angeboten.

Der kostbare Skarabäus lag gut verwahrt im Safe, der nun eine neue Kombination erhalten hatte. Sir Percival hatte die Notwendigkeit zwar nicht einsehen wollen, da er meinte die beteiligten Grabräuber wären alle nicht mehr am Leben, aber hatte sich letztendlich von seinem Butler überzeugen lassen.

Die neue Zahlenreihe, die Sir Percival sich ausgedacht hatte, war wieder einmal zu einfach ausgefallen, sodass Lady Fedora den Butler gebeten hatte, sich darum zu kümmern.

Beanstock hatte mit dem Baronet eine neue Kombination ausgeklügelt, auf die man nicht so leicht kommen würde. Leider kam dann auch Sir Percival nicht mehr darauf und musste jedes Mal den Butler bitten. Aber der Baronet war mit dem Arrangement zufrieden. Er überließ Beanstock gern diese Verantwortung.

Vor dem Salon lag Junior. Als die Tür zum Dienstbotenbereich aufging, hob er aufgeregt schwänzelnd den Kopf. Dann musste er aber feststellen, dass nicht seine Spielgefährtin Luci erschien. Er senkte den Kopf mit einem traurigen Schnaufen.

Beanstock lächelte. „Luci ist in der Schule. Sie ist bald zurück und kümmert sich um dich."

Dann setzte er seinen Weg zum Salon fort.

Man konnte bereits Lady Fedoras helles Lachen hören und Beanstock war unsicher, ob er seinen Arbeitgebern wirklich den Morgen so bitter machen sollte. Aber es musste wohl sein.

„My Lady, Sir Percival? Guten Morgen. Ich hoffe, Sie hatten eine angenehme Nachtruhe."

Er legte die Post auf den Tisch und reichte Sir Percival die Zeitung. Dann trat er einen kurzen Schritt zurück und blieb stehen.

Lady Fedora sah ihn aufmerksam an.

„Ist noch etwas, Beanstock? Haben Sie ein Anliegen? Sie sehen aus, als würden Sie etwas auf dem Herzen haben."

„Nur heraus mit der Sprache", polterte der Baronet los.

Beanstock zog langsam den Brief aus der Tasche. Er räusperte sich kurz.

„Ich habe einen beunruhigenden Brief von dem Arzt der Mrs Parish erhalten", sagte er und sah nervös zu seinen Arbeitgebern.

„Es geht der Dame sehr schlecht und der behandelnde Arzt empfiehlt, dass Luci kommen solle, wenn das Kind seine Oma noch einmal sehen möchte."

Lady Fedora schlug ihre Hand vor den Mund.

„Um Himmels willen, wie kann das sein? Ich dachte, sie wäre auf dem Weg der Besserung? Wie sollen wir das dem Kind beibringen? Perci, was meinst du?"

Der Baronet konnte einen Moment lang gar nichts sagen. Die Nachricht erschütterte ihn genauso wie seine Gattin.

„Dann sollten Sie das Mädchen nehmen und sie nach London begleiten. Sie nehmen den Bentley. Ich bestehe darauf."

Dem Butler war es zutiefst unangenehm.

„Ich würde mich besser fühlen, wenn Sie mir erlauben, mit dem Zug zu fahren und dafür meinen freien Tag zu verwenden. Es ist unangebracht für einen Butler, den Wagen der Herrschaft zu benutzen. Im Falle eines Notfalls hätten Sie nur den alten Defender, den Geländewagen. Das wäre unangemessen Sir."

„Aber dann fühlen wir uns nicht besser, nicht wahr

Darling?", sagte Sir Percival und warf seiner Gattin einen vielsagenden Blick zu. „Sie wollen doch nicht, dass wir uns schlecht fühlen, oder, mein guter Beanstock? Und sagen Sie mal, Beanstock? Wann hatten Sie in der letzten Zeit eigentlich einen freien Tag? Da sollte sich einiges angehäuft haben. Also, sprechen Sie sofort mit Gonzales und dann machen Sie sich schnellstens auf den Weg. Gonzales soll den Defender bereitstellen. Ich habe ihn lange nicht selbst gefahren. Warum habe ich das gute Stück sonst angeschafft vor einem Jahr? Sie werden abends zurück sein. Wo ist das Problem?"

Sir Percival verschränkte seine Arme und signalisierte damit, dass für ihn die Sache geklärt wäre.

Lady Fedora sah den Butler traurig an.

„Was soll denn nun werden? Das Kind hat sich hier so wundervoll eingefügt. Ich würde sehr traurig sein, wenn sie nicht mehr hier wäre. Perci, du wirst unseren Anwalt heute noch kontaktieren. Es sollte doch eine Möglichkeit geben, dass Lucinda bei uns leben kann. Alles ist besser als ein Waisenhaus. Oder was meinen Sie Beanstock?"

„Ich bin Ihrer Meinung, My Lady. Zugleich war diese Übereinkunft nur für eine kurze Zeitspanne gedacht, bis es der Mrs Parish besser gehen würde. Ich kann nicht verlangen, dass Sie das Kind weiterhin hier wohnen lassen. Ich muss gestehen, dass ich ratlos bin. Leider musste ich auch noch feststellen, dass der Brief des Arztes bereits seit einer Woche unterwegs war. Ich werde bei der Postverwaltung Ihrer Majestät intervenieren. Die Post kommt ständig verspätet, seit Mr Partridge nicht mehr die Post austrägt."

Lady Fedora schüttelte bedauernd den Kopf.

„Wie furchtbar. Fahren Sie nach London. Versuchen Sie, dem Mädchen ein Freund zu sein, und mein Mann wird sich bei unserem Anwalt über die Möglichkeiten erkundigen."

Beanstock neigte den Kopf leicht und ging zurück in den Dienstbotenbereich. Er bat Mrs Argyle in sein Büro und informierte sie über den neuen Sachverhalt.

„Mr Beanstock, wenn die Herrschaften Ihnen das schon so unterbreiten, dann heißt das, sie möchten das Kind hierbehalten. Für Lucinda wäre es das Beste. Oder sind Sie da anderer Meinung? Wir sind hier alle für Sie da und unterstützen Sie. Was kann denn schon passieren? Sie ist jetzt elf Jahre alt und in zehn Jahren wird sie bereits eine Entscheidung über ihr Leben gefällt haben. Dann wird sie das Haus sicher verlassen und ihren eigenen Weg gehen. Was ist schlimm daran, wenn wir einer Kriegswaise den Weg ins Leben leichter machen? Sehen Sie es einmal so."

Beanstock nickte zustimmend. Wie immer hatte die Hausdame einen guten Blick für das große Ganze.

Er fühlte sich besser.

Gonzales wurde informiert und nachdem er am Nachmittag Luci von der Schule abgeholt hatte, setzten sich der Butler und die Hausdame mit dem Kind in ihrem Zimmer zusammen. Sie erklärten ihr die Sachlage und es gab wieder einmal für Beanstock die Möglichkeit, ein Taschentuch zu übergeben.

Mit großen, ungläubigen Augen sah Luci den Butler an.

„Ich möchte aber nicht wieder hier weg. Bitte schicken

Sie mich nicht weg. Ich will auch ganz viel machen. Ich kann bestimmt noch andere Aufgaben übernehmen, als die Pflege Juniors. Vielleicht könnte ich Mrs Porkpie in der Küche helfen oder ich arbeite im Gewächshaus. Sicher gibt es dort eine Menge zu tun. Mr Herringbone hat sich schon sehr oft über die blöden Käfer geärgert, die seine Blätter anknabbern. Ich könnte die absuchen, auch wenn ich mich davor sehr ekle."

Luci schüttelte sich kurz in Erwartung der bevorstehenden Käferplage. Dann fiel ihr die Oma ein und ein neuerlicher Schwall Tränen liefen über ihr Gesicht.

„Meine arme Oma", schluchzte sie.

„Mrs Argyle wird dir morgen früh bei der Garderobenauswahl behilflich sein und dann fahren wir nach dem Frühstück nach London. Deiner Schule habe ich dein Fehlen bereits avisiert. Nun geh dir dein Gesicht waschen. Ich werde bei dir sein. Hab keine Angst. Ach und Luci, blöde Käfer ist kein Wort für eine junge Dame."

Die Hausdame drückte das Mädchen fest an ihr Herz und schob sie vor sich her zum Bad der weiblichen Dienstboten.

Beanstock machte sich auf den Weg in die Garage.

Dieser Chauffeur würde natürlich sofort wieder zu bedenken geben, dass man ohne seine Mithilfe aufgeschmissen wäre. Beanstock seufzte.

Den nächsten Morgen konnte man als Vorboten des Frühlings ansehen. Entgegen der Meinung des Wetterdienstes, der in der letzten Zeit des Öfteren falsch lag, war die Vogelwelt der Meinung, man könne getrost mit dem Nestbau beginnen. Bereits in aller Frühe war der Gesang des gefiederten Volkes laut und durchdringend zu vernehmen.

Beanstock trank seinen Tee und beobachtete Lucinda.

Sie saß vor ihrem Kakao und schien noch zu schlafen. Das Rosinenbrötchen auf ihrem Teller wurde nicht kleiner, obwohl sich Mrs Porkpie alle Mühe gegeben hatte, ein wahres Meisterwerk zu backen. Es duftete nach Vanille und Rosinen.

„Wie wäre es, wenn du etwas isst? Wir werden lange unterwegs sein und ich kann nicht sagen, wann wir eine Pause einlegen können."

Luci schüttelte den Kopf.

Beanstock verstand.

Er nahm den Teller mit dem Brötchen und ging in die Küche nebenan.

„Mrs Porkpie, bitte wickeln Sie das Kuchenstück für das Kind ein, wir nehmen es für später mit. Und etwas Tee für unterwegs wäre angenehm. Ich danke Ihnen."

Die Köchin nickte verständnisvoll und macht sich an die Arbeit. Sie legte auch noch ein paar von ihren, im Hause sehr beliebten, Ingwerkeksen dazu.

Um dem ausufernden Konsum dieser süßen Versuchung zu begegnen, musste Mrs Porkpie die Büchse mit diesen Keksen ständig an einem anderen Ort verstecken.

Vor einer Woche hatte sie Sir Percival erwischt, wie er auf einem Stuhl balancierend auf dem oberen Regal des Küchenschrankes nach der Büchse angelte.

Mrs Porkpie schloss den Picknickkorb und reichte ihn Phillis, mit dem Auftrag, ihn zum Auto zu bringen.

„Du kommst aber sofort zurück, Mädchen!", rief sie Phillis hinterher. „Gonzales hat keine Zeit für einen Plausch!"

Die Köchin schüttelte den Kopf über die Unvernunft der heutigen Jugend. Dauernd musste sie auf Phillis achten.

Das Mädchen brachte sie noch um den Verstand. Aber im Grunde ihres Herzens mochte sie Phillis und sie wusste genau, wie gut das Mädchen inzwischen kochen konnte.

Sie hatte ihr so manchen Kniff beigebracht und Phillis würde irgendwann eine verantwortungsvolle Nachfolgerin im Hause sein. Zu ihrem Ärger musste sie sogar eingestehen, dass das Küchenmädchen ein besseres Lammstew machte als sie selbst.

Mit neuem Elan machte sich Mrs Porkpie an die Vorbereitungen zum Lunch.

Vor der Eingangstür stand der Bentley. Der Chauffeur Gonzales polierte mit einem weichen Lappen die Motorhaube, obwohl sie bereits glänzte. Ab und zu warf er einen Blick ins Innere des Wagens, wo Luci zusammengesunken auf dem Rücksitz saß, ihren alten Teddy fest an sich gedrückt. Wenn das Mädchen doch einmal zu ihm aufsah, versuchte er sie mit einem breiten Lächeln aufzumuntern. Aber es gelang ihm nicht besonders gut.

Beanstock erschien in Hut und Mantel. Er stieg ein und sie machten sich auf den Weg nach London. Bei diesem angenehmen Wetter würde es nicht lange dauern. Beim letzten Mal lagen noch hohe Schneeberge auf den Wegen und Straßen. Wahrscheinlich wären sie, wenn der Autoverkehr nicht zu schlimm wurde, in einer Stunde und dreißig Minuten bereits vor den Toren Londons.

Sollte der Tag nach den Plänen des Butlers verlaufen, könnte man bereits am Abend zurück in Parsley Field sein.

Auf der gesamten Fahrt war das Kind still und nicht dazu zu bewegen, sich an den Gesprächen zu beteiligen.

Schon bald kam die Waterloo Bridge in Sicht.

Nach einer weiteren halben Stunde parkte Gonzales vor dem Krankenhaus.

Beanstock stieg aus und öffnete die hintere Tür. Er hielt dem Mädchen die Hand hin und sie griff fest danach, ja sie klammerte sich wie eine Ertrinkende an ihm fest.

Gonzales verschloss den Wagen und folgte den beiden kopfschüttelnd.

Beanstock fragte an der Information nach dem Arzt und sie wurden in die zweite Etage verwiesen. Dort sollten sie warten. Wieder einmal saßen die drei zusammen auf einer weißen Klinikbank und warteten auf einen Arzt.

Der Geruch nach Desinfektionsmitteln, die gefliesten Wände und die vorbeieilenden Schwestern machten es nicht besser. Dann erschien endlich der Arzt. Es war ein anderer Herr als beim letzten Mal, ein junger Mann mit leuchtend blauen Augen und Grübchen neben den Mundwinkeln.

„Ich bin Dr. Memorial, du kannst Draco zu mir sagen", sagte der junge Mann und setzte sich neben Lucinda.

„Du weißt sicher, dass deine Oma sehr krank war, als du sie das letzte Mal gesehen hast? Sie bekam sehr schlecht Luft und hatte einen schlimmen Husten. Weißt du noch?"

Das Mädchen sah ihn mit großen Augen an. Sie nickte ihm zu und begann zu zittern.

„Weißt du Lucinda, so heißt du doch, nicht wahr? Manchmal geht es einer Patientin besser und man meint, es gehe aufwärts. Dann stellt sich aber heraus, dass man nicht richtig lag mit dieser Annahme. Deine Oma hatte wahrscheinlich zu lange gewartet, bis sie zu uns kam. Ihr Alter tat natürlich auch etwas dazu. Verstehst du mich?"

Gonzales legte einen Arm um Lucinda und hielt sie ganz fest. Beanstock wusste, was das bedeutete. Sie waren zu spät. Dr. Memorial gab Beanstock mit einem Wink zu verstehen, ihm zu folgen. Sie betraten das Arztzimmer und nahmen Platz. Dann schob der Arzt dem Butler einen großen Briefumschlag zu.

„Hier drin sind die persönlichen Dinge der Patientin, ein Brief für Lucinda und ein Brief für Sie, Mr Beanstock. Sie hatte bereits vor ein paar Wochen das Gefühl, dass sie ihr Enkelkind nicht mehr sehen würde. Ich muss Ihnen mitteilen, dass es bereits eine Beerdigung gegeben hat. Mrs Parishs Anordnungen waren außergewöhnlich präzise. Wie soll es nun mit dem Kind weitergehen? Hatten Sie eine schriftliche Vereinbarung mit Mrs Parish?"

Beanstock öffnete den Umschlag und entnahm die beiden Briefe. Er öffnete den für ihn bestimmten und las.

Ebenfalls im Brief war ein Testament, ordnungsgemäß unterzeichnet und gestempelt von einem Notar.

Mrs Parish legte ihm das Kind nochmals ans Herz. Es tat ihr leid, dass sie Beanstock so viel Verantwortung aufbürdete, beschwor ihn aber, sich bitte weiterhin um Lucinda zu kümmern. Sie hatte sich dahingehend einige Male mit Mr Black unterhalten. Auch das war Beanstock neu. Der Leiter der *Daisy Chain* Dienstboten Verbindung in London hatte ihm nichts dergleichen mitgeteilt.

Anbei fand der Butler die nötigen Unterlagen des Gerichts und die Geburtsurkunde Lucindas.

Ebenfalls enthalten war das Schreiben eines Beerdigungsunternehmens, das sich bereits um alles gekümmert und Mrs Parish neben ihrem Sohn und dessen Frau beerdigt hatte. Alles war geregelt. Beanstock konnte nur über die Voraussicht dieser Dame staunen. So gewissenhaft hatte er sie nicht in Erinnerung. Er vermutete die Mithilfe Mr Blacks bei der Regelung der Angelegenheiten. Mr Black war dem Butler auf ewig dankbar für dessen Hilfe bei der Selbstmordserie im letzten Jahr.

Im Testament vermachte sie das dünne Haus in der Bakerstreet 116B ihrem einzigen Enkelkind.

Nun blieben noch zwei Dinge zu tun.

Man sollte natürlich den Friedhof besuchen, damit das Kind sich verabschieden könnte und sie müssten in die Bakerstreet fahren und dort sehen, ob etwas zu tun wäre.

Er legte Dr. Memorial das Schreiben vor und erklärte ihm, dass es auf eine Vormundschaft hinauslaufe, die er gern übernehmen würde. Bis zur Klärung mit dem Vormundschaftsgericht würde Lucinda natürlich im Hause Parsley Manor bleiben.

„Fein, Mr Beanstock, das freut mich für das Kind", sagte der junge Arzt.

Er verabschiedete sich vor der Tür von Lucinda und den beiden Herren und verschwand eilig in den Fluren der Klinik.

Das Mädchen hatte sich etwas beruhigt. Gonzales hatte wieder einmal die richtigen Worte gefunden. Er hatte ihr von seiner Zeit in Spanien erzählt und wie er seine Eltern damals verloren hatte. Dadurch war Luci abgelenkt worden und der Tränenschwall war kurzzeitig versiegt.

Beanstock und Luci suchten in einem Blumengeschäft in der Nähe etwas Passendes für das Grab aus. Zu dieser Jahreszeit war es schwierig, Blumen zu bekommen. Es gab eine hitzige Diskussion, weil das Kind auf einer Topfpflanze bestand, während Beanstock einem Strauß den Vorzug gegeben hätte. Aber Luci meinte, ein Topf würde viel länger am Grab stehen können, ein Strauß würde bereits am nächsten Tag umfallen. Der Butler wollte nicht lange diskutieren und gab nach.

Der Kensal Green Cemetery war ein Ort der Ruhe im Stadtteil Kensal.

Es dauerte lange, bis man das richtige Grab gefunden hatte. Ein Friedhofsarbeiter kam ihnen zu Hilfe und führte sie. Gonzales blieb kurz an einem sehr alten Stein stehen und entzifferte die Inschrift.

„Sehen Sie, Mr Beanstock, was für ein seltsamer Name ist das?" Er deutete auf den Stein.

Dort stand in alten, verwitterten Buchstaben:

Isambard Kingdom Brunel 1769 – 1859

„Ich habe diesen Namen schon einmal gehört", erklärte Beanstock. „Dieser Herr war Ingenieur und hat den ersten Tunnel unter der Themse konstruiert und bauen lassen. Ein ehrgeiziges Projekt."

„Wissen Sie auch irgendetwas nicht Señor Beanstock?",

26

fragte Gonzales und folgte dem Friedhofsarbeiter.

Endlich standen sie vor dem gesuchten Grab. Auf dem Stein standen die Namen von Lucindas Eltern. Daneben hatte man bereits den Namen Mrs Eleonora Parish einge-meißelt.

Luci stellte gewissenhaft den Topf neben den Stein und schniefte leise. Beanstock reichte ihr ein Taschentuch.

Der Friedhofsarbeiter legte die Hand auf Lucis Schulter.

„Da hast du aber etwas Schönes mitgebracht. Einen Topf stellen die Leute viel zu selten auf die Gräber. Immer nur diese ollen Sträuße, die nach einer Nacht in der Kälte aussehen, als hätte ein Troll auf ihnen rumgetrampelt. Der hübsche Topf wird hier lange Zeit stehen." Der Mann setzte seine Mütze, die er in der Hand gehalten hatte, wieder auf und verabschiedete sich.

Lucinda sah zu Beanstock, zeigte auf ihren Topf und lächelte leicht. Der Butler machte keine Bemerkung, er war froh über ihr Lächeln.

Sie fuhren am Regent's Park vorbei und danach links in die Baker Street. Das dünne Haus der Familie Parish stand wieder einmal vor ihnen. Luci sprang sofort aus dem Wagen und lief zum Nachbarhaus. Sie klingelte bei Miss Petticoat. Wütendes Bellen war die Antwort. Brutus gebärdete sich hinter der Eingangstür wie ein Wahnsinniger. Kurz darauf hörte man die Stimme der alten Dame.

„Mach doch nicht so einen Lärm! Aus Brutus, aus!"

Die Tür öffnete sich einen Spalt und als Miss Petticoat das Mädchen erkannte, riss sie die Tür auf und drückte Luci ganz fest an ihr Herz. Die alte Dame schniefte und sah traurig zu den beiden Herren, die noch am Auto warteten.

Sie griff nach einem Schlüssel in der Ablage im Flur, drückte den neugierigen Brutus in die Wohnung zurück und ging mit Luci an der Hand zum Nebenhaus.

„Was für ein Schlamassel", sagte sie zu Beanstock, der von ihr den Schlüssel in Empfang nahm und die Tür des dünnen Hauses aufschloss. Der Butler nickte ihr zu.

Miss Petticoat kam mit in das Haus und erklärte, dass sie zusammen mit ihrer Nichte die Möbel sorgfältig abgedeckt hatte, bereits vor dem Schlamassel, wie die Dame erneut bemerkte.

Die Pflanzen standen in ihrer Wohnung, Gas und Wasser waren abgestellt und der Kater war immer noch bei dem Nachbarsjungen.

Luci öffnete die Tür zum Garten und verschwand hinter dem großen Baum in der Mitte. Beanstock wusste, sie wollte durch den geheimen Durchgang zu ihrem Freund nebenan und nach dem Kater Arthi sehen. In der Zwischenzeit informierte Beanstock die alte Dame über die weitere Vorgehensweise.

Das Haus würde im Besitz der Familie Parish bleiben und bei Volljährigkeit Lucinda gehören. Damit hätte das Mädchen die Gelegenheit, in London zu wohnen oder das Haus nach Belieben zu verkaufen. Der Schlüssel und das Testament würden hier in London dem Anwalt Sir Percivals zur Aufbewahrung übergeben werden. Da im Haus alles in Ordnung war, warteten sie nun auf Luci, um nach Parsley Field zurückkehren zu können.

Nach einer halben Stunde erschien das Kind.

„Ich habe Jimmy den Kater geschenkt. Er fühlt sich da ganz wohl und Jimmys Eltern sind einverstanden."

Gonzales lächelte ihr aufmunternd zu.

„Du hast doch genug mit Junior zu tun, mi niña, sei nicht traurig. El Cato hat es hier gut."

Beanstock ging nochmals durch sämtliche Räume. Dann wandte er sich fragend an das Kind.

„Willst du denn noch etwas mitnehmen? Vielleicht ein paar Bücher oder eine Erinnerung an die Oma?"

Lucinda stieg zu ihrem Zimmer hinauf und man hörte sie dort hin- und herlaufen. Nach ein paar Minuten erschien sie wieder in dem winzigen Flur mit einem Stapel Bücher unter dem Arm, einem alten Fotoalbum und einer Porzellanfigur fest in der Hand.

Beanstock griff schnell zu, damit nichts zu Schaden kommen würde. Er ging in die Küche. Hier waren ebenfalls sämtliche Möbel mit Tüchern bedeckt, aber er wusste noch aus der Zeit, als sie hier im Haus logierten, dass auf dem Schrank ein alter Korbkoffer stand. Irgendwann einmal war er wohl als Picknickkorb benutzt worden, in seinem Inneren klapperte es. Als er den Koffer öffnete, lagen noch Teller und Tassen darin. Er stellte den Inhalt in den Schrank. Dabei bemerkte er eine hübsche Porzellantasse mit roten Rosen und einem Schriftzug. *Luci* stand in verschnörkelter Schrift auf der Tasse. Er lächelte und legte sie vorsichtig in den Korbkoffer.

Im Flur legte das Mädchen alle ihre Schätze in den Koffer. Als sie die Tasse entdeckte, sprang sie auf und umarmte Beanstock froh.

„Die hat mir meine Mutter gekauft", sagte sie leise, wickelte das Stück vorsichtig in ein Tuch und legte es zurück in den Koffer.

Alles war getan. Sie verabschiedeten sich von Miss Petticoat. Es war später Nachmittag, aber bei dem guten Wetter und den freien Straßen würden sie bereits zum abendlichen Dinner zurück auf Parsley Manor sein.

Luci saß auf dem Rücksitz, eingekuschelt in ihren neuen grünen Mantel mit den großen gelben Knöpfen, hatte ihren alten Teddy im Arm und knabberte an dem Rosinenbrötchen von Mrs Porkpie.

Die beiden Herren auf dem Vordersitz sahen sich zufrieden lächelnd an. Gonzales zwinkerte dem Butler fröhlich zu, der Butler fand das ihm gegenüber nicht angebracht, aber enthielt sich eines Kommentars.

Wieder einen Fall gelöst, dachte sich Beanstock. Allerdings war da noch das Problem mit der Vormundschaft. Aber der Anwalt Sir Percivals hatte ihm, als der Butler ihm Schlüssel und Testament übergab, zuversichtlich erklärt, dass er bereits damit beschäftigt wäre.

Als der Bentley am späten Nachmittag die Einfahrt zum Haus erreichte, schlief Luci fest und ruhig auf dem Rücksitz. Beanstock nahm das Kind und trug es vorsichtig nach oben in sein Zimmer. Gonzales kam mit dem Korbkoffer nach. Er legte dem Kind den Teddy in den Arm und der Butler deckte Luci sorgsam mit ihrer Decke zu.

Der Chauffeur hatte leise den Koffer geöffnet und stellte die Porzellanfigur, eine elegante Dame in einem weiten

Rokokokleid, auf den Nachtisch und legte das Fotoalbum daneben.

„Ich weiß, dass sie die Figur von ihrer Oma hatte. Das hat die Kleine mir erzählt. Und wenn sie aufwacht, sieht sie sofort die Dinge, die ihr vertraut sind", flüsterte Gonzales.

Beanstock nickte und wedelte den Chauffeur mit der Hand aus dem Zimmer. Als die beiden Herren sich umdrehten, stand da die versammelte Dienstbotenmannschaft. Harrison, der Knecht, drückte doch tatsächlich eine Ecke von seiner Arbeitsjacke an die feuchten Augen und Mrs Argyle nickte den Herren anerkennend zu.

Beanstock zog leise die Tür zu Lucis Zimmer zu und räusperte sich. Das war das Signal für die Dienstbotenmannschaft, zurück an ihre Arbeit zu gehen. Alle liefen sternförmig auseinander.

Beanstock informierte Sir Percival und Lady Fedora. Der Anwalt der Baronets hatte bereits einen Antrag an das Vormundschaftsgericht gestellt und würde in den nächsten Tagen die nötigen Papiere zur Unterschrift vorlegen.

„Er klang sehr zuversichtlich", meinte Lady Fedora. „Haben Sie Vertrauen, Beanstock."

Der Butler verbeugte sich leicht und ging in sein Büro, in dem Mrs Argyle ihn mit einer Tasse Tee erwartete.

April, April

Lucinda fügte sich wunderbar in den Tagesablauf des Hauses ein. Beanstock hatte keinen Grund zu klagen.

Bis zum ersten April.

An diesem Tag sollte Luci dem Gärtner helfen, ein paar Töpfe auf die Terrasse zu bringen.

Als sie von der Schule zurückkam, fragte Beanstock wie immer nach den Hausaufgaben. Die Kinder hatten ein neues Buch bekommen und sollten zur nächsten Stunde ein Kapitel lesen. Das war schnell erledigt. Luci hatte im Lesen keine Probleme, ihr Problem war das Rechnen. Sie hasste Zahlen. Ihr Argument, dass sie diese dummen Zahlen niemals brauchen würde, musste Beanstock immer wieder aufs Neue entkräften.

Sie hatte sich umgezogen und sprintete mit Junior im Schlepptau zum Gewächshaus.

„Mr Herringbone, stellen Sie sich vor", rief sie dem Gärtner zu, „eine neue Käferart wurde entdeckt! Haben Sie davon gehört?"

Der Gärtner kratzte sich am Kopf und sah von seinen Töpfen auf.

„Was soll denn das sein? Haben die Gelehrten nicht schon sämtliche Käferarten entdeckt?"

„Der ist brandneu, ein ganz großer, grün gestreifter mit langen Fühlern und einem roten Kopf, der ist so groß wie eine Maus und der knabbert den ganzen Tag nur an

Rosenblättern herum. Er wurde bereits in der Nähe von Bromley gesichtet."

Luci machte ein sehr wichtiges Gesicht und schüttelte zur Unterstreichung der Gefährlichkeit dieses Tieres bedauernd den Kopf.

Der Gärtner bekam rosa Flecken auf den Wangen.

Er blickte zu seinen Rosen, vor allem seine preisgekrönte *Moonlight – Shadowrose*. In Gedanken sah er bereits eine Schar grün gestreifter Schädlinge in Richtung Gewächshaus marschieren.

In diesem Moment erschien Lizzy, das Hausmädchen, in der Tür und fragte nach dem Tischgesteck für das abendliche Dinner. Die Freunde der Baronets, der Earl of Southcoffelton und seine Gattin, wurden erwartet.

Sie sah die Verwirrtheit auf des Gärtners und sie sah das Schmunzeln auf Lucis Gesicht.

„Was hast du getan, kleiner Teufel?", fragte sie mit verschränkten Armen.

„Eine Käferplage biblischen Ausmaßes erwartet uns Mädchen! Meine Rosen, sie sind in höchster Gefahr. Ich muss sofort zu Mr Beanstock und etwas zum Spritzen bestellen. Er nahm liebevoll den Topf mit seiner Rose unter den Arm und wollte zum Haus laufen.

„Das ist ein Aprilscherz, Mr Herringbone, das Mädchen hat Sie hinters Licht geführt. So ein kleiner Teufel."

„Was? Ein April? Was für ein Scherz?"

Der Gärtner war verwirrt.

Luci sah entschuldigend zu Boden.

„April, April, Mr Herringbone. Ich wollte Sie nicht

ärgern, nur einen kleinen Scherz machen."

Sorgfältig stellte der Gärtner seine Rose zurück auf den Tisch.

„Du bist ganz schön frech, aber schon in Ordnung. Gut! Keine Käfer, das freut mich, und nun an die Arbeit junge Dame. Es sind Töpfe zur Terrasse zu tragen. Du nimmst die Kleinen, die schon vorn an der Tür stehen."

Luci beeilte sich, den Auftrag auszuführen.

Als sie fort war, sah der Gärtner zu dem Hausmädchen und beide lachten aus vollem Halse.

Am Abend gab es dann aber doch noch eine Strafpredigt von Beanstock. Beim abendlichen gemeinsamen Essen hatte Lizzy lachend von dem Scherz berichtet.

Gonzales stellte sich auf Lucis Seite und erzählte, dass es in Spanien so etwas auch gab. Allerdings würde man die Leute dort am 28. Dezember narren. Der Tag hieß *Dia los Santos Inocentes – Tag der unschuldigen Kinder.*

Erklären konnte der Chauffeur das aber nicht.

Der Butler redete dem Kind ins Gewissen.

„Du kannst damit jemandem schaden. Was ist, wenn es einmal ein Mensch für bare Münze nimmt, was du dir ausgedacht hast? Wenn du zum Beispiel erzählst, der Linksverkehr in Großbritannien würde abgeschafft werden oder im Garten könne man Spaghettibäume pflanzen? Es würde ein furchtbares Chaos entstehen."

Gonzales schien verängstigt.

„Wenn ein paar Leute plötzlich rechts fahren? Mi dios!"

„Mr Gonzales, das war nur ein Beispiel!", fuhr der Butler fort. „Nein, bevor Sie fragen Mrs Porkpie, Spaghetti wachsen nicht an Bäumen." Er hatte die großen, staunenden Augen der Köchin wohl bemerkt.

Er erhob sich und scheuchte die Leute an ihre Arbeit zurück. Das Dinner für die Herrschaft musste in einer halben Stunde bereitstehen. Inzwischen würde Beanstock im Salon Aperitifs servieren. Die Herrschaften waren noch in der Bibliothek, um sich über die nächsten Reisemöglichkeiten auszutauschen.

Das Esszimmer war bereits am Nachmittag vorbereitet worden und in der Mitte des Tisches stand ein wundervolles Rosengesteck, vom Gärtner arrangiert.

Beanstock stand im Salon und mixte die Cocktails.

Die beiden Paare kamen herein, Lady Marjorie in einem aufregenden Hosenanzug. Sie würde sich von ihrem Mann nicht mehr zu diesen unbequemen Kleidern animieren lassen. Lady Fedora trug ihr grünes Cocktailkleid mit den zarten Blumen darauf, das Sir Percival immer an den Sommer erinnerte. Er liebte es, wenn sie dieses Kleid trug.

Fröhlich schwatzend setzten sich die Herrschaften und prosteten sich zu, nachdem jeder ein Glas erhalten hatte.

Als Beanstock auf der Anrichte mit dem Ordnen der Karaffen beschäftigt war, polterte Sir Percival in seiner lauten Art los.

„Beanstock, was halten Sie von einer Kreuzfahrt? Endlich fangen wieder diese wundervollen Kreuzfahrten an. Man hat die Schiffe wieder flott gemacht und umgebaut. Im Krieg wurden viele als Truppentransporter benutzt."

Der Baronet rieb sich in froher Erwartung die Hände.

„Nach dieser Aufregung in der letzten Zeit werden wir

eine ruhige und wundervoll erholsame Reise unternehmen."

„Eine wundervolle Art zu reisen Sir Percival", bemerkte der Butler und neigte den Kopf leicht.

Dann begab er sich in das Esszimmer und beaufsichtigte die Vorbereitungen für das Dinner.

Mrs Thakery wirft die Schürze

Ein paar Wochen später waren die Baronets auf dem alten Wasserschloss des Earls of Southcoffelton eingeladen.

Man wollte die gemeinsame Reise besprechen. Nach langen Diskussionen hatte man eine Mittelmeerkreuzfahrt gewählt.

Lord Mortimer war verschnupft. Er hatte sich für eine Reise in die nördlichen Gefilde starkgemacht. Norwegen, Dänemark und das Polarlicht, das hätte ihm gefallen. Dann hatte ihn seine Gattin darauf aufmerksam gemacht, dass er, sobald auf ihren Ländereien die ersten Schneeflocken fielen, das Haus nicht verlassen wollte. Was wolle er also in Ländern, in denen es fast ständig kalt sein würde? Vor allem am Polarkreis könnte es ziemlich unwirtlich sein.

Lord Mortimer brachte noch einen halbherzigen Einwand, dass man Eisbären sehen würde und seine Gattin doch so tierlieb wäre. Lady Marjorie lachte nur.

„Mortimer, mach dich nicht lächerlich. Wenn Eisbären auftauchen würden, wärest du der Erste in der Kabine. Ich brauche Wärme."

Damit war die Diskussion beendet.

Sie hatten sich geeinigt, im Mai zu reisen.

Beanstock hatte sich mit einer Schifffahrtsgesellschaft in London in Verbindung gesetzt und die Reise gebucht.

Die S&B Cruise Line bot seit einem Jahr Kreuzfahrten

in verschiedene Gebiete der Erde an. Nach dem Krieg hatte man die Schiffe überholt und mit allem erdenklichen Luxus neu ausgestattet. Die Luftfahrt gewann immer mehr an Bedeutung. Die großen und kleinen Reedereien mussten sich etwas einfallen lassen, um weiterhin bestehen zu können.

Passagierschiffe waren nicht mehr so gefragt, wenn man bedachte, wie schnell ein Flugzeug von A nach B kam.

Es würde von Southampton nach Gibraltar gehen und dann über Valencia, Cannes und Neapel nach Athen. Darauf freute sich Lady Fedora besonders. Sie hatte schon so viel von den Tempeln gehört. Auf der Rückreise würden sie Malta besuchen. Das wiederum freute Sir Percival und seinen Freund, da man dort auf den Spuren der Malteserritter wandeln könnte.

„Ich hoffe nur man serviert auf diesem Schiff noch richtigen Tee", gab Lady Fedora zu bedenken. „Wenn ich an diese unsäglichen Teebeutel denke, als wir in Venedig waren. Ein Angriff auf die Werte des Commonwealth, meine Freunde, denkt an meine Worte."

Sie schloss erschüttert über diese Unvernunft die Augen.

„Ich hoffe, es sind ein paar flotte Tänzer an Bord", erklärte Lady Marjorie. „Mein Morti ist nicht als leichtfüßiger Tänzer bekannt."

Der neue Butler Henry erschien im Salon und servierte gemeinsam mit dem Hausmädchen den Nachmittagstee und zur Freude Sir Percivals war auch eine leckere Kuchenauswahl dabei, wie er es bei seinem besten Freund Mortimer eigentlich nicht gewöhnt war.

Auf einer Etagere türmten sich Cupcakes mit allen

erdenklichen Früchtchen und winzige Petits Fours mit glänzender Zuckerglasur.

Lord Mortimer hatte sich bereits mehrmals über die Unfähigkeit seiner Köchin ausgelassen, wollte aber daran nichts ändern, da er, wie seine Gattin meinte, Angst vor der resoluten Mrs Thakery hatte.

„Hast du endlich eine neue Köchin? Ich gratuliere dir, mein Freund!", rief Sir Percival und griff nach einem Cupcake.

Lord Mortimer sah beschämt zu Boden.

„Das hat er nicht liebe Freunde", antwortete seine Gattin. „Er hat es immer noch nicht fertiggebracht und ich tue ihm nicht den Gefallen, etwas zu sagen. Das ist deine Aufgabe Darling."

„Woher kommen dann diese Wunderwerke?", fragte Sir Percival überrascht und griff bereits nach dem nächsten Stück.

„Es gibt in Pilpots hier ganz in der Nähe seit einiger Zeit eine Konditorei. Unser Butler Henry hat sie entdeckt und ein Kuchensortiment mitgebracht. Ist das nicht eine wunderbare Alternative?"

Der Butler Henry goss den Tee ein und stellte dann die Silberkanne auf der Anrichte ab.

„Darf ich Eure Lordschaft auf etwas aufmerksam machen?"

„Was gibt's denn Henry?"

„Es handelt sich um Mrs Thakery Sir."

„Was ist denn mit dem alten Schrapnell?", fragte Lord Mortimer und grinste über seine Wortwahl. Ein Schrapnell war ein mit Kugeln gefülltes Geschoss, das kurz vor dem Ziel zu zerspringen pflegte. Genauso war auch die Köchin hier auf dem Schloss, immer kurz vor dem Zerspringen.

„Sie hat mich erwischt, als ich mit dem Kuchenkarton aus Pilpots kam. Leider sieht man auf den ersten Blick, was darin ist. Sicher halfen dabei die grellrosa Farbe und die gemalte Torte obenauf. Sie hat einen furchtbar roten Kopf bekommen. Ich dachte, sie würde gleich platzen. Es kam dann aber anders."

Der Butler druckste herum und schien nicht gern darüber zu sprechen. Vielleicht hatte er Angst um seinen Posten, denn die Schuld lag eindeutig bei ihm. Er hatte den Kuchen besorgt, auch wenn er es gut gemeint hatte.

„Nun rücken Sie schon raus damit Henry!", rief Lady Marjorie.

„Mrs Thakery hat den Löffel in ihrer Hand weggeworfen. Er landete in der für heute Abend geplanten Suppe. Sie hat ihre Schürze abgenommen und diese dann in derselben Suppe versenkt, hat sich auf ihr Zimmer begeben, gepackt und nimmt in diesem Moment den Bus nach Canterbury zu ihrer Schwester."

Die Stille im Salon war mit Händen zu greifen.

Lady Marjorie hustete und trank schnell einen Schluck Tee. Lord Mortimer sah entgeistert zu seinen Freunden und dann wieder zurück zu seinem Butler, schlug mit der Hand auf seinen Oberschenkel und lachte dröhnend.

„Donnerwetter, da hat sich die Sache ja gelohnt. Durch die Schürze hat die Suppe endlich Geschmack bekommen! Ist noch mehr Kuchen da Henry?", fragte Lord Mortimer.

Henry atmete auf. Er verbeugte sich leicht und begab sich in die Küche, um noch mehr Kuchen zu holen.

„Bringen Sie eine Flasche Champagner Henry. Das muss gefeiert werden!", rief Lord Mortimer ihm nach.

Die anderen saßen wie versteinert auf ihren Plätzen und sahen dem fröhlichen Gastgeber beim Lachen zu.

„Was wollt ihr denn ohne eine Köchin tun?", fragte Lady Fedora. „Ich könnte Mrs Porkpie nach einer Empfehlung fragen. Sie kennt vielleicht eine Dame mit Kochkenntnissen. Was meinst du Mortimer?"

„Mach das, wir werden einige Tage ohne Köchin auskommen und da ist ja noch das Küchenmädchen. Dolores wird vielleicht gar nicht böse sein, dass sie die alte Meckerhexe los ist. Sie kann uns sicher versorgen, bis wir eine neue Köchin finden. Um die Suppe ist es auch nicht schade. Hab sie nie gemocht. Ich werde Mrs Thakery den ausstehenden Lohn hinterherschicken, dann kommt sie nicht auf den Gedanken zurückzukommen. Hat sie doch schon mal so gemacht." Seine Lordschaft war scheinbar außerordentlich zufrieden mit dieser Entwicklung.

Am Abend erlebten die Herrschaften noch eine weitere außergewöhnliche Überraschung.

Die Gäste aus Parsley Field blieben bis zum Dinner, um ihre Freunde nicht mit der Situation alleinzulassen.

Lady Marjorie bot an, in der Küche mit dem Küchenmädchen zu sprechen, als Henry hereinkam und meldete, das abendliche Dinner wäre bereit.

Im Esszimmer, einem holzvertäfelten Raum mit Kassettendecke, warteten ein gedeckter Tisch und Dolores, das

Küchenmädchen, mit einem Lammstew, das Mrs Porkpie zum Weinen gebracht hätte.

„Da haben wir doch unsere neue Köchin, oder?", brachte es Lord Mortimer auf den Punkt.

„Wo haben Sie denn so gut kochen gelernt, mein Kind? Wohl kaum bei Mrs Thakery!"

Dolores knickste kurz.

„Bei meiner Mutter und meiner Großmutter Sir. Wir waren eine große Familie in Italien. Aber Mrs Thakery hat mir niemals erlaubt zu kochen. Ich musste nur Gemüse putzen und abwaschen. Wenn Sie es erlauben, würde ich sehr gern für Sie kochen, wenn My Lady einverstanden wäre?"

„Sie sind eingestellt mein Kind", rief Lady Marjorie schnell, bevor sich das Mädchen noch etwas anderes überlegen könnte.

„Dann benötigen wir ja nur noch ein Küchenmädchen. Das dürfte kein Problem sein. Fragen Sie doch gleich morgen einmal bei einer Agentur an, Henry", sagte Lord Mortimer und sein dicker Schnauzbart hüpfte vor Freude auf und ab.

Lady Marjorie schien nicht zufrieden.

„Ich bin natürlich froh, dass sich die Sache so einfach klären ließ, aber für dich Darling war es wieder einmal viel zu einfach. Du hast dich ja elegant aus der Affäre gezogen."

Sie schüttelte den Kopf über ihren Gatten.

Später im Salon bei Whisky, Gin und einer guten Zigarre wurde die bevorstehende Reise nochmals besprochen.

Sie waren sich einig, nach den Aufregungen der letzten Zeit würde es sehr erholsam werden, einmal an nichts weiter als die nächste Mahlzeit, den abendlichen Tanz oder die Sehenswürdigkeiten der Länder zu denken, die man besuchen würde. Dieses Mal sollte Beanstock beide Paare betreuen. Henry hätte genug Arbeit auf dem Besitz des Earls mit den Pächtern und der Aufsicht über die Hunde Lady Marjories.

Es war April.

Die Kreuzfahrt begann am letzten Tag des Monats Mai.

Genug Zeit für die Damen die Kleiderfrage zu klären, und für die Herren, sich rar zu machen, um die Damen nicht dabei zu stören.

Die beiden Ladys verabredeten sich für die kommende Woche auf einen ausgiebigen Besuch bei ihren Londoner Schneidern. Vier Tage sollten dafür genügen, meinte Lady Fedora, während sich bei Sir Percival kleine Schweißtropfen auf der Stirn bildeten, wenn er an die Rechnungen dachte.

„Gonzales kann in Parsley Field bleiben, ich werde den Jaguar nehmen", verkündete fröhlich und bestimmt Lady Marjorie.

Das wiederum bildete Schweißtropfen auf der Stirn Lord Mortimers. Er kannte die Fahrkünste seiner Gattin. Für seine Begriffe fuhr sie zu schnell, zu rasant und nahm die Kurven wie ein Rennfahrer. In Gedanken sah er bereits eine Schramme neben der anderen an seinem guten Jaguar.

„Vielleicht nimmst du lieber den Jeep, Darling, Mäuschen?", fragte er vorsichtig seine Gattin.

„Immer, wenn ich den Jaguar nehmen will, bin ich plötzlich dein Mäuschen. Du weißt genau, ich bin eine exzellente

Fahrerin. Außerdem ist der Jeep nicht standesgemäß für London. Vergiss es, Mausmann!"

Das Meer ruft

Ende Mai war es soweit.

Der Bentley ächzte unter den Koffern der Ladys. Die Zofe Filomena Arbuckle würde sie nicht begleiten. Sie war zu einem Kuraufenthalt in Bath. Lady Fedora hatte nach den schlimmen Erlebnissen mit diesem betrügerischen James Walton und dem Mumienvorfall darauf bestanden. Außerdem hatte Dr. Winterbottom dazu geraten, nachdem sich My Lady mit ihm über die wachsende Zerstreutheit ihrer Zofe unterhalten hatte.

Lady Marjorie besaß keine Zofe, sie hatte noch nie jemanden um sich haben wollen, der ständig an ihr herumfummelte, wie sie es ausdrückte.

Die Hausdame der Baronets hatte vorgeschlagen, sich um Ersatz zu bemühen. Aber Lady Fedora lehnte ab und meinte, auf dieser Reise wäre genügend Personal an Bord des Schiffes und Beanstock wäre die beste Wahl für ihre Reise.

Gonzales hatte am Morgen seine gute Uniform angezogen, auf die er sehr stolz war und die er hütete wie einen Schatz. Die Dienstboten des Hauses verabschiedeten sich von den Herrschaften und die Reise konnte beginnen.

Auf dem Vordersitz saß Beanstock neben Gonzales und gab ihm auf der Fahrt nach Southampton die nötigen Anweisungen für die nächsten Tage.

Im geräumigen Fond des Wagens schwatzten die fröhlichen Freunde munter vor sich hin.

Nach siebzig Meilen kam Southampton mit der breiten Flussmündung zum Ärmelkanal in Sicht.

Die Altstadt war im Krieg fast vollständig von deutschen Bomben zerstört worden. Vor einiger Zeit hatte man endlich mit dem Wiederaufbau begonnen.

Der Wagen fuhr auf das Hafengelände.

„Hier ist die Titanic zu ihrer einzigen großen Fahrt aufgebrochen", murmelte Sir Percival.

„Bitte keine Geschichten von der Titanic, sonst fahre ich mit Gonzales zurück nach Parsley Manor Perci", schimpfte seine Gattin lautstark und wurde etwas blass um die Nase.

Da lag sie, die Matilda.

Eine weiße Schönheit mit einem weißen, blaugeränderten Schornstein und dem Namen der Kreuzfahrtgesellschaft S&B Cruises.

Die Princess Matilda war bereits in den vierziger Jahren gebaut worden. Im Krieg als Truppentransporter verwendet, wurde sie danach in Belfast in einer der großen Werften überholt und modernisiert. Vierhundert Passagiere und zweihundert Besatzungsmitglieder konnten dieses Schiff bevölkern. Sie besaß ein großes Promenadendeck, mehrere teuer ausgestattete Salons, Kabinen mit eigenen Bädern, ein großes Restaurant, eine Bibliothek, eine Bar, Rauchsalons, einen Tanzsaal und einen Teesalon.

Zur großen Freude Lady Fedoras sah man an den Seiten Rettungsboote in großer Zahl.

Der goldfarbene Schriftzug an dem schlanken Bug glänzte in der Sonne. Vor dem Kai türmten sich bereits etliche Gepäckstücke. Arbeiter mit Karren liefen geschäftig hin und her, um Koffer und Taschen auf das Schiff zu bringen. Passagiere in eleganten Kleidern und Anzügen warteten mit ihren Papieren in den Händen an Bord gehen zu dürfen.

Ein Herr in einem Tropenanzug, auf dem Kopf einen Tropenhelm und ein Schmetterlingsnetz unter dem Arm geklemmt, stand in der Reihe der Wartenden. Die Passagiere und die Schiffsbesatzung sahen sich immer wieder erheitert nach ihm um. Er bemerkte scheinbar nicht, dass er der Grund für die Heiterkeit war und lächelte jedem zuvorkommend zu. In seiner rechten Hand tanzte ein Bleistift über das Papier eines Notizbuches.

Beanstock schätzte das Alter des seltsamen Herrn auf achtzig Jahre. Sein weißes, lockiges Haar quoll unter dem Helm hervor. Auf seiner Oberlippe rekelte sich ein Schnauzbart und am Kinn ein weißer Spitzbart. Beanstock musste plötzlich an Buffalo Bill denken. Er hatte ein Bild von diesem Cowboy in einer Zeitschrift gesehen. Was wollte der Mann wohl in seinem Netz fangen? Schmetterlinge traf man auf einem Schiff eher selten an.

Gonzales fuhr langsam weiter und parkte den Bentley auf einem der Parkplätze. Während sich Beanstock und Gonzales darum kümmerten, dass die Koffer, Hutschachteln und Kosmetikköfferchen an Bord und in die richtige

Kabine kamen, gingen die Herrschaften bereits über die Gangway hinauf zum Oberdeck. Dort erwartete sie ein junger schneidiger Offizier in einer blendend weißen Uniform und einem scheinbar im Gesicht auf ewig festgeklebten Lächeln. Er verbeugte sich vor den Neuankömmlingen, sah sich die Reisedokumente an und hieß sie an Bord willkommen.

Ein junger Seaman begleitete Beanstock und Gonzales zu den Kabinen. Auf dem Weg über das Oberdeck nach unten fielen dem Chauffeur die Koffer aus der Hand. Beanstock sah sich nach ihm um. Gonzales war blass um die Nase und eine dicke senkrechte Zornesfalte stand auf seiner Stirn.

„Geht es Ihnen nicht gut?", fragte Beanstock und ging nicht weiter. Gonzales schüttelte nur den Kopf. Der junge Seaman half dem Chauffeur mit den Koffern und sie konnten weitergehen. Immer wieder sah sich Beanstock nach Gonzales um, so tollpatschig kannte er ihn gar nicht. Er machte sich Sorgen.

Die Kabinen der Herrschaften lagen auf dem A-Deck, Kabine 303 und 304.

Beanstocks Kabine befand sich auf dem C-Deck. Damit hatte er die Rettungsboote mehr als genug im Blick, da sie auf diesem Deck vor den Bullaugen schaukelten. Beanstock störte das nicht weiter, er würde sich die meiste Zeit um das Wohlergehen seiner Herrschaften kümmern und nicht aus dem Bullauge blicken.

Der Seaman öffnete den beiden Herren die Kabinen und nachdem er sie darauf hingewiesen hatte, dass das Schiff in zwei Stunden ablegen würde und dann alle Besucher von Bord sein müssten, hielt er zwei Finger zum Gruß an seine Mütze und wollte gehen. Beanstock nahm einen Geldschein aus seiner Jacke und der Seaman nahm ihn gern an.

Dann verteilten die beiden Koffer und Taschen in den Kabinen. Seinen eigenen Koffer stellte Beanstock vorübergehend in einem Schrank ab. Er musste sich um die Kleider der Damen und Herren kümmern, es könnten auf der Fahrt unangebrachte Falten entstanden sein.

Die Kabine der Baronets war nicht die größte an Bord der Matilda. Aber die Reisenden wollten keine riesige Suite buchen, man würde die meiste Zeit unterwegs an Bord sein oder auf Landausflügen. Der Raum war angemessen, stellte Beanstock fest. Auf etwa fünfzehn Fuß im Quadrat hatte man alles untergebracht, was nötig erschien. Zwei Schlafmöglichkeiten, bestehend aus glänzend polierten Messingbetten, eine Frisierkommode aus hellem Holz mit rötlichen Intarsien, einen geschliffenen Kristallspiegel, Einbauschränke und das Beste, im Nebenraum ein kleines Bad.

Das große, doppelflügelige Fenster würde einen wunderbaren Ausblick auf das Meer gewähren. Zwei bequeme, grüne Polstersessel luden zum Verweilen ein. Obwohl sich Beanstock nicht sicher war, ob Lady Fedora das wirklich mochte. Er hatte bereits bei der Planung der Reise eine gewisse Ängstlichkeit bei My Lady in Bezug auf das Meer und das eventuell weit entfernte Ufer festgestellt.

Die Kleider waren auf Bügeln, die Hemden verstaut und alles hatte seinen Platz in den Zimmern. Nach einer Stunde war für die Herrschaften alles vorbereitet.

Beanstock schloss die Kabinentüren ab und ging mit Gonzales zum Oberdeck zurück. Es wurde Zeit. Der Chauffeur musste zurück nach Parsley Field fahren.

Beanstock sah nachdenklich zu Gonzales. So wortkarg und in sich gekehrt hatte er den Spanier noch niemals erlebt.

„Ist etwas nicht in Ordnung Gonzales?", wollte der Butler wissen.

„Alles ist in Ordnung Señor Beanstock. Ich dachte, ich hätte jemanden gesehen, den ich von früher kenne, habe mich wohl getäuscht", antwortete er und lächelte gezwungen. Sie hatten die beiden Paare erreicht und Gonzales verabschiedete sich mit einer Verbeugung und wünschte gute Fahrt. Dann verschwand er ohne ein Wort dem Butler gegenüber eilig in der Menge der Passagiere.

Beanstock war irritiert.

Das sah dem Chauffeur nun gar nicht ähnlich. Er blickte über die Köpfe der Passagiere und sah sich genau um, aber konnte nichts Verdächtiges erkennen.

Die Formalitäten waren erledigt und Beanstock kümmerte sich, alles zur Zufriedenheit seiner Herrschaften zu erledigen. So dachte er bis zum Abend nicht mehr an diese Geschichte.

Vielleicht wäre ihm, wenn er an Deck gewesen wäre, als das Schiff ablegte, aufgefallen, dass der Bentley immer noch auf seinem Parkplatz in Southampton stand. Aber Beanstock war in den Kabinen und beaufsichtigte das Mädchen, das die Betten für die Nacht vorbereitete. Bereits zu diesem Zeitpunkt hatte der Butler es geschafft, ein Zimmermädchen an den Rand des Wahnsinns zu treiben.

Die Betten waren nicht vorschriftsmäßig bezogen, ein Knopf fehlte, die Handtücher im Bad waren zu hart, er tauschte sie aus. Persönlich! Er schickte das Zimmermädchen nach einem Zusatzkissen, da er wusste, Lord Mortimer hatte gern zwei Kissen in der Nacht. Diese Information hatte er von Butler Henry, der ihn genauestens über die Bedürfnisse des Earls und seiner Gattin aufgeklärt hatte.

Er gab dem Zimmermädchen ein großzügiges Trinkgeld, aber das Mädchen verdrehte trotzdem die Augen. Was würde dieser penible Mann auf dieser Reise noch verlangen? Zum Glück reisten die meisten Passagiere ohne Personal an. Einen Butler empfand das Mädchen als sehr extravagant. Sie stöhnte und überlegte, mit welchem Zimmermädchen sie tauschen könnte. Sofort fiel ihr die ewig meckernde Martha ein. Das wäre eine Partnerin für diesen Butler. Sie würde es versuchen und rieb sich die Hände.

Beanstock hatte für den Abend die passende Kleidung für Sir Percival bereitgelegt. Lady Fedora hatte sich bezüglich des Kleides für das abendliche Dinner noch nicht entschieden. In der Zwischenzeit half der Butler Lord Mortimer beim Binden der Fliege, passend zum Abendanzug.

Gegen zwanzig Uhr machten sich die beiden Paare auf in das Bordrestaurant, aus dem leise Klaviermusik erklang.

Beanstock zog sich auf seine Kabine zurück, nachdem die Herrschaften ihn für den Abend entlassen hatten. Er machte sich etwas frisch, zog seinen schwarzen Mantel an und ging auf das Promenadendeck hinauf.

Die Küste Großbritanniens verschwand im Abenddunst. Über ihm leuchtete ein Meer von Sternen und er atmete die würzige Seeluft tief ein. Es würden erholsame Tage werden. Beanstock konnte ruhige Tage ohne Aufregung brauchen. Unterhalb des Promenadendecks sah er eine Gestalt herumkriechen. Neugierig lehnte er sich etwas weiter nach vorn und versuchte herauszubekommen, wer sich dort im Schatten verbarg. Sensibel geworden durch die Vorkommnisse der letzten Zeit vermutete Beanstock sofort neues Unheil. Er ging zur nächsten Außentreppe und stieg leise zu dem nächsten Deck hinab.

Langsam näherte er sich der Gestalt, als er Gemurmel vernahm. Wenn dort jemand etwas Schlimmes planen würde, sollte derjenige nicht vor sich hinplappern.

Beanstock stand nun ganz nah über dem Herrn. Soviel hatte er bereits erkannt, dass es sich um einen Herrn handelte, der auf dem Boden herumkroch und halb hinter einer der Kisten an Deck verschwunden war. Nur das breite Hinterteil des Mannes schaukelte vor seinen Augen.

Beanstock hustete vernehmlich.

Vor Schreck schoss der Herr in die Höhe und stieß sich den Kopf.

„Au, verdammt und zugenäht, Au!", rief der Mann aus und erhob sich. „Wer zum Wiedehopf stört mich denn?"

Der Mann erhob sich und Beanstock erkannte zum Erstaunen den älteren Herrn wieder, der ihn an Buffalo Bill erinnert hatte. Nun zog er auch das Schmetterlingsnetz hinter der Kiste hervor. Seine Hand ging zu der schmerzenden Stelle an seinem Kopf.

„Ich hätte den Helm aufbehalten sollen. Da sieht man es mal wieder. Mit wem habe ich die Ehre? Und was kann ich für Sie tun?", fragte der Mann mit dem Schmetterlingsnetz, was der Butler hier an Bord eines Kreuzfahrtschiffes wirklich nicht vermutet hätte.

„Bitte entschuldigen Sie Sir. Mein Name ist Arthur Reginald Beanstock. Ich bin der Butler der Baronets von Parsley. Es tut mir leid, aber ich habe nur nachsehen wollen, ob Sie Hilfe benötigen oder ob Sie vielleicht sogar etwas Kriminelles vorhaben. Ich kann mich nur entschuldigen Sir."

Der Mann zog nun hinter der Kiste auch noch einen rundlichen Tornister hervor und hängte ihn über seine Schulter.

„Ist schon gut mein Bester. Nur nicht so förmlich. Ich bin Tadeusz Potts, meines Zeichens Professor der Entomologie. Mein Hauptaugenmerk gilt der Lepidopterologie."

Beanstock kramte in seinem Gedächtnis herum, aber diesen Begriff konnte er nicht zuordnen.

„Ich sehe Ihnen an, dass Sie jetzt nicht wissen, was ich meine. Gemeinhin sagt man Schmetterlingskunde. Das ist ein Teilgebiet der Insektenkunde, der Entomologie. Und wissen Sie, ich bin der festen Überzeugung, dass ich irgendwann nachweisen werde, dass es an Bord von Schiffen Schmetterlinge oder Schwärmer gibt, die hier mitreisen und sich somit einen Teil ihrer kraftzehrenden Reise über das Mittelmeer schenken. Charaxes jasius zum Beispiel, der Erdbeerbaumfalter, lebt an den Küsten des Mittelmeers und ist ein hübscher, feiner Falter, der auch mal gern eine Reise unternimmt. Warum also nicht auf einem Kreuzfahrtschiff? Aber ich bin auf der Suche nach einem anderen Freund."

Die vielen Informationen musste Beanstock erst einmal verkraften. Da hatte er ein richtiges Plappermaul an Bord entdeckt. Aber der Professor war ihm sehr sympathisch, auch wenn er bemerken musste, dass die Krawatte schlecht gebunden war. Der Butler in ihm wollte am liebsten zugreifen und sie richten. Es kribbelte ihm in den Fingern.

Inzwischen flanierten die beiden Herren langsam weiter auf dem Deck und Beanstock lauschte den Ausführungen Professor Potts.

„Sie war ein Blümlein hübsch und fein.

Hell aufgeblüht im Sonnenschein.

Er war ein junger Schmetterling.

Der selig an der Blume hing.

Das ist von einem Dichter aus Deutschland, Wilhelm Busch. War scheinbar ein lustiger Vogel. Hat fast nur solche Schmunzelsachen geschrieben. Ich mag das."

„Welchen Freund suchen Sie hier an Bord Sir, wenn ich fragen darf?"

Der Professor zog ein Büchlein aus seiner Jackentasche und schlug es auf. Er hielt es dem Butler hin und Beanstock sah das Bild eines wunderschönen farbenprächtigen Schmetterlings.

„Diesen Kerl vermuten Sie hier an Bord?", fragte Beanstock skeptisch.

„Aber nein, natürlich nicht. Hier an Bord finde ich vielleicht ein paar Schwärmer, nachtaktive Wesen, die eine kurze Zeit mitreisen. Es gibt so viele verschiedene Arten." Der Professor holte tief Luft und zitterte fast vor Begeisterung.

„Nein Mr Beanstock. Ich werde bei jedem neuen Halt an Land suchen. Ich will nachweisen, dass der violette, grüngelbgepunktete afrikanische Wollnasentrommler bis zu den Häfen des Mittelmeers unterwegs ist. Im Moment streite ich da etwas mit meinen Kollegen in London. Sie lachen mich aus, weil man diesen Schmetterling noch niemals außerhalb Afrikas gesehen hat. Ich werde es beweisen. Da ich auf einer Kreuzfahrt die meisten Häfen in kurzer Zeit ansteuern kann, hatte ich diese Reise gebucht."

„Dann wünsche ich Ihnen viel Erfolg Professor Pott. Ich muss mich jetzt verabschieden. Ich hoffe, wir können uns ein anderes Mal über Ihr Fachgebiet unterhalten."

Beanstock verbeugte sich leicht und ließ den Professor mit seiner Suche nach den Faltern an Bord allein.

Als sich Beanstock nach ihm umsah, streckte er bereits wieder sein Hinterteil hinter einer der Kisten hervor und suchte. Beanstock dachte an Professor McGregor zurück. Waren Wissenschaftler immer etwas schrullig? Aber das machte sie wahrscheinlich so sympathisch.

Seine königliche Hoheit lassen bitten

Gonzales schlug die Augen auf. Was war passiert? Wo war er? Er konnte sich nicht mehr genau erinnern.

Jemand rüttelte an seiner Schulter.

„Señor! Hören Sie, Señor? Seine Hoheit hat nach Ihnen gerufen. Man erwartet Sie!"

Gonzales schlug die Augen auf.

Sein Kopf brummte schmerzhaft im Sekundentakt.

Er lag in einem riesigen Bett unter einer seidigen Decke. Neben dem Bett stand ein Mann in einer Kniebundhose und einer weißen Perücke auf dem Kopf. Wer trug denn heutzutage noch diese unbequemen Hosen? Gonzales setzte sich auf und sah den Mann verwirrt an.

„Was ist los? Was wollen Sie von mir?"

„Seine Hoheit hat nach Ihnen verlangt. Es ist bereits heller Tag und der König geruht auszureiten. Ihr wolltet die neuen Schiffe begutachten. Das wissen Sie doch Señor Gonzales. Die Königin ist sehr ungehalten über die Verzögerung."

„Was für Schiffe? Ich verstehe nicht?", murmelte Gonzales.

„Für Eure Seereise nach Übersee natürlich. Die Mannschaft ist angeheuert. Der Proviant ist an Bord. Alle warten nur noch auf Euch!" Der Diener schien ungehalten und hielt ihm einen Anzug hin. Zu seinem Entsetzen sah Gonzales lange Strümpfe und eine seltsam geformte pluderige kurze

Hose mit Bändern und Schleifchen. Die Jacke sah nicht viel besser aus. War ein Zirkus in der Stadt? Wo war seine gute Chauffeuruniform?

Als sich Gonzales endlich dazu durchgerungen hatte in die Kleidung zu steigen, anders konnte man es nicht bezeichnen, war er unglücklich. Das Bild, das er in einem großen Spiegel sah, war erschreckend. So sollte er auf die Straße gehen? Das kam gar nicht infrage. Zu allem Überfluss setzte ihm der Diener nun auch noch einen riesigen, breitkrempigen Hut mit einer langen Feder auf den Kopf. Lucinda würde an dieser Maskerade auf jeden Fall ihren Spaß haben.

Er setzte sich zurück auf das Bett, rutschte aber durch den glatten Seidenstoff ab und landete auf dem Boden.

Durch die Tür kam Junior, der Beagle der Baronets, gerannt. Er schnupperte kurz an ihm und verschwand durch eine andere Tür. Gonzales erhob sich vom Boden.

Der Diener brachte ihn aus dem Haus, hinaus auf den Vorplatz. Gonzales blickte sich um. Das war nicht Parsley Manor, sondern ein riesiger Palast. Wo hatte er dieses Monstrum von Schloss schon einmal gesehen? Er konnte nicht denken. Irgendwie war in seinen Gedanken alles seltsam verschwommen. Und wo war eigentlich Beanstock, wenn man ihn brauchte?

„Bringen Sie mich zu Beanstock", verlangte er von dem Diener, der sofort zu lachen begann.

„Wir haben hier doch keine Bienenstöcke, viel zu gefährlich, die Infantin ist so ein ängstliches Kind."

Ein Reitknecht kam mit einem Pferd am Zügel.

Ein großes rotbraunes Ungetüm mit einer schwarzen Mähne bis zur Erde und breiten Hufen.

Auffordernd hielt der Mann Gonzales die Steigbügel hin und wollte ihm beim Aufsteigen helfen. Nach zwei vergeblichen Versuchen saß er endlich im Sattel. Der Reitknecht verbeugte sich und ging.

In diesem Moment kam eine Gruppe Reiter auf Gonzales zugeritten. Der Diener verbeugte sich vor dem Herrn an der Spitze, der genau solche komischen Sachen trug wie Gonzales, nur bei ihm sah es majestätischer aus, fand der Chauffeur.

„Nun, wir erwarten einen hohen Einsatz, Capitán! Wir wünschen, die Schiffe so schnell es geht auf dem Meere zu sehen. Seid unseres Dankes gewiss, solltet Ihr von den Wilden mit Gold und Edelstein zurückkehren. Auf, Capitán Gonzales, das Meer ruft." Der elegante Herr nahm seine Zügel und preschte davon, die Meute folgte ihm. Der Diener schlug mit der flachen Hand auf das Hinterteil des Pferdes von Capitán Gonzales und es flog hinter der Meute her.

Der Chauffeur hatte Mühe, sich auf dem Tier zu halten und schwankte wie ein Halm im Wind.

Als man den Hafen erreichte, sah sich Gonzales einer Flotte von Schiffen gegenüber. Alle waren dabei, Segel zu setzen, und scheinbar wartete man nur noch auf den Startschuss.

„Hier ist Euer König!", rief der elegante Herr an der Spitze der Reitertruppe.

„Bringt nicht nur Ruhm und Ehre heim, sondern macht Euren König glücklich mit Gold! Capitán Gonzales ist bereit, Euch zu führen! Die katholische Kirche betet für Eure sichere Heimkehr!" Der König von Spanien zeigte schrecklicherweise auf Gonzales, dem furchtbar unwohl wurde. Er hatte das Gefühl, sich übergeben zu müssen. Es würgte in seinem Hals und sein Magen schmerzte. Er hatte kurz die Augen geschlossen und nun versuchte er, sie erneut einen Spalt zu öffnen. Warum fiel ihm das so schwer? Es kostete ihn unglaubliche Kraft, aber er schaffte es.

Langsam kehrte er in die Wirklichkeit zurück.

An seinen Armen und Beinen waren Fesseln. Er war verpackt wie ein Paket zum Abtransport nach Übersee. Auch eine noch so große Anstrengung brachte keinen Erfolg. Er konnte sich nicht rühren. Also versuchte er zu schreien. Irgendjemand würde ihn hören. Aber auch das klappte nicht. Ein dicker Knebel war in seinen Mund gestopft worden und man hatte noch ein Band um den Kopf gezogen, damit er sich nicht befreien konnte. Wo war er?

Gonzales sah sich etwas um, obwohl er sich kaum rühren konnte.

Er lag auf einem harten Holzboden, neben ihm lagen dicke Seile und an der Wand stand eine Holzkiste oder etwas Ähnliches. Es war zu dunkel, um viel zu erkennen. Und dann wurde ihm wieder so schwindlig und er dämmerte erneut zum spanischen König und der Armada zurück, die kurz vor dem Auslaufen nach Übersee stand und die er als Capitán anführen sollte.

Was sollte er denn in Übersee?

Da gab es Moskitos und Schlangen. Und es gab Wilde, hatte der spanische König gesagt. Na, er brauchte ja auch

nicht zu fahren, das überließ er seinem unschuldigen Capitán Gonzales. Er mochte diese Aussicht nicht und dann in
diesen hässlichen Kleidern. Man würde ihn doch auslachen.

Gnädigerweise umfing Gonzales eine tiefe Bewusstlo-
sigkeit, sonst hätte er gefühlt, wie grün und blau sein Körper
geschlagen worden war.

Die Suche beginnt

Zwei Tage würde die Princess Matilda bis zur Meerenge von Gibraltar benötigen. Genug Zeit für die Passagiere, das Schiff und seine Annehmlichkeiten kennenzulernen.

Beanstock hatte die Kabinen der beiden Paare überprüft und dem Zimmermädchen erklärt, es war eine andere Person als am Vortag, auf welche Dinge es zu achten hätte.

Martha, das neue Mädchen, maulte zwar leise, aber Beanstock war mit ihrer Arbeit sehr zufrieden und ließ sie das auch wissen.

Die Baronets befanden sich im Bordrestaurant beim Frühstück. Somit nahm sich Beanstock ebenfalls Zeit, etwas zu sich zu nehmen. Er speiste in der Messe auf Deck C, die für Offiziere offenstand. Das hatte er mit dem Zahlmeister des Schiffes bereits bei der Buchung vereinbart. Der hatte ihn darauf hingewiesen, dass er ein Passagier wäre wie jeder andere und im Bordrestaurant essen könnte. Aber das kam für den Butler nicht in Frage. Es war nicht angemessen und er fühlte sich in der Offiziersmesse sehr gut aufgehoben. Bei einer Tasse Tee und Porridge blickte er in sein schwarzes Notizbuch und plante die Arbeiten des Tages.

Ein junger Seaman in einem weißen Anzug erschien und

sah sich suchend im Raum um. An einem der fest im Boden verankerten Tische entdeckte er den Butler der Baronets.

„Sir, ein Telegramm für Sie aus England. Ist vor einer halben Stunde eingetroffen. Wenn Sie zu antworten wünschen, der Funkraum befindet sich auf diesem Deck in Kabine einhundert."

Beanstock öffnete das Schreiben. Er wunderte sich doch sehr und sein altbekanntes Gefühl im Magen, wie flatternde Schmetterlinge, kam mit Macht. Dieses Gefühl kam immer, wenn Gefahr in Verzug war. Er hoffte, dass auf Parsley Manor keine Probleme angezeigt wurden.

Die Hausdame Mrs Argyle hatte unterschrieben.

Beunruhigende Nachrichten.

Beanstock ließ sein Porridge ungegessen stehen und begab sich auf schnellstem Weg zum Funkraum. Es musste sofort reagiert werden.

Er klopfte und aus dem Inneren erklang ein lautes „Herein". Der kleine Raum bestand nur aus einem großen Schreibtisch mit der Funkanlage darauf, einem Stuhl und an der linken Seite dem Bullauge. Mehr würde auch nicht hineinpassen.

Vor dem Schreibtisch saß ein älterer Mann, in seiner Hand das Mikrofon zur Übermittlung, die Kopfhörer auf dem Kopf.

„Was kann ich für Sie tun?", fragte er, ohne sich umzudrehen.

„Dieses Telegramm, Sir, wurde mir gerade übergeben. Ich möchte sofort eine Antwort übermitteln", sagte Beanstock.

„An wen soll's denn gehen?"

„Bitte an Mrs Argyle, Parsley Manor. Der Text: *Gonzales ist nicht an Bord. Benachrichtigen Sie die Polizei in Southampton. Sie sollen nach dem Bentley suchen. Ich melde mich. Beanstock.*"

Der Funker drehte sich nun doch um und sah sich den Passagier genauer an.

„Mach ich gleich. Wenn eine Antwort kommt, bekommen Sie sie sofort, versprochen."

Der Mann hatte die Dringlichkeit in der Stimme des Butlers bemerkt.

Beanstock verabschiedete sich und begab sich zum Bordrestaurant, um nach den Herrschaften zu sehen.

Das Restaurant war ein lichtdurchfluteter Innenhof. Rund um das Restaurant zogen sich zwei Etagen mit weißen zierlichen Säulen und Rundbögen. Alles war mit verschwenderischen Stuckornamenten verziert und verbreitete den Charme vergangener Tage. Auf beiden Etagen standen runde Tische, jeweils für bis zu sechs Personen, bedeckt mit weißem Damast, feinem Porzellan mit dem Wappen des Schiffes und gediegenem Silberbesteck.

Kellner in dunklen Hosen und weißen Jacken flitzten von Tisch zu Tisch, servierten Kaffee und Tee und kümmerten sich um die Wünsche der Gäste.

Beanstock sah sich um und entdeckte Lady Fedora an einem der Tische an der rechten Seite, wo man einen wunderbaren Blick auf das Meer hatte. So wie es aussah, hatten die Herrschaften zu Ende gespeist und erhoben sich. Das war gut, denn Beanstock wollte sie auf keinen Fall zu früh stören. Er ging zu den beiden Paaren, verbeugte sich leicht und sprach Sir Percival an.

„Sir, ich habe leider die Pflicht, Sie über ein sehr beunruhigendes Telegramm zu informieren. Ich habe von Mrs Argyle eine Information erhalten. Unser Chauffeur Gonzales ist nicht wieder nach Parsley Manor zurückgekehrt. Man vermisst ihn. Auch eine Nachricht über eine eventuelle Panne kam nicht. Ich habe bereits Mrs Argyle angehalten, die Polizei von Southampton um Mithilfe bei der Suche nach dem Bentley zu bitten."

Lady Fedora schaute ängstlich zu ihrem Gatten.

„Er hatte doch hoffentlich keinen Unfall?"

„Warten wir erst einmal die Untersuchung durch die Polizei ab. Dann wissen wir mehr", versuchte ihr Gatte sie zu beruhigen.

„Wir gehen an Deck. Bitte holen Sie unsere Mäntel Beanstock."

„Sehr wohl Sir", antwortete der Butler und ging zu den Kabinen.

Auf dem Weg durchdachte Beanstock die Optionen.

Urplötzlich fiel ihm dabei das seltsame Verhalten Gonzales´ wieder ein. Er hatte jemanden gesehen. Er hatte gedacht, denjenigen zu kennen. Der Chauffeur hatte sich doch hoffentlich nicht zu irgendeiner unangemessenen Handlung hinreißen lassen?

Beanstock versuchte, den Moment zu rekonstruieren. Er nahm an, es war der Moment, wo Gonzales die Koffer fallen ließ. Das war auf dem Oberdeck, kurz bevor sie die Treppe zum A-Deck nahmen.

Nachdem der Butler die Herrschaften mit den Mänteln versorgt hatte, entschuldigte er sich. Er wollte etwas überprüfen.

Er stellte sich an dieselbe Stelle auf dem Oberdeck und sah sich um. Wen hatte er an jenem Morgen hier gesehen? Er kramte in seinem Gedächtnis und ihm fielen mehrere Personen ein.

Da war dieses junge Ehepaar mit dem quengelnden Kind, die könnte er wohl ausklammern. Dann die ältere Dame mit dem Krückstock, sehr gebrechlich mit einem seltsamen Gespinst auf dem Kopf, das ein Hut sein sollte. Diese Dame klammerte er ebenfalls aus. Dann zwei Herren, ein grauhaariger älterer Mann mit einem breiten Schnauzbart und ein junger Mann. Wenn Gonzales jemanden erkannt hatte, konnte es nur der ältere Herr mit den grauen Haaren gewesen sein. Wie bei Sherlock Holmes müsste das, was am Ende übrigblieb, wenn man alles andere ausschloss, die Wahrheit sein. Auch wenn es noch so unglaubwürdig erschien.

Also der grauhaarige Mann, er musste ihn suchen.

Ein Seaman lief an ihm vorbei und rief: „Telegramm für Mr Beanstock!"

So schnell hatte er nicht damit gerechnet. Mrs Argyle verlor keine Zeit, das war gut, da man nicht wusste, was mit Gonzales geschehen war.

Beanstock öffnete das neue Telegramm und ihm stockte der Atem. Mrs Argyle hatte seinen Wunsch vorausgesehen und bereits am vorigen Abend die Polizei in Southampton informiert. Inspector Greenwood hatte sie dabei tatkräftig unterstützt und war selbst vor Ort.

Man hatte den Bentley sofort entdeckt. Er stand noch immer auf dem Parkplatz am Kai, wo die Princess Matilda abgefahren war. Da es ein bewachter Parkplatz war, beließ der Inspector den Wagen dort. Inspector Greenwood würde weiter nach dem Chauffeur suchen, versprach er.

Jetzt wurde die Sache kriminell, dachte sich Beanstock.

Er begab sich auf die Suche nach diesem grauen Herrn. Zuerst ging er auf dem Promenadendeck herum. Nichts.

Wo würde sich um diese Zeit, es war zehn Uhr dreißig, ein eleganter Herr aufhalten? Beanstock dachte an die Bar oder den Rauchsalon auf dem Club-Deck, obwohl es dafür etwas zu früh war. Das Club-Deck befand sich oberhalb des Promenadendecks und war voller Leute.

Das Wetter hatte sich an diesem Tag nicht sehr günstig entwickelt und die meisten Passagiere in die Innenräume vertrieben. Man hoffte, dass es im Mittelmeer besser werden würde.

Aus dem Rauchsalon kamen dicke Schwaden. Es duftete nach süßlichem Pfeifentabak und Zigarren der Extraklasse.

Beanstock sah sich aufmerksam um.

Er sah ihn sofort. Der graue Herr stand neben einem der Fenster, sah hinaus und rauchte eine Zigarre. In seiner Hand ließ er ein Kristallglas mit bräunlich funkelndem Inhalt kreisen. Beanstock vermutete Whisky.

In diesem Moment trank der Mann aus, drückte seine Zigarre in einem der Aschenbecher aus und verließ den Raum.

Beanstock folgte ihm. Scheinbar wollte er seine Kabine aufsuchen. Als er dann, wie erwartet, auf dem A-Deck in der Kabine 322 verschwand, wusste Beanstock genug für den Moment.

Er ging zum Zahlmeister, mit dem er bereits mehrmals sehr angeregte Gespräche in der Offiziersmesse geführt hatte. Er hoffte auf dessen diskrete Hilfe.

Das Büro befand sich auf dem C-Deck und war großzügig ausgestattet mit einem Mahagonischreibtisch, Schränken voller Akten und einer bequemen Sitzgruppe vor dem Doppelfenster. Das war anders als der Funkraum, in dem man Platzangst bekam.

Beanstock hob die Hand, um zu klopfen, als er von drinnen aufgeregte Stimmen vernahm.

Eine weibliche Stimme mit auffällig russischem Akzent schien außer sich zu sein und diskutierte lautstark mit dem Zahlmeister. Eine ältere weibliche Stimme, die mit ebensolchem russischen Akzent sprach, versuchte, die jüngere Dame zu beruhigen.

Dann wurde die Tür aufgerissen. Beanstock sprang schnell zur Seite.

„Es ist eine Unverschämtheit. Da bin ich zwei Tage an Bord dieses schwankenden Kahns und muss mir so etwas gefallen lassen. Ich werde mich im nächsten Hafen beschweren. Sie scheinen nicht zu wissen, wen Sie vor sich haben. Meine Großmutter, Gräfin Orlowskaja, ist die leibliche Cousine des Vetters vom Onkel des Grafen Orlowski und der kannte den Zaren!"

Die junge Dame eilte an Beanstock vorbei. Die ältere Dame, die dann wohl jene Großmutter mit den Beziehungen zum ehemaligen Zaren von Russland war, humpelte auf ihren Stock gestützt hinter der Dame her. In ihr erkannte Beanstock die ältere Dame vom Vortag mit dem seltsamen Hut auf dem Kopf.

Die Tür hatten die Frauen aufgelassen und so trat der Butler ein. Der Zahlmeister, Mr Friday, wischte sich mit einem Taschentuch den Schweiß von der Stirn.

„Was kann ich für Sie tun Mr Beanstock? Entschuldigen Sie, das war sehr unangenehm. Die Damen vermissen eine Tasche. Ich habe bereits danach suchen lassen, aber sie bleibt verschwunden. Das kann noch problematisch werden." Er zuckte die Schultern.

„Mr Friday, ich brauche eine Auskunft über den Passagier in Kabine 322 auf dem A-Deck. Ich würde Sie nicht bitten, wenn es nicht sehr wichtig wäre. Es geht um einen verschwundenen Freund", sagte Beanstock und vermerkte in Gedanken, dass er Gonzales niemals wissen lassen dürfte, dass er ihn als Freund bezeichnet hatte. Auch wenn es der Wahrheit entsprach, das würde dem Ego des Chauffeurs nicht gut bekommen.

„Soso, Kabine 322, der Herr ist mir bereits aufgefallen. Eigentlich darf ich das nicht Mr Beanstock. Aber ich muss kurz das Bad aufsuchen. Ich werde so ungefähr fünf Minuten brauchen. Warten Sie doch hier im Büro und machen Sie es sich bequem." Damit nahm der Zahlmeister ein großes Buch zur Hand und legte es mit einem bezeichnenden Augenzwinkern auf den Schreibtisch.

Nachdem er gegangen war, suchte Beanstock nach der Kabinennummer. In 322 wohnte ein Amerikaner mit Namen Richard Rushmore. Angeblich kam er aus Boston.

Wenn dieser Mann Amerikaner war, würde sich Beanstock doch sehr wundern. Er hatte gehört, wie er mit einem Kellner im Rauchsalon gesprochen hatte. Diesen Akzent hatte kein Amerikaner.

Hier stimmte etwas nicht. Er musste den Mann im Auge behalten. Wenn Gonzales ihn erkannt hatte, konnte das nur bedeuten aus Kriegstagen oder sogar noch früher aus seiner Zeit in der spanischen Heimat.

Als Nächstes informierte Beanstock die Baronets über seine Nachforschungen. Lord Mortimer vermutete sofort, wer gemeint sein könnte und berichtete, dass beim abendlichen Dinner ein Herr, auf den die Beschreibung Beanstocks passte, einen regelrechten Eklat verursacht hatte.

Er hatte sich lautstark zuerst mit einem der Kellner und danach mit dem hinzugerufenen Zahlmeister gestritten. Der hatte ihn zu beruhigen versucht, es wurde aber immer schlimmer und letztendlich hatte der Zahlmeister Champagner auf der Jacke. Es war sehr unschön. Am Tisch der Baronets saßen noch zwei andere Passagiere, die sich als Colonel Morris und Ehefrau vorgestellt hatten. Alle am Tisch waren sich einig, dieser Herr hatte viel zu viel Geld, dafür aber keinerlei Manieren.

Beanstock verstand derlei Benehmen nicht.

„Was war der Grund für den Eklat Sir?", richtete er sich an den Baronet.

„Im Grunde genommen eine Nichtigkeit. Der Herr wollte einen Einzeltisch. Er würde niemals mit dem niederen Volk, so seine Worte, speisen. Der Kellner machte ihn darauf aufmerksam, dass man ausgebucht wäre, und bat ihn, sich bis zum nächsten Tag zu gedulden. Dann würde er eine Lösung gefunden haben. Man würde morgen für ihn einen Tisch separat dazustellen. Aber das war dem Herrn nicht genug. Er zeigte mit seinem ausgestreckten Finger, was sehr unhöflich war, auf den Tisch von Professor Potts und wollte wissen, wieso der einen Tisch für sich hätte."

Lady Fedora unterbrach den Redeschwall ihres Gatten kurz.

„Nun, wir wissen ja, warum. Es will wirklich niemand beim Essen einen Vortrag über Motten hören und wie man die armen Tiere aufspießt."

„Jedenfalls wurde er immer lauter", fuhr Sir Percival fort.

„Als er den armen Kellner am Schlafittchen nahm, kam zum Glück der hinzugerufene Oberkellner mit dem Zahlmeister im Schlepptau. Nach dem Eklat mit dem Champagner verließ der Herr wutschnaubend den Speiseraum."

Beanstock bat die Herrschaften eine kurze Zeitspanne ohne ihn auszukommen. Er müsste Mr Rushmore auf jeden Fall im Auge behalten, um noch mehr von ihm zu erfahren. Lord Mortimer bot seine Mithilfe an und auch der Baronet wollte helfen.

Man einigte sich, dass Beanstock ihm folgen würde und wenn er in einer der Bars oder Gesellschaftsräume ging, würden ihn die beiden Freunde im Blick behalten. Dann würde die ganze Überwachung auch nicht weiter auffallen.

Die beiden Damen lächelten über den Eifer ihrer Ehegatten. Inzwischen hatte die Matilda gut Fahrt aufgenommen und ringsum war nur noch freies Meer. Die Küste war bereits am Nachmittag im Dunst verschwunden.

Beanstock bezog seinen Posten vor dem Zugang zum A-Deck. Er hatte sich umgesehen und vermutete den Mann in seiner Kabine.

Und richtig, er erschien kurz nach zweiundzwanzig Uhr. Er trug einen dicken dunklen Mantel und zog eine Mütze tief ins Gesicht. *Seltsam* dachte sich Beanstock und tadelte sich dafür, dass er nicht an seinen Mantel gedacht hatte.

Die meisten Passagiere waren zu dieser Zeit in der Bar, tanzten oder spielten im Teesalon Karten. Leise Musik kam aus dem Inneren des Schiffes. Niemand befand sich im Außenbereich. Es war empfindlich kalt und windig geworden, oder wie der Seaman es ausdrückte, es blies eine steife Brise. Das Schiff pflügte durch die Dunkelheit in Richtung der spanischen Küste. Nächster Halt war Gibraltar, das sie am nächsten Morgen erreichen sollten.

Späte Rache

Beanstock musste sich nicht darum bemühen, leise aufzutreten. Die stürmische See rundum machte so einen gewaltigen Lärm, dass jedes Geräusch verschluckt wurde.

Einmal musste er hinter einer der Kisten, die auf dem Deck verankert waren und die Rettungswesten enthielten, in Deckung gehen. Rushmore hatte sich umgesehen und schien sich davon überzeugen zu wollen, dass niemand an Deck war. Dann setzte er seinen Weg fort.

Er stieg über eine der Außentreppen zum B und danach zum C-Deck hinab. Hier waren nur die Kabinen der Mannschaft und des Personals untergebracht. Darunter waren der Maschinenraum und verschiedene Lagerräume.

Was suchte dieser Mann hier unten?

Ein Seaman kam schwankend auf ihn zu.

Aber er ignorierte den Mann. Das Schwanken des Mannes kam wohl nicht von der aufgewühlten See, sondern von einem geistigen Getränk, vermutete Beanstock. Nach einer Weile verschwand der junge Seaman in einer der Luken nach unten.

Rushmore hatte gewartet und setzte nun seinen Weg fort.

Inzwischen waren sie in der Nähe der Rettungsboote angekommen. Und dann war er fort.

Beanstock war verwundert. Wo war er geblieben? Vorsichtig tastete er sich weiter, denn hier waren auch kaum Lichter angebracht. Es war dunkel und kalt. Gischt sprühte vom Meer herauf. Beanstock war bereits völlig durchnässt. In Gedanken überlegte er sich bereits, wie er seinen guten Anzug wieder in Form bringen könnte.

Dann hörte er eine Stimme.

Langsam näherte sich Beanstock dem Geräusch.

„Hallo mein Freund, Zeit auszusteigen. Blinde Passagiere werden an Bord nicht geduldet und ich will dich auch endlich loswerden. Du verdirbst mir meine gesamte, schöne Reise. Machst mir meine Geschäfte kaputt. Du bist der Letzte aus meinem alten Leben, alle anderen habe ich bereits auf den Weg zur Hölle geschickt. Und die Sache mit Cassandra hat mir dein Freund Leon abgenommen. Nett von ihm, sie war mir zu anhänglich geworden. Hätte nicht gedacht, dass wir uns noch einmal begegnen. Mein Leben ist jetzt um so vieles besser, da kann ich nichts riskieren. Na komm schon."

Beanstock hörte durch das Heulen des Windes ein grauenvolles Stöhnen. Dann sah er Rushmore plötzlich. Er machte sich an einem der Rettungsboote zu schaffen.

Beanstock sah sich um. Er benötigte eine Waffe, das wurde ihm leider zu spät klar. Der Mann war viel größer als er und auch kräftiger.

Er sah eine Werkzeugkiste unter einem der Boote, griff danach und öffnete sie vorsichtig. Ein großer Schraubenschlüssel erschien ihm passend.

Dann drehte er sich zu dem Mann um und ging auf ihn

zu. Inzwischen hatte Mr Rushmore, *wer weiß, ob das sein richtiger Name war*, dachte Beanstock, eine Person aus dem Boot gezerrt. Das war nicht leicht gewesen, da das Boot etwas höher hing.

Mit einem grauenvollen Knacken landete der Körper auf dem harten Deck. Die Person stöhnte erneut, Beanstock konnte sehen, dass sie wie ein Paket verschnürt war.

Rushmore nahm den Knebel aus dem Mund des Mannes, Beanstock war sich sicher, dass es eine männliche Person war, und in seinem Innersten kämpfte bereits die Angst, um wen es sich handeln könnte.

Dann wurde es ihm zur Gewissheit. Der arme Mensch, der dort als Paket verschnürt lag, war ihm nur allzu gut bekannt.

„Du verdammtes Schwein", nuschelte Gonzales, „du hast meine Freunde getötet. Mach mich los und kämpfe wie ein Mann mit mir, du Feigling!"

Die Antwort war ein Fausthieb direkt in das bereits grün und blau angelaufene Gesicht des Chauffeurs. Gonzales sackte zusammen.

Das war Beanstocks Startschuss.

Er sprang vor und schlug dem Mann auf den Kopf. Er versuchte, nicht zu fest zuzuschlagen, er wollte ihn ja nicht umbringen.

Rushmore fiel um und gab endlich Ruhe.

Beanstock hielt schnell die Hand an Gonzales' Hals. Der Puls war schwach, aber er war am Leben.

Dann nahm er ihm die Fesseln ab und setzte ihn mit dem Rücken an die Schiffsreling. Dieser kurze Moment hatte gereicht. Rushmore kam zu sich und versuchte zu flüchten. Aber wohin wollte er auf einem Schiff mitten im Ozean? Beanstock hätte ihn erst einmal davonlaufen lassen, er wollte sich um Gonzales kümmern, aber das war nicht im Sinne des Spaniers. Mit übermenschlicher Kraft stand Gonzales auf und stolperte dem Flüchtenden hinterher.

Beanstock folgte.

Rushmore floh in Richtung Bug.

Als er das Ende des Schiffes erreicht hatte, wurde er sich der ausweglosen Situation bewusst und hob die Hände, um zu kapitulieren. Gonzales war bei ihm angelangt und machte einen Schritt auf ihn zu.

„Du wirst dich für deine Taten verantworten, Russ!", schrie er dem grinsenden Mann entgegen. Gonzales machte einen weiteren Schritt auf Rushmore/Russ, oder wer weiß schon wie er wirklich hieß, zu und wollte ihn am Arm packen. Eine riesige Gischtwelle überflutete in diesem Moment das Schiff und Russ schwankte. Er macht einen Schritt nach hinten, aber dort war nichts mehr. Als sich das Wasser zurückzog, war Russ verschwunden.

„Er hat sich wieder seiner Strafe entzogen, verdammter Mistkerl!", brüllte Gonzales heiser in den Sturm hinaus.

Beanstock nahm ihn um die Taille und schleppte ihn weg. Als die beiden das nächste Deck erreichten, kamen ihnen einige Männer entgegen. Sie griffen schnell zu und schleppten den inzwischen bewusstlosen Gonzales in die Krankenstation.

Der Arzt wurde gerufen und konnte zur Freude Beanstocks erklären, dass der Mann auf jeden Fall überleben würde.

„Er hat eine Menge Prellungen und blaue Flecken, eine Gehirnerschütterung, aber kein Knochen ist gebrochen. Die Benommenheit kommt wahrscheinlich von einem Betäubungsmittel, das man ihm verabreicht hat. Sehen Sie hier die Einspritzstellen am Arm? Außerdem ist er dehydriert, unterkühlt und hat keine Nahrung bekommen. Er sollte nach ein paar Tagen auf der Krankenstation wieder der Alte sein. Machen Sie sich keine Sorgen Mr Beanstock", erklärte der Arzt, Dr. Miller, ein rundlicher, weißhaariger Mann mit einem gewinnenden Lächeln.

Man hatte den Captain informiert, der nun mit dem Zahlmeister und einem der Offiziere kam.

Beanstock erklärte die gesamte Geschichte und spekulierte, dass der Name Rushmore wahrscheinlich falsch war. Man solle die Behörden verständigen. Eine Suche nach der Leiche des Mannes wäre bei diesem Seegang ausweglos, erklärte der Captain. Sie waren Meilen von der Stelle entfernt, wo er über Bord gegangen war. Er übergab einem der Offiziere die Klärung der Sache und im nächsten Hafen würde die Polizei sicher nochmals Mr Beanstock und den Chauffeur verhören wollen.

Sir Percival und Lady Fedora erschienen kurze Zeit später mit Lady Marjorie und Lord Mortimer auf der Station.

Gonzales war zu sich gekommen und fühlte sich sichtlich wohl, im Mittelpunkt zu stehen. Lady Feodora tätschelte seine Hand.

„Was haben Sie da nur für einen Schlamassel erlebt, mein guter Gonzales", sagte sie. „Jetzt erholen Sie sich und dann kommen Sie natürlich mit uns. Beanstock, versuchen Sie eine Unterkunft für unseren Gonzales zu finden. Ich möchte, dass er uns auf der Reise begleitet. Auf keinen Fall lassen wir ihn in diesem Zustand allein durch die Gegend reisen. Und vielleicht suchen Sie nach passender Kleidung. Wenn es Ihnen besser geht, werden Sie uns viel zu erzählen haben."

„Ach, Ihre Hoheit sind nicht mehr böse mit mir? Das ist schön", murmelte Gonzales und sah Lady Fedora träumerisch an. „Ihr könnt mich doch nicht zu den Wilden schicken und Ihr müsst unbedingt Bienenstöcke anschaffen."

Gonzales wollte grinsen, hatte aber sein verschwollenes Gesicht vergessen und stöhnte leise.

„Ich mag Honig, aber diese Pumphosen mag ich nicht", schickte er seiner seltsamen Erzählung noch nach.

„Da geht aber eine ganze Menge durcheinander im Kopf unseres Gonzales. Also Beanstock, Sie wissen, was zu tun ist und danke, dass Sie ihn gerettet haben. Das wird er Ihnen sicher niemals vergessen und wir auch nicht", raunte Sir Percival seinem Butler zu und klopfte ihm auf den Rücken.

„Sehr wohl, My Lady, Sir Percival, ich werde mich darum kümmern", erklärte Beanstock und dann konnte er ein Niesen nicht mehr zurückhalten. Erst jetzt dachte er wieder daran, dass er völlig durchnässt war.

Lady Fedora schickte ihn auf seine Kabine und ließ ihm heißen Tee mit einem guten Schuss Rum bringen. Das gab es immer bei Mrs Porkpie, wenn irgendjemand erkältet war im Hause Parsley Manor.

„Jetzt wird es aber eine erholsame Reise werden", dachte

sich Beanstock, als er endlich in seinem warmen Bett lag, an dem Tee nippte und nach seinem Kriminalroman griff.

Gibraltar

Am nächsten Morgen versprachen laue Luft und strahlender Sonnenschein den sturmgebeutelten Reisenden besseres Wetter und endlich einen wundervollen Tag an Deck der Matilda.

Während die Herrschaften beim Frühstück saßen, hatte Beanstock die Kabinen inspiziert. Nachdem er der ewig meckernden Martha seine Zustimmung zu dem korrekten Zustand der Kabinen erteilt hatte, war das Mädchen mit ihren Putzutensilien schnellstens in der nächsten Kabine verschwunden. Sie hoffte, für heute von der Angel zu sein.

Beanstock machte sich auf den Weg in die Krankenstation. Im Flur hörte er bereits die fröhliche Stimme Gonzales und ein weibliches Kichern, das wahrscheinlich von der jungen Krankenschwester kam. Beanstock vermutete richtig. Als er das Krankenzimmer betrat, saß Gonzales aufrecht im Bett. Sein Kopf war bandagiert und sein rechter Arm lag in einer Armschlinge. Sein Gesicht hatte wieder einen gesunden Farbton angenommen, mal abgesehen von den blauen und grünen Flecken. Die Krankenschwester war damit beschäftigt, ihn mit Suppe zu füttern. Dabei kicherte sie ausgelassen, da Gonzales sie mit seinen dunklen Augen lachend ansah und ihr in diesem Moment erklärte, was für ein

Teufelskerl er war.

Beanstock trat ein und räusperte sich. Die Schwester bekam einen Schreck, entspannte sich aber, als sie sah, dass nicht der Herr Doktor im Zimmer stand.

„Mr Beanstock, Sie haben mir das Leben gerettet!", rief der Chauffeur. Er versuchte, seine Beine aus dem Bett auf den Boden zu stellen.

Beanstock winkte ab.

„Sie müssen heute noch hierbleiben, Señor Gonzales, Anordnung des Arztes."

„Aber es geht mir wieder bestens. Sehen Sie doch, wie gut es mir geht." Bei diesen Worten nahm er seinen Arm aus der Schlinge und wollte ihn bewegen. Sofort traten ihm Schweißperlen auf die Stirn. Beanstock trat zu ihm und steckte fürsorglich den Arm zurück in die Schlinge.

Gonzales ließ sich auf das Bett fallen und atmete tief durch.

„Na gut, aber nur noch heute. Sehen Sie sich nur meine gute Uniform an. Was sagen Sie dazu?" Man könnte meinen, dem Chauffeur traten Tränen in die Augen, so weinerlich klang es.

Beanstock sah sich den Anzug genau an, der neben dem Bett über einem Stuhl hing. Er wusste, wie stolz Gonzales gewesen war, als Sir Percival dem jungen Mann damals diese Uniform überreicht hatte. Nun starrte der gute Stoff vor Schmutz, es fehlten mehrere Knöpfe, der linke Ärmel hing nur noch an einem Faden und die Hose hatte mehrere große Löcher und Risse. Selbst Beanstock, der niemals etwas wegwarf, das noch zu retten war, gab auf.

„Da ist nichts zu machen. Ich werde die Uniform entsorgen und mich um angemessene Kleidung für Sie kümmern. Zum Glück legen wir heute in Gibraltar an und zu meiner Freude sind wir damit auf britischem Boden. Einer angemessenen Ausstattung steht damit nichts im Wege. Ich werde Sir Percival bitten, von Bord gehen zu dürfen und für Sie einzukaufen."

„Aber auf keinen Fall Strumpfhosen oder diese kurzen Kniehosen. Das ziehe ich nie wieder an!"

„Wie kommen Sie nur auf diese Ideen? Sie haben geträumt Gonzales. Erholen Sie sich. Ich werde später noch einmal nach Ihnen sehen."

Beanstock ging kopfschüttelnd aus dem Krankenzimmer. Der Chauffeur war immer noch nicht ganz bei sich.

Was hatte dieser Verbrecher ihm nur gespritzt?

Beanstock vermutete ein Betäubungsmittel, das Halluzinogene, vielleicht einen mescalinhaltigen Pilzauszug, enthalten hatte. Er hoffte, es würde keine bleibenden Schäden verursachen.

Nachdem er mit den Herrschaften gesprochen hatte, holte er seinen Mantel aus der Kabine und ging an Deck. Jeder Passagier war wahrscheinlich in diesem Moment dort. Der Felsen von Gibraltar kam in Sicht.

Eine gewaltige Felsenmasse schob sich in Beanstocks Gesichtsfeld. Der Felsen musste mindestens anderthalb Meilen lang sein und über vierhundert Yards hoch, schätzte Beanstock. Eine Seite stieg steil aus dem Meer empor, während die andere Seite einen steilen Abhang bildete. Gibraltar war eine schmale Halbinsel, die sich wie ein Finger in das

Mittelmeer schob.

Rund um den beeindruckenden Felsen klebten an jedem noch so kleinen Platz Häuser und Gärten.

Eine winzige, britische Enklave zwischen Afrika und Europa und eine ewige Möglichkeit für Spanien und Großbritannien, sich zu streiten.

Sir Percival, Lady Fedora und ihre Freunde gingen, nachdem das Schiff den Hafen erreicht hatte, von Bord und wollten sich eine der großen, gerade erst entdeckten Tropfsteinhöhlen ansehen. Der Felsen von Gibraltar war während des Krieges von den Soldaten ihrer Majestät wie ein Schweizer Käse durchlöchert worden. Dabei hatte man eine wunderschöne, riesige Höhle entdeckt.

Lord Mortimer war wiederum verschnupft, da niemand mit ihm zusammen den Felsen erklimmen wollte, um die dort lebenden berühmten Berberaffen zu sehen. Lady Marjorie meinte dazu, diese Affen wären eine interessante Sache, aber wenn ihr Gatte Affen sehen wollte, würde sie mit ihm in London in den Zoo gehen. Er gab auf.

Beanstock begab sich inzwischen in die Innenstadt und kaufte alles Nötige für Gonzales ein. Er sah den aufgeregten Professor Tadeusz Potts ausgestattet mit seinen bekannten Utensilien, dem Tropenhelm und dem Netz, eilig von Bord gehen.

Als Beanstock, bepackt mit Paketen, den Rückweg zum Schiff antrat, fiel ihm etwas auf. Vor einer hübschen Bar saßen die russische Gräfin und ihre Enkelin, die sich so lautstark beim Zahlmeister beschwert hatten.

Mr Friday hatte ihm an diesem Morgen berichtet, dass er

bereits neuerlichen Besuch der Damen hatte, die wiederum in einer hässlichen Tirade von Beschimpfungen endete. Aber dieses Mal hatten die Ladys eine Liste mit dem Inhalt der verschwundenen Tasche vorgelegt. Mr Friday betonte mehrmals, dass er so etwas eigentlich nicht preisgeben dürfe, aber da er den Butler als einen integren Mann einstufte, ihm doch davon berichten könne. Beanstock hob angesichts des Vertrauensbruchs gegenüber den Passagieren zwar eine Augenbraue, aber neugierig war er doch geworden. Der Zahlmeister hatte es sich inzwischen zur Gewohnheit gemacht, jeden Morgen mit Beanstock zu frühstücken.

„Stellen Sie sich vor die Damen hatten sogar Fotografien der Gegenstände aus der Tasche dabei. Es handelte sich um mehrere kostbare Brillantcolliers, eine Diamanttiara, sowie Ringe aus Gold, besetzt mit Diamanten und Saphiren. Als Krönung sozusagen wird eine Spange vermisst, aus Gold und mit einem riesigen Rubin besetzt, die ein Geschenk des Zaren sein soll, der sogenannte und angeblich berühmte Orlowski Rubin. Das ist ein Desaster für die Schifffahrtsgesellschaft", erklärte der Zahlmeister traurig.

Und nun sah Beanstock diese beiden Damen vor der Bar sitzen, genüsslich an einem Glas Sekt schlürfen und sich köstlich amüsieren. Dass man nach so einem herben Verlust so fröhlich sein konnte, erschien ihm sehr seltsam. Das machte keinen Sinn. Er würde dem Zahlmeister davon berichten und ihm raten, die Seamen zu verhören, die am Anreisetag das Gepäck auf die Kabinen gebracht hatten. Schließlich sollte irgendjemand diese Tasche gesehen haben.

Er wollte soeben durch die alten Gassen zurück zum Schiff gehen, als er das Gefühl hatte, verfolgt zu werden. Bereits vor dem Café war ihm ein braun gebrannter Mann aufgefallen, der ihn zu beobachten schien. Beanstock stellte sich neben die Auslage eines Händlers, der allerlei Touristenkrimskrams anbot, das niemand brauchte, aber gern genommen wurde. Aus den Augenwinkeln sah er den Mann kommen. Schnell drehte er sich zu ihm um und stellte sich ihm in den Weg.

„Verfolgen Sie mich?"

Der Mann mit dem dunkelbraunen Teint bekam einen Schreck. Er trug einen hellblauen Anzug und um den Hals ein rotes Tuch gewunden. Beanstock schätzte sein Alter auf dreißig Jahre.

Der Mann nahm hinter seinem Rücken etwas hervor. Er hielt Beanstock einen riesigen Strauß Rosen vor das Gesicht und sagte in gebrochenem Englisch den berühmten Satz: „Wollen der Herr eine Rose kaufen? Vielleicht für junge Dame in Café?"

Dabei grinste er breit.

„Nein, natürlich nicht. Wie kommen Sie denn darauf, guter Mann?", fragte Beanstock.

„Habe gesehen, wie Sie junge Dame beobachtet haben. Hübsche junge Dame!", rief er und hielt dem Butler erneut die Rosen vor das Gesicht.

Beanstock wehrte ab und ging schnell davon.

Derlei Begegnungen würde es sicher auf der Reise noch oft geben. Überall, wo Touristen in Mengen auftraten, gab es auch massenweise Händler, die etwas zu verkaufen hatten. Derlei Aufdringlichkeiten kannte der Butler bereits von der Ägyptenreise. Wenn er nicht zu jeder Zeit ein Auge auf seine Herrschaften gehabt hätte, wäre man mit dem doppelten Gepäck nach Parsley Manor zurückgekehrt. Ganz zu schweigen von dem absolut echten persischen Teppich, der Sir Percival so sehr gefallen hatte.

Zurück auf dem Schiff brachte er die Bekleidung zu Gonzales und begab sich dann zum Zahlmeister, um mit ihm die Kabinenfrage zu lösen. Vorher machte er einen Abstecher zum Funkraum. Er telegrafierte Mrs Argyle und Inspector Greenwood die guten Nachrichten zum Fall Gonzales.

Die Herrschaften waren noch an Land. Den Nachmittag hatte Beanstock zur freien Verfügung.

Mr Friday freute sich über den Besuch und ließ von einem Kabinensteward Tee servieren.

Nachdem die beiden Herren eine Zeit lang schweigend von ihrem Tee getrunken hatten, erzählte Beanstock von seiner Begegnung an Land.

„Sie haben vollkommen recht Mr Beanstock. Das ist seltsam. Aber das kann alles Mögliche bedeuten. Legen wir nicht zu viel Bedeutung in diese Begegnung."

„Wenn es nicht zu aufdringlich erscheint, würde ich mir gern einmal die Fotos von dem verlorenen Schmuck ansehen."

Der Zahlmeister nickte und stand auf, um eine Mappe vom Schreibtisch zu holen. Er entnahm einige Fotografien und reichte sie dem Butler.

Nachdem er sich alle Darstellungen genau angesehen

hatte, legte er die Fotos auf den Tisch und dachte einen Moment nach. Interessiert beobachtet vom Zahlmeister.

„Der Schmuck scheint wertvoll zu sein. Aber wenn man nur Fotos sieht, kann man den Reinheitsgehalt der Steine und die Echtheit des Goldes nicht wahrheitsgemäß bewerten. Mir fällt die Qualität der Fotos auf."

„Meinen Sie die Aufnahmen sind schlecht?", fragte Mr Friday.

„Im Gegenteil, sie sind viel zu gut", antwortete der Butler und brachte den Zahlmeister zum Staunen.

„Ich würde Ihnen dringend raten Sir, die Mannschaft zu befragen, die am Anreisetag das Gepäck betreut hat. Vielleicht ist einem der Männer etwas aufgefallen."

Mr Friday nickte zustimmend.

„Das wäre ein Anfang. Glücklicherweise sind wir noch einige Tage unterwegs und haben etwas Zeit. Ich werde mich sofort darum kümmern. Am besten wäre es allerdings, wenn sich die Tasche der Gräfin Orlowskaja wieder anfinden würde. Ich kann und will nicht glauben, dass es unter der Mannschaft einen Dieb gibt. Unsere Leute werden sehr sorgfältig ausgewählt."

Der Zahlmeister schenkte Tee nach und die beiden Herren verfielen erneut in Schweigen.

Seamanschicksal

Das hatte sich Seaman Nummer zwölf, Humphrey Bing, geboren in Bristol am Zehnten des Monats Mai, einem Sonntag, nicht so gedacht. Seine Mutter hatte ihn stets als ein Sonntagskind belächelt und ihm klargemacht, dass er in seinem Leben immer vom Glück verfolgt werden würde. Der Junge hatte ihr geglaubt. Die Schule war geschafft und Humphrey wollte zur See. Auf einem richtig schönen großen Schiff wollte er Captain werden. Seine Mutter hatte halbherzig versucht, ihn davon abzubringen, ohne Erfolg.

Ein Vater war nicht mehr da, der hatte sich vor seiner Geburt aus dem Staub gemacht.

Er liebte die See. Also hatte er sich auf der Marineschule beworben. Aber die hatten ihn mit seinen mittelmäßigen Noten nicht genommen. Man hatte ihm erklärt, er könnte diese Tatsache wettmachen, wenn er als einfacher Seaman an Bord eines Schiffes ginge und sich dort bewähren würde. Dann könnte er sein Ziel auch so erreichen. Seeleute wurden nach dem Krieg händeringend gesucht.

Viel zu spät hatte Humphrey festgestellt, dass man ihm nicht die ganze Wahrheit gesagt hatte. Aus dem Teufelskreis einer Tätigkeit als Seaman kam man nicht so schnell auf einen höheren Posten. Der Steuermann hatte ihn ausgelacht, als er ihn nach Aufstiegsmöglichkeiten befragt hatte.

„Jungchen", hatte der Steuermann lächelnd gesagt, „einmal Seaman, immer Seaman. Die haben dich reingelegt. Früher nannte man das shanghaien. Ohne Marineschule und Offizierslaufbahn bekommst du keinen Fuß in die Tür zur Brücke. Vergiss es!"

So hatte sich Humphrey damit abgefunden. Vorerst!

Wenn diese Fahrt zu Ende sein würde, wollte er nach Bristol und zurück auf eine Schule gehen. Dann würde er die See aufgeben. Sie hatte ihm kein Glück gebracht. Seine Mutter freute sich auf ihn und hatte ihm vorgeschlagen, einen schönen, traditionsreichen Handwerksberuf zu ergreifen. Das hatte Zukunft. Vielleicht sollte er Tischler werden oder bei einer Druckerei anfangen. Darüber würde er nachdenken, wenn es soweit wäre. Er legte den Pinsel zur Seite und schloss die Büchse mit der Farbe. Seit einer Woche war er als Farbklecker abgestellt. Es reichte ihm schon lange. Die Geländer auf dem Promenadendeck zu streichen war eine notwendige Arbeit, aber sie musste ihm ja nicht gefallen.

Er wischte seine Hände notdürftig mit einem Lappen sauber, denn nun hatte er einen Termin beim Zahlmeister. Alle Männer, die am Anreisetag mit dem Gepäck der Passagiere zu tun gehabt hatten, mussten sich einer Befragung durch Mr Friday unterziehen. Na das war ja wieder ein schöner Schlamassel. Was die da oben wohl wieder wollten? Er ging zum Büro des Zahlmeisters, vor dessen Tür bereits fünf weitere Männer standen und warteten.

„Was ist los?", fragte Humphrey. Die Wartenden zuckten die Achseln.

Die Tür öffnete sich und nachdem ein Seaman den Raum verlassen hatte, rief der Zahlmeister den nächsten herein.

Alle sahen den Mann, der herausgekommen war, fragend an.

„Kein Ahnung was das soll. Sie fragen nach dem Gepäck und speziell nach dem dieser Russinnen. Ihr wisst schon, die hübsche Junge, die immer was zu meckern hat." Der Seaman setzte seine Mütze auf und ging zurück an Deck.

Humphrey dachte nach.

Er hatte das Gepäck der Frauen in die Kabine gebracht. Er erinnerte sich genau, weil es kein Trinkgeld gegeben hatte und die junge Frau ihn ständig geschubst hatte. Es war ihr zu langsam und zu tollpatschig gewesen.

Nach einer halben Stunde war Humphrey an der Reihe.

In der Kabine saß Mr Friday hinter seinem Schreibtisch und sah auf eine Liste. Daneben stand einer der Offiziere.

„Hatten Sie mit dem Gepäck der russischen Damen zu tun, Seaman Bing?", fragte der Zahlmeister.

„Jawohl, Sir!", rief Humphrey und stand stramm.

„Ist Ihnen eine grünliche Tasche mit einem Schloss am Verschluss aufgefallen?"

Humphrey dachte angestrengt nach. Er konnte sich an so eine Tasche nicht erinnern. Aber er hatte auch mit dem vielen Gepäck der Frauen alle Hände voll zu tun gehabt. Mehrere Koffer, Hutschachteln und Kosmetikköfferchen waren nach unten zu bringen gewesen. Vielleicht meinte man einen der Kosmetikkoffer? Aber die waren nicht grün gewesen. Er sagte dem Zahlmeister, was er wusste und danach durfte er gehen. Der Offizier sah ihn dabei sehr seltsam an. Dachten die etwa, er hätte die Tasche gestohlen?

Das wollte er nicht auf sich sitzen lassen und je weiter der Tag fortschritt, machte er sich mehr und mehr Sorgen.

Er würde die Damen zur Rede stellen, auch wenn das für einen einfachen Seaman nicht angemessen war.

Immer wieder ließ er den Tag der Anreise Revue passieren, aber er konnte sich an eine grüne Tasche nicht erinnern. Vielleicht hatte er sie einfach übersehen?

Im Moment hatte er andere Sorgen. Das Geländer musste bis zum Abend fertig gestrichen sein, sonst bekam er Ärger mit seinem Vorgesetzten.

Also macht sich Humphrey an die Arbeit.

Die Princess Matilda verließ in diesem Moment den Hafen von Gibraltar und steuerte den nächsten Punkt auf der Route an. Valencia stand auf dem Programm. Aber es sollte anders kommen.

General Franco hatte wohl etwas gegen britische Kreuzfahrtschiffe. Er verweigerte das Anlegen im Hafen und den Touristen von Bord zu gehen.

Sir Percival meinte dazu seinem Freund Mortimer gegenüber, dass wahrscheinlich die Verhandlungen mit den Vereinigten Staaten daran Schuld wären, während die Damen sich über eine Hollywooddiva namens Ava Gardner unterhielten, die ihren Wohnsitz nach Madrid verlegt hatte, ein Leben im Alkoholrausch lebte und den Matadors des Landes sehr zugetan war. Die Damen waren nicht böse, an Spanien ohne Halt vorbeizufahren.

Durch die Erzählungen ihres Chauffeurs hatten sie einen Einblick in die Machenschaften des Francoregimes bekommen und waren erschüttert.

Somit hatten die Passagiere nicht einen, sondern ganze zwei Tage auf dem Meer zu überbrücken. Der Captain entschied sich, bis Cannes, dem nächsten Haltepunkt, weiterzufahren.

Das Wetter war sonnig und warm und dem Aufenthalt an Deck stand nichts im Wege. Die Mannschaft organisierte eine Reihe von sportlichen Wettkämpfen, wobei der Versuch, an Bord Cricket zu spielen, aufgegeben werden musste. Der Seegang und der ständig über Bord segelnde Ball hatten zur Folge, dass es keine Bälle mehr gab.

So verlegten sich die Damen auf das Sonnenbad in bequemen Liegestühlen und die Herren zogen sich zu Bridge und Whist in die Salons zurück. Am Abend wurde getanzt und bis in die Nacht konnte man an Deck mit einem Glas Whisky oder Gin Tonic sitzen, eine gute Zigarre rauchen und den klaren Sternenhimmel bewundern.

Den Seaman Humphrey Bing sah man in den zwei Tagen auf See nicht mehr. Am zweiten Tag meldete der Offizier vom Dienst, dass ein Seaman vermisst wurde. Das Schiff wurde vom Maschinenraum ganz unten bis zum Promenadendeck ganz oben abgesucht. Ein Mitglied der Mannschaft kroch sogar in den winzigen Raum hinter der Schiffsschraube.

Als man den verdrehten Körper endlich fand, konnte sich niemand aus der Mannschaft erklären, wie es zu diesem tragischen Unfall gekommen war. Seaman Bing lag am Fuß einer langen Eisentreppe, die tief in den Bauch des Schiffes führte und da sein Körper durch den Seegang hinter eine große Kiste gerollt sein musste, hatte man ihn erst so spät entdeckt. Der Zahlmeister machte eine Notiz, der Captain telegrafierte der Mutter Bing und Beanstock dachte sich seinen Teil, als Mr Friday ihm am nächsten Tag beim Frühstück davon berichtete.

Cannes

Der französische Hafen an der Côte d'Azur lag im strahlenden Sonnenschein vor den Augen der Kreuzfahrer. Wolkenloser Himmel, frischer Wind, der nach Sommer duftete, ein unnatürlich blaues Meer, so glatt wie ein Babypopo. So stellte man sich einen perfekten Tag am Mittelmeer vor. Das Wetter konnte nicht besser sein, um einen ausgedehnten Landgang zu unternehmen. Die Matilda ankerte vor dem Hafeneingang, da das Schiff für die Einfahrt zu groß war. Man würde die Reisenden mit Tenderschiffen an Land bringen.

Während die Baronets mit ihren Freunden im Frühstückssalon speisten, brachte Beanstock die Kabinen in Ordnung und kümmerte sich um den Smoking Lord Mortimers, der beim abendlichen Dinner Bekanntschaft mit einer Sahnetorte gemacht hatte. Seine Gattin hatte kopfschüttelnd versucht, mit einer Serviette zu retten, was zu retten war, dadurch die Flecken aber nur vergrößert. Beanstock würde das wieder hinbekommen. Mit seiner Erfahrung und dem bewährten Fleckenmittel Patch Devil, das der Butler stets mit sich führte.

Regel 25, eine exzellente Möbelpolitur muss stets im

Haus sein, erweiterte Beanstock in seinem Gedankenpalast mit dem Zusatz: *Das gute Fleckenmittel Patch Devil gehört ebenfalls dazu.*

Nachdem der gereinigte Smoking zurück im Schrank war, ging der Butler an Deck. Die Tenderboote lagen an der Steuerbordseite der Matilda zur Abfahrt bereit.

Die Baronets und ihre Freunde kamen, gefolgt von ihren Tischnachbarn, Colonel Morris und Gladys, seiner Gattin, nach dem Frühstück an Deck und wurden von einem Seaman zu den Tenderboten geleitet. Beanstock achtete darauf, dass die Damen die kleinen Boote ohne Blessuren erreichten und wollte sich dann zurück auf die Matilda begeben.

Sir Percival hatte noch eine Aufgabe für seinen Butler. Er wartete kurz, bis die Damen und Herren sicher an Bord des Tenderbootes waren. Bevor er einstieg, flüsterte er seinem Butler etwas zu.

Beanstock nickte und half dem Baronet auf das Boot.

Mit fliegenden Rockschößen, das Schmetterlingsnetz hoch erhoben, kam der Professor gerannt und hüpfte noch schnell in das Boot. Beanstock war ihm behilflich, sicher an Bord zu kommen. Professor Potts lächelte ihm zu und dankte ihm.

Die Fahrt zum Hafen würde nur ein paar Minuten dauern. Die Herrschaften beabsichtigten einen Besuch der Kirche Notre Dame de l'Esperance, in der eine schöne Statue der Heiligen St. Anna zu sehen war und einen Spaziergang auf dem bekannten Boulevard de la Croisette, auf dem sich Geschäfte und Cafés aneinanderreihten, wie Perlen an einer

Perlenkette.

Lord Mortimer wurde wieder einmal überstimmt. Daraufhin versuchte er, Colonel Morris zu überreden, mit ihm den Cimetiére du Grand Jas zu besuchen. Einen Friedhof, auf dem das Grab des berühmten Prosper Mérimée lag. Lord Mortimer liebte Gruselgeschichten und Mérimée hatte einst *die Venus von Ille* geschrieben, eine wahrlich gruselige Story. Das würde ein ziemlicher Fußmarsch werden. Der runde Colonel war froh auf ebener Erde ohne schwankende Planken gehen zu können und lehnte das Ansinnen ab.

Beanstock war auf dem Weg in seine Kabine. Vorher klopfte er an der Tür des Chauffeurs, um sich nach seinem Befinden zu erkundigen. Gestern durfte Gonzales die Krankenstation endlich verlassen. Mit neuer Bekleidung ausgerüstet und frisch gebadet war der Chauffeur wieder ganz der Alte. Nur sein Arm in einer Schlinge zeugte noch von den Verletzungen. Gonzales öffnete die Tür und lächelte.

„Señor Beanstock!"

„Gonzales. Wie geht es Ihnen heute?"

„Muy bien. Ich fühle mich großartig. Was werden wir heute machen? Wie wäre es mit einem Ausflug in diese wunderschöne Stadt Cannes? Ein bisschen die Beine vertreten."

Dabei zwinkerte der Spanier dem Butler verschwörerisch zu.

„Mr Gonzales, ich kann mir denken, was sie an Frankreich interessiert. Aber es bleibt keine Zeit, um die Damenwelt zu erkunden. Ich habe einen Auftrag von Sir Percival. Dafür werde ich mit dem Küchenchef reden und danach in

Cannes Besorgungen erledigen. Sie können mich gern begleiten."

Gonzales seufzte und antwortete nicht gerade überzeugend: „Ja gern. Gehen wir. Das macht sicher auch viel Spaß."

Gonzales zog mithilfe des Butlers die Jacke an und die Herren machten sich auf den Weg.

„Ach Mr Beanstock. Können wir nochmals ein Telegramm nach Southampton schicken? Ich würde gern wissen, ob der Bentley in Ordnung ist. Ich musste ihn allein dort zurücklassen. Der Gedanke, dass er ungeschützt dasteht, macht mich ganz verrückt."

„Dem Bentley geht es gut", antwortete der Butler und wurde sich im selben Moment bewusst, dass er, wie der Chauffeur, den Wagen als lebendes Wesen betrachtet hatte.

„Ich habe bereits Inspector Greenwood telegrafiert. Er sieht nach dem Bentley und wird sich um ihn kümmern. Mrs Argyle wurde ebenfalls von mir informiert. Wenn ich das sagen darf, man freut sich, dass es Ihnen wieder gut geht."

Nachdem Beanstock mit dem Zahlmeister gesprochen hatte, war es kein Problem mehr, auch mit dem Küchenchef die Anweisungen für den Abend zu besprechen.

Danach nahmen die beiden Herren ein Tenderboot und ließen sich zum Quai übersetzen. Der Boulevard mit der Strandpromenade war nur wenige Minuten entfernt. Gonzales konnte sich nicht sattsehen an den Schönheiten, die hier flanierten. Das berühmte Filmfestival hatte vor ein paar Tagen stattgefunden und es waren immer noch Starlets und Schauspielerinnen vor Ort anzutreffen.

„Das ist wie eine Pralinenschachtel. Man weiß gar nicht, welcher süßen Versuchung man nachgeben soll", raunte Gonzales lächelnd dem Butler zu.

Beanstock räusperte sich kurz und zeigte dem Chauffeur seine hochgezogenen Augenbrauen. Das genügte. Gonzales hob beide Hände gen Himmel, verzog das Gesicht schmerzhaft, da er seinen Arm in der Schlinge vergessen hatte, und meinte: „Ist gut. Ich weiß. Pero bonbones de sabor tan bueno."

„Was sagten Sie, Gonzales? Bitte sprechen Sie nicht spanisch."

„Ich sagte, ich werde mich daran halten", antwortete Gonzales und sah schnell in eine andere Richtung.

„War in Ihrem Satz nicht irgendetwas mit Bonbones und gut? Ein bisschen kann ich schon verstehen."

Man kann diesen Mann nicht in die Irre leiten, dachte der Chauffeur und seufzte leise.

Nachdem sie den Boulevard erreicht hatten, betraten die beiden ein Juweliergeschäft und nun griff Beanstock gern auf den Rat des Chauffeurs zurück, der sich mit diesen Dingen bestens auskannte. Die Anweisungen von Sir Percival waren eindeutig und die Geldsumme, die auszugeben möglich war, wurde von dem Butler natürlich stets im Auge behalten.

Er vertraute Gonzales an, dass es um Lady Marjorie ging. My Lady hatte heute Geburtstag und die Baronets hatten leider das bereits erworbene Geschenk auf Parsley Manor vergessen.

Gonzales hatte ihm daraufhin erklärt, dass Lady

Marjorie fast niemals Schmuck tragen würde. Der Butler war erst einmal ratlos. Dann erzählte ihm Gonzales, dass sie allerdings Broschen sehr liebte.

„Woher wollen Sie das denn wissen? Ich denke sie trägt keinen Schmuck", fragte Beanstock resigniert.

Aber Gonzales musste nicht antworten. Sein wissendes Lächeln genügte. Wenn es um Damen ging, war Gonzales Spezialist.

Beanstock erstand eine Brosche aus Gold in Form eines Blumenstraußes, die mit kleinen glitzernden Steinen besetzt war. Er prüfte sehr sorgfältig, ob sich auf dem Schmuckstück die entsprechenden Stempel befanden, die den Reinheitsgehalt des Goldes bestätigten. Der Juwelier, ein dürrer Mann mit einem Kneifer auf der Nase, sah ihm dabei zu. Er schien beleidigt, dass man ihm nicht vertraute, und fühlte sich in seiner Ehre als Juwelier angegriffen.

Die beiden Herren verließen zufrieden das Geschäft und machten sich langsam auf den Weg zurück zum Quai.

Sie kamen an vielen Ständen vorbei. Händler boten billigsten Schmuck und Souvenirs an. Zu Beanstocks Erstaunen erkannte er an einem der Stände die russische Gräfin und ihre Enkelin. Die alte Dame konnte man überall erkennen. Die seltsamen Hutkreationen auf ihrem Kopf waren nicht zu übersehen. Ihre Enkelin hielt bunte Ketten in der Hand und versuchte mit dem Händler einen Preis auszuhandeln. Sie sprach laut und Beanstock fand ihre Sprechweise gar nicht passend für eine Angehörige der Zarenfamilie. Er würde diesen Jargon eher einem New Yorker Ghetto zuordnen.

„Wieso kaufen zwei so hochherrschaftliche Damen, die nur echten kostbaren Schmuck tragen, solchen Tand?", dachte er. Beanstock erschien das sehr unpassend. Außerdem hatte er schon wieder das Gefühl beobachtet zu werden. Er informierte Gonzales über seinen Verdacht und als sie am Quai angekommen waren, drehte sich Gonzales blitzschnell um und griff sich ihren Verfolger.

Beanstock stutzte.

Der Mann hatte tiefschwarze Haare, einen dicken Schnauzbart, einen hellblauen Anzug und ein rotes Halstuch. Hinter seinem Rücken zog er einen Strauß Rosen hervor.

„Wollen Sie nicht schöne Rose für die schöne Dame kaufen? Habe genau gesehen, wie Sie die Hübsche von den beiden angehimmelt haben." Der Mann grinste breit und hielt Beanstock die Rosen noch näher vor das Gesicht.

„Sagen Sie mal, haben Sie einen Bruder in Gibraltar?", fragte Beanstock überrascht.

„Oh, kennen Sie Omar? Ist mein Cousin. Ich bin Pierre. Wir haben viele Cousins und ein großes Geschäft. Wir werden irgendwann berühmt mit unseren Rosen. Wir werden massig Mäuse machen. Also? Wollen Sie eine Rose?"

„Nein, das wollen wir nicht!", rief Beanstock etwas zu laut. Gonzales hätte nicht gedacht, dass der Butler einmal laut werden könnte. Er scheuchte den Rosenverkäufer schnell fort.

„Grüßen Sie meinen Cousin in Neapel! Ich weiß, dort legen Sie als Nächstes an! Er heißt Lorenzo!", brüllte ihnen der Rosenmann nach.

Zurück an Bord der Matilda trafen sich Beanstock und Gonzales mit dem Zahlmeister zum Lunch. Die Baronets und ihre Freunde wollten in Cannes die Landesküche ausprobieren und wurden von Beanstock erst zum späten Nachmittag zurückerwartet.

„Wie kommen Ihre Nachforschungen in Bezug auf die Tasche voran?", fragte Beanstock Mr Friday, den Zahlmeister.

„Ich bin kein Stück weitergekommen. Im Hafen von Neapel wird ein Vertreter der Versicherung an Bord erwartet. Er soll den Fall untersuchen. Mr Beanstock, ich bin ratlos."

Kopfschüttelnd warf der Zahlmeister seine Serviette auf den Tisch und schob seinen Teller zur Seite.

„Ich habe die Damen heute in Cannes beobachten können. Müssten sie nicht viel unruhiger wirken? Wenn man so einen herben Verlust hinnehmen musste, sollte man das doch meinen, oder Mr Friday? Ich verstehe auch nicht, warum die Damen so wertvolle Stücke einfach in einer Tasche an Bord bringen sollten. Das ergibt für mich keinen Sinn", bemerkte Beanstock.

Gonzales rieb sich die Hände.

„Haben wir einen neuen Fall? Ich dachte schon, es wird eine langweilige Reise."

Beanstock sah den Chauffeur aufmerksam an.

„Sie werden sich heraushalten. Sie hatten erst einmal genug Ärger. Mr Friday, ich kann Ihnen nur versprechen, die Augen aufzuhalten und wenn ich etwas bemerke, werde ich Ihnen sofort berichten", versprach Beanstock. „Aber eines gibt mir doch zu denken. Der sogenannte Unfall des jungen

100

Seaman, der, wie wir nun wissen, das Gepäck der Damen an Bord gebracht hat. Ein seltsamer Zufall, meinen Sie nicht?"

Mr Friday bekam ganz große Augen.

„Sie wollen mir doch nicht etwa sagen, dass es Mord gewesen ist? Bei uns an Bord der Matilda soll ein Mörder sein?"

„Eigentlich", sagte Gonzales ganz ruhig, „wäre das dann schon der zweite Mörder an Bord Señor Friday. Sie haben meinen Mörder vergessen, der jetzt wahrscheinlich schon von den Haien angeknabbert wird. Gibt es im Mittelmeer Haie? Das wäre ein schöner Gedanke. Das hätte dieses Ekel verdient. Und wenn Mr Beanstock an Bord ist, werden Sie noch einiges erleben. Lo siento, Señor."

Beanstock räusperte sich.

Am Abend gab es ein spezielles Dinner für Lady Marjorie, ihren Gatten und die Baronets. Außerdem hatte man Colonel Morris und dessen Ehefrau eingeladen. Man verstand sich sehr gut mit den beiden. Lord Mortimer hatte festgestellt, dass man gemeinsame Bekannte in Indien hatte. Er war kurzzeitig während des Krieges dort stationiert. Die Herren hatten genug Gesprächsstoff für zwei Kreuzfahrten und die Damen waren glücklich, Beschäftigungen für ihre Gatten gefunden zu haben. Dadurch hatten die Damen viel Zeit und Muße für ihre eigenen Vorlieben. Sir Percival bezeichnete diese Dinge als Ladystuff und brachte seine Gattin damit regelmäßig auf die Palme. Damit meinte er das stundenlange Besprechen der zu wählenden Kleidung für den abendlichen Tanz, die Wahl der Schuhe, ein nicht zu unterschätzender Aspekt, sowie welche Tasche zu den Schuhen passen würde. Die Damen redeten über Kinder und Enkel, über die letzte Blumenschau in Parsley Field, die Hundezucht Lady Marjories und welchen Kinofilm man besonders favorisierte.

Im Palmensalon auf dem Oberdeck hatte man einen separaten Tisch gedeckt. Die Baronets hatten ihren Freunden nichts verraten und so wurde es eine große Überraschung für Lady Marjorie. Beanstock ließ es sich nicht nehmen, an diesem Abend persönlich die Getränke zu servieren. In der Mitte des runden Tisches stand ein Rosengesteck, nicht von Pierre geliefert, feines Porzellan mit Goldrand und dem Wappen der Matilda. Ein mehrarmiger Kerzenleuchter vervollständigte das Bild. Der Küchenchef, auf dem Kopf die Monstrosität einer Küchenmütze, servierte den ersten Gang persönlich und erklärte die Menüfolge des Abends.

„Garnelen auf Spinat mit cremiger Hummersauce, Beef Wellington auf glacierten Kartöffelchen und Bohnen, Lemon Tart mit Clotted Cream und zum Abschluss Mokka und eine Auswahl Petit Fours, Bon Appetit, Madames et Monsieurs."

Er verneigte sich und ging hocherhobenen Hauptes zurück in sein Reich. Er war mit seinem Menü sehr zufrieden.

„Oh Gott, ich werde wieder hungrig vom Tisch aufstehen", flüsterte Sir Percival in die Runde und bekam böse Blicke von seiner Frau. Die Herrschaften sahen auf die riesigen Teller mit der Vorspeise und mussten ihm recht geben.

„Das sieht sehr übersichtlich aus", bemerkte Lord Mortimer und blickte auf eine Garnele, ein Blättchen Spinat und einen Teelöffel Sauce. Zum Glück wurde zu jedem Gang Toast gereicht.

Beanstock servierte Wein und Champagner. Gonzales half ihm und zeigte stolz seine neue Uniformjacke, die Beanstock in einem Herrenschneidergeschäft in Gibraltar entdeckt hatte.

Es wurde ein gelungener Abend. Die Brosche wurde mit großer Freude geschenkt und Lady Marjorie umarmte ihre Freunde gerührt.

Danach ging es in die Bar zum Tanz und die Herren waren wieder einmal überaus froh, dass es bezahlte Tänzer an Bord gab und sie sich mit ihren viel zu engen neuen Lacklederschuhen in den Rauchsalon zu einem guten Whisky zurückziehen konnten.

Ein Leben für den Tanz

Frank Valentin war fünfundvierzig Jahre alt, gutaussehend, mit glänzenden schwarzem Haar, einer athletischen Figur und stets gepflegtem Äußeren. Seine Anzüge waren von den besten Schneidern nach der neusten Mode gefertigt. Die Schuhe glänzten und funkelten, wenn er über die Tanzfläche flog. Valentin bewegte sich mit den geschmeidigen Bewegungen eines schwarzen Panthers über den Tanzboden der Matilda an jedem neuen Abend und bis in die Nacht.

Und er war ein Aufschneider. Mit einem Ego so groß wie der Mount Everest. Alles schien ihm zu gelingen.

Das war nicht immer so gewesen. Valentin, aufgewachsen in einem winzigen Ort an der Küste Cornwalls, von einem schwachen Vater verlassen und das gehorsame Kind einer tyrannischen Mutter; ein Kind, das aus der bigotten Welt seiner Mutter niemals herauskommen würde, meinte seine Mutter.

Aber Frank Valentin hatte sich an seinem eigenen Schopf aus dem Sumpf gezogen. Als er es geschafft hatte, in der Welt des Tanzes jemand war, hatte der Krieg seine Pläne durchkreuzt. Er würde niemals in einem der großen Tanztheater auftreten. Die Verwundung war zu schwer gewesen. Das Ballett musste er vergessen. So hatte er sich auf den Gesellschaftstanz verlegt und wurde nach Jahren der Tätigkeit als Eintänzer in zweifelhaften Etablissements Conférencier auf einem Kreuzfahrtschiff. Im Grunde arbeitete er erneut als Eintänzer, aber das gestand er sich nicht ein und ließ sich an Bord von den Angestellten als Conférencier ansprechen.

Die Matilda war sein zweites Engagement und er wollte die Jahre der Entbehrungen endlich hinter sich lassen, so wie er seine tyrannische Mutter hinter sich gelassen hatte. Es war ihre Schuld gewesen. Er hatte nichts dafür gekonnt, dass sie stolperte und fiel. So etwas passierte, wenn man nicht aufpasste. Frank lächelte leicht, wenn er an ihren Sturz dachte. Wie sehr sie ihn davor noch beleidigt hatte. Sie war so verärgert gewesen, als er ihr von seinen Plänen erzählt hatte. Ballett war etwas für Weicheier und Dummköpfe, hatte sie gesagt. Ein Mann in Strumpfhosen, dass er sich nicht schämte. Das hatte sie gesagt und gelacht hatte sie, so sehr gelacht. Es ging nicht anders. Er hatte dieses Lachen zum Schweigen bringen müssen.

Seit diesem Tag ging es ihm eigentlich immer besser, sinnierte er oft. Nur manchmal hörte er noch in seinem Kopf dieses widerliche Lachen. Aber es wurde leiser.

Etwas fehlte ihm noch. Geld, um sich die feinen und kostbaren Dinge des Lebens nicht mehr vorenthalten zu müssen. Aber er hatte bereits einen Plan.

Da waren diese beiden Frauen. Er beobachtete sie seit langem und er kannte sie bereits von der Reise auf dem anderen Kreuzfahrtschiff. Die Port au Prince kreuzte damals zwischen Amerika und den Inseln. Die beiden Frauen waren an Bord gerauscht, genau wie auf die Matilda, mit viel Trara und Lärm. Damit auch jeder an Bord mitbekommen hatte, wer sie waren. Dann, am nächsten Tag, hatten sie eine Tasche mit Juwelen als verloren und wahrscheinlich gestohlen gemeldet. Zur Freude des Zahlmeisters hatten die Frauen sogar Fotos der verlorenen Stücke dabeigehabt. Nach einer Woche hatten die Damen von der Versicherung eine Entschädigung bekommen und waren sofort im nächsten Hafen, den das Schiff erreichte, von Bord gerauscht.

Und nun hatte er sie hier in Europa auf dem Mittelmeer wiedergetroffen. Sie wollten wohl die gleiche Masche nochmals durchziehen. Diesmal erschienen sie nicht als Contessa di Angelo und Tochter Lucetta, sondern sie kamen als russischer alter Adel mit weitreichenden Beziehungen bis zum untergegangenen Zarenreich an Bord. Lächerlich. Valentin hatte sich totgelacht. Aber er bewunderte das Schauspieltalent der Damen. Der Zahlmeister Mr Friday war bereits am Ende seiner Nerven. Die beiden Frauen spielten ihm an jedem neuen Tag eine Szene aus einem Drama vor, wie es Orson Wells, der große Regisseur, nicht besser machen könnte.

Zu diesem Zeitpunkt hatte sein Plan Formen angenommen und dieses Mal würde er mitverdienen. Den jungen Seaman hatte er bereits in ihrem Sinne beseitigt. Heute würde er die Frauen damit konfrontieren und ihnen einen Handel vorschlagen.

Als er sah, wie die beiden von ihrem Ausflug an Bord zurückkamen, warf er seine glimmende Zigarette über Bord und folgte ihnen.

Vor der Kabine, einer luxuriösen Suite auf dem A-Deck, näherte sich Valentin den Frauen.

Die Jüngere der beiden öffnete die Tür und Valentin schob sich sofort hinter ihnen in die Kabine. Der überraschte Ausdruck auf den Gesichtern amüsierte ihn.

„Was soll denn das? Verlassen Sie unsere Kabine oder ich läute dem Stewart!" rief die ältere und wollte Valentin am Revers seines Jacketts nach draußen befördern.

„Warum beruhigen wir uns nicht erst einmal, setzen uns auf dieses wunderbare, bequeme Sofa, bestellen eine Flasche Champagner und reden über alte Zeiten. Auf der Port au Prince gab es auch so schöne Kabinen. Erinnert ihr euch an den Kahn? Die Kreuzfahrt zu den Inseln im Pazifik? Nein?"

Die Frauen wurden still. Sie sahen sich entgeistert an und fühlten, dass hier das Ende ihrer gut ausgeklügelten Betrugsmasche gekommen war. Wie befohlen setzten sie sich.

Valentin nahm eine neue Zigarette aus seinem Etui und steckte sie sich lächelnd an.

„Was wollen Sie?", fragte die alte Dame.

„Wie kommen Sie auf die Idee, dass wir irgendetwas für Sie tun würden?", versuchte es die Jüngere und hielt stolz ihren Kopf erhoben.

„Schätzchen, du brauchst hier nicht die russische Gräfin raushängen lassen. Vergiss mal deinen witzigen, russischen Akzent und sag mir deinen richtigen Namen. Wenn dir das nicht passt können wir auch im Büro des Zahlmeisters weiterreden. Aus gut unterrichteter Quelle weiß ich, dass es an Bord eine Zelle gibt, in die man aufsässige Seaman verfrachtet, wenn sie was angestellt haben. Im Moment ist sie leer. Wie wäre das?"

Die junge Frau sackte in sich zusammen und blickte zu Boden. Plötzlich sprach sie ohne den feinen russischen Akzent weiter.

„Ich bin Daphne Miller und meine Freundin heißt Johanna. Wir kommen aus Chicago. Was wollen Sie?"

„Sagen wir einmal eine Beteiligung am Gewinn wäre schön. Wir werden uns sicher einigen. Ich lasse die Damen jetzt allein. Dann könnt ihr euch in Ruhe über mein Angebot unterhalten. Heute Abend wird wieder getanzt und ich erwarte beim Tango mit dir, liebe Daphne, eine Antwort."

Valentin ging zur Tür. Bevor er sie öffnete, sah er sich nochmals zu den beiden Frauen um, die wie versteinert auf dem Sofa saßen.

„Ach, ich vergaß. Den armen jungen Seaman, der eure Koffer in die Kabine gebracht hat und annahm, man würde ihn des Diebstahls beschuldigen, konnte ich beruhigen. Er ist nun ganz still und sagt kein Wort mehr über euren netten kleinen Coup. Dann bis heute Abend."

Valentin lächelte den Frauen diabolisch zu.

Er verließ die Suite und pfiff ein Lied auf dem Weg in seine Kabine, wo ein guter alter Whisky wartete, den er aus der Bar des Schiffes abgezweigt hatte. Er war zufrieden mit sich und im Moment war das Lachen aus seinem Kopf verschwunden.

In der Suite der russischen Gräfin und ihrer Enkelin war es in der Zwischenzeit nicht so lustig. Nachdem die beiden Damen sich lautstark angebrüllt und sich gegenseitig die

Schuld an diesem Debakel zugesprochen hatten, kamen sie zur Vernunft, setzten sich zurück auf das Sofa und begannen, ihre Optionen auszudiskutieren.

Am Ende waren sie sich nur darüber im Klaren, dass sie vor diesem Mann Angst hatten und eine Flucht im nächsten Hafen nicht in Frage kam. Sie würden sich in ihr Schicksal ergeben und mitspielen. Vielleicht ergab sich irgendwann ein Ausweg. Den hatte es für die beiden schon oft gegeben. Immer wenn sie dachten es würde nicht mehr gehen, kam ihnen eine neue, bessere Idee zu Hilfe und es ging wieder aufwärts.

So hatten sich die beiden ihr Leben lang durchgewurstelt. Von ihrer entbehrungsreichen Zeit am Theater, über die kleinen Diebstähle bis hin zu Betrügereien mit dummen, reichen Heiratskandidaten, die es nicht besser verdient hatten. Sie reisten bereits viele Jahre als Großmutter und Enkelin durch die Welt und hatten immer einen Ausweg gefunden.

Aber bei diesem Mann war es nicht so einfach. Er war gefährlich und Jo hatte in seinen Augen den Wahnsinn gesehen, dem sie schon so oft auf der Straße begegnet war. Sie mussten sehr vorsichtig sein. Ansonsten würden sie auf dem Grund des Meeres landen. Die ganze Arbeit wäre umsonst gewesen. Im Moment war ihr Konto in der Schweiz schon gut gefüllt. Sie hatten nur noch diesen einen letzten Coup machen wollen. Im Herbst wollten sie sich endlich auf ihren Lorbeeren ausruhen. Das war nun in etwas weitere Ferne gerückt. Sie würden sich etwas einfallen lassen.

Neapel

Ein neuer Tag mit blendendem Sonnenschein, blauem Meer und einer Luft, die nach Salz schmeckte. Die Amalfiküste kam in Sicht.

Beanstock hatte sein Frühstück eingenommen. Wie immer auf der Matilda zusammen mit Mr Friday und einer Schüssel Porridge. Sein Tee entsprach immer noch nicht seinen Vorstellungen. Er müsste die Küchencrew noch überzeugender schulen. Mr Friday hatte mit einem Schmunzeln angedeutet, dass er bereits diesbezüglich Beschwerden des Koches vorliegen hatte.

Beanstock sah auf seine Taschenuhr, erhob sich, nickte dem Zahlmeister zu und wollte zum Funkraum gehen.

„Ach Mr Beanstock, eins noch!", rief ihm Mr Friday nach. Der Butler sah ihn erwartungsvoll an.

„Heute früh sollte in Neapel ein Vertreter der Versicherung an Bord kommen. Leider verzögert sich die Ankunft. Wir erwarten den Mann für den Abend. Ich hoffe, damit löst sich die ganze leidige Angelegenheit."

Beanstock ging ein paar Schritte zurück zum Tisch und sah den Zahlmeister nachdenklich an.

„Sie sind also immer noch der Meinung, es wäre alles korrekt mit den beiden russischen Damen? Ich hatte Ihnen ja meine Verdachtsmomente mitgeteilt und Ihnen empfohlen bei den Behörden anzufragen. Hat das etwas ergeben?"

„Gemäß den Vorschriften habe ich natürlich zuerst die Schifffahrtsgesellschaft kontaktiert. Man signalisierte, dass man lieber die geforderte Summe zahlen wolle, als noch mehr Aufsehen zu erregen. Es ist auf dieser Fahrt genug passiert. Außerdem sind wir ausreichend für solche Fälle versichert. Also werde ich den Vertreter begrüßen und mich an seinen Rat halten."

„Das liegt in Ihrer Kompetenz. Viel Glück. Ich muss mich nun um meine Herrschaften kümmern. Bitte entschuldigen Sie mich. Ich will vorher noch nach neuen Telegrammen im Funkraum fragen." Beanstock verbeugte sich und ging. Er war sicher, dass der Zahlmeister einen Fehler machte. Aber es war nicht Beanstocks Aufgabe, Schaden von der Matilda fernzuhalten.

Vor dem Funkraum prallte er mit der Gräfin Orlowska zusammen, die wieder einmal ein eigenartiges Geflecht als Hut auf dem Kopf trug. Der Hut kam kurzzeitig ins Wanken, aber die alte Dame griff beherzt zu und rückte ihn zurück auf seinen Platz. Beanstock entschuldigte sich. Er sah in der Hand der Dame ein Telegramm und auf dem Gesicht der Gräfin ein seliges Lächeln. Der Morgen erschien für sie scheinbar ausgesprochen zufriedenstellend zu sein. Ohne viele Worte entfernte sich die Gräfin schnell.

Heute braucht sie ihren Stock gar nicht, dachte Beanstock. *Sonst humpelt sie doch auffallend. Sehr eigenartig.*

Er legte diesen Gedanken in einer Ecke seines Kopfes für spätere Gelegenheiten ab.

Als er den Frühstückssalon des Schiffes erreichte, kamen ihm bereits seine Herrschaften fröhlich plaudernd entgegen.

Bei den beiden Paaren war wiederum Colonel Morris mit seiner Gattin Gladis. Die drei Paare verstanden sich blendend und beabsichtigten auch diesen Tag gemeinsam an Land zu verbringen.

„Mein bester Beanstock!", polterte Sir Percival laut.

„Was gibt es Neues aus der Heimat? Neue Nachrichten gekommen? Wie geht es Gonzales?"

Beanstock verneigte sich leicht.

„Keine neuen Informationen aus Parsley Manor Sir. Gonzales geht es wieder sehr gut. Er möchte sich nützlich machen und es gefällt ihm nicht, rumzusitzen. Ich denke, ich kann ihm kleinere Besorgungen anvertrauen. Wir wollen keinen gelangweilten Gonzales haben, wenn ich das so ausdrücken dürfte, Sir."

„Sie machen das schon richtig. Wir begeben uns nach dem Anlegen an Land und werden nach Pompeji fahren. Bis zum Nachmittag haben Sie freie Hand Beanstock. Ist alles vorbereitet?"

„Es steht ein Kleinbus für die Fahrt ins nahe gelegene Pompeji bereit. Ich habe mir erlaubt, aufgrund der Wetterlage leichte Bekleidung für die Herrschaften bereitzulegen."

„Guter Mann!", polterte Sir Percival.

Colonel Morris staunte.

„Da haben Sie aber eine Perle abbekommen, Sir Percival. Respekt. Damals in Indien hatte ich nicht so viel Glück. Wir waren auf dem Weg nach Rajasthan. Jaipur war unser

Ziel. Myriaden von Mücken umschwirrten unser Bataillon. Tiger brüllten im Gebüsch. Mein Bursche, so eine Art Butler, sollte mir einfach nur die richtigen …"

An diesem Punkt seiner Erzählung wurde er von seiner Gattin unterbrochen.

„Jetzt nicht Archibald. Diese alten Kamellen aus Rajasthan kannst du später noch erzählen. Wir müssen uns umziehen. In einer Stunde treffen wir in Neapel ein." Gladis griff nach dem Arm ihres Mannes und zog den Widerstrebenden mit sich fort.

„Ob er mit seiner Geschichte wohl jemals zum Ende kommen wird?", fragte zweifelnd Lord Mortimer und zwirbelte seinen Schnauzbart. „Wie oft hat er bereits angefangen damit?"

„Sicher schon vier Mal", murmelte Lady Marjorie und schüttelte lächelnd den Kopf.

Neapel.

Weiße Gebäude, Balkone in unglaublicher Vielfalt und rötliche Dächer in allen Größen und Ausführungen. Über allem der Vesuv mit seinen tiefschwarzen Hängen aus erkalteter Lava und Bimsstein. An den Hängen schmiegten sich winzige Dörfchen Schutz suchend an den unberechenbaren Berg. Im Moment waren die Häuser wieder einmal weiß getüncht, wer wusste schon wie lange. Der letzte Ausbruch des gefährlichsten Vulkans der Welt lag gerade ein paar Jahre zurück. Noch immer lag der Gipfel in dicken Dunstwolken, die der Berg unaufhörlich ausstieß. Zumeist bestanden diese Wolken aus Wasserdampf. Aber seit dem letzten Ausbruch 1944 konnte man immer auch vulkanische Gase messen.

Beanstock war nach dem Anlegen an Land gegangen und begutachtete zusammen mit Gonzales die Qualität des Kleinbusses. Während der Butler im Innenraum nachsah, krabbelte Gonzales unter den zornigen Blicken des Busfahrers in den Motorraum. Seine gute neue Jacke hing sorgsam gefaltet über dem Außenspiegel. Der Innenraum war angemessen und wurde von dem Butler als zufriedenstellend bezeichnet.

Gonzales tauchte aus dem Motorraum auf und rieb sich die Hände mit einem Lappen ab, bevor er zu seiner guten Jacke griff. Er nickte dem Butler zu und Beanstock zahlte die Hälfte des Fahrpreises im Voraus an den Fahrer. Der war mit diesem Arrangement alles andere als zufrieden und lamentierte lautstark.

„Warum merken die Menschen nicht, dass es nutzlos ist, jemanden in einer unbekannten Sprache anzubrüllen?", konstatierte Beanstock.

„Er will mehr haben und er will neu verhandeln. Er meint Sie britischer Tuffkopf sollen mehr zahlen", übersetzte Gonzales. Beanstock erkannte überrascht, dass der Chauffeur das italienische Gezeter des Mannes verstand. Die spanische Sprache ähnelte wohl in vielen Punkten dem Italienischen.

„Sagen Sie ihm, er bekommt das, was vereinbart war oder ich suche mir einen anderen Fahrer. Hier stehen noch eine Menge Fahrzeuge zur Verfügung."

Nachdem Gonzales übersetzt hatte, wurde der Fahrer

plötzlich sehr freundlich und war zufrieden.

Die Herrschaften kamen schwatzend vor froher Erwartung vom Schiff.

Sie stiegen ein und Beanstock informierte Sir Percival über seine Vereinbarung, den Rest des Fahrgelds nach der Rückkehr zu zahlen. Dann stellte er einen gut gefüllten Picknickkorb in den Bus.

Der Bus verschwand in der Ferne.

Professor Potts rauschte eilig mit seinem Netz bewaffnet an ihnen vorbei und grüßte die beiden.

Ein uniformierter Carabinieri näherte sich. Auf dem Kopf einen dunkel glänzenden Dreispitz, der ihm das Aussehen eines komischen Napoleons gab. Er salutierte vor Beanstock und Gonzales musste erneut übersetzen.

„Ein Commisario Baretta bittet Sie, auf das Commisariat zu kommen. Er hat noch Fragen zu dem verunglückten Seaman", übersetzte Gonzales.

„Das muss ein Irrtum sein, sagen Sie ihm das bitte. Ich war bei dem Unfall nicht anwesend und weiß gar nichts über diesen Mann. Warten Sie Gonzales", unterbrach sich Beanstock plötzlich selbst.

„Sagen Sie dem Carabinieri, wir kommen gern für eine Aussage mit."

Gonzales war verwirrt. Was hatte der Butler nun schon wieder vor?

Bevor sie sich auf den Weg machten, sah sich Beanstock suchend um. Auch als die Herren das Pier verließen und durch die Innenstadt gingen.

„Was ist mit Ihnen, Sir? Suchen Sie irgendjemanden?",

fragte der Chauffeur nach einer Weile.

„Haben Sie einen Mann mit Rosen gesehen? Bekleidet mit einem hellblauen Anzug und ein rotes Halstuch umgebunden?"

Gonzales verneinte.

Nach zehn Minuten hatten sie das Gebäude der Polizei von Neapel erreicht, ein unscheinbarer grauer Bau mit einer Vielzahl von Fenstern, die einen Putzlappen vertragen könnten, bemerkte Beanstock traurig.

Der Carabinieri brachte die beiden in den zweiten Stock und klopfte dort an einer Bürotür.

„Entrare!", rief jemand laut von der anderen Seite der Tür.

Vor dem Schreibtisch lümmelte ein schlanker, gutaussehender, junger Mann. Er trug einen hellen Leinenanzug und hatte in einem Notizbuch geschrieben, das auf seinem Schoß lag. Aus dem Nebenraum kam ein älterer Mann mit zwei Gläsern und einer Zigarette im Mundwinkel. Er hatte tiefschwarzes, lockiges Haar mit einem Hauch grau darin. Er reichte eines der Gläser dem jungen Mann und setzte sich auf den Stuhl neben ihm. Dann wedelte er mit der Hand und wies auf zwei weitere Stühle. Der Carabinieri verneigte sich und verließ den Raum.

„Sie sind Mr Beanstock, nicht wahr?", fragte der junge Mann in perfektem Englisch.

Beanstock nickte und stellte Gonzales vor.

„Mein Name ist Orson Wright. Ich war schon einmal in Parsley Field, im Rosebud Hotel. Ich habe dort meine Tante abgeholt und auf dem gesamten Weg zurück in ihr kleines

Dorf hat sie mir etwas von einem Butler Beanstock vorgeschwärmt, der genau wie Tantchen eine detektivische Ader hat. Ich wollte Sie zu gern kennenlernen. Verzeihen Sie mir den kleinen Trick. Aber ich sah bei meinem Freund Commisario Baretta die Liste der Passagiere der Matilda und bat ihn um diesen Gefallen."

„Du hast dir die Liste aus meinem Schrank genommen und du hast mich nicht gebeten, du hast mich auf Knien angefleht, Amico mio", murmelte der Commisario lächelnd.

„Ich erinnere mich sehr gut an Ihre Frau Tante. Eine Dame mit bemerkenswert scharfem logischen Verstand. Wir unterhielten uns während einer Soireé im Hotel über einen auffälligen Herrn, der dann schon bald das Zeitliche segnete, wie ich bemerken möchte. Ich hoffe, Ihre Tante befindet sich in guter gesundheitlicher Verfassung?", fragte Beanstock.

„Bis auf eine leichte Bronchitis, mit der sie sich herumquält, geht es ihr so gut wie immer. Aber mit ihren patentierten Leinsamenumschlägen und Kamillentees wird sie auch diesen Fall wieder lösen. Sie müssen wissen, sie macht nichts lieber, als Kriminalfälle zu lösen."

Beanstock schmunzelte.

„Im Moment bereitet mir der Unfall dieses jungen Seaman Kopfschmerzen. Ein kräftiger Mann mit Erfahrung auf dem Gebiet der Seefahrt, der vertraut ist mit dem Schiff und seinen Gefahren, soll plötzlich eine Treppe hinabfallen? Ich kann das nicht ohne weiteres glauben. Dann ist da noch die verschwundene Tasche der Ladys. Es gibt so einige Geheimnisse an Bord, die auf Lösung warten."

„Ich habe ein wahnsinniges Déjà-vu. Überall, wo meine Tante auftaucht, gibt es auch sofort Geheimnisse zu lösen. Sie sollten sich unbedingt treffen. Hätten Sie nicht Lust, unserem Krimi-Club beizutreten?", bemerkte Mr Wright. „Das sind ein paar Damen und Herren, die sich einmal im Monat treffen und sich mit Kriminalfällen befassen. Ich bin ebenfalls Mitglied. Leider muss ich zugeben, dass fast immer meine liebe Tante die Lösung findet." Er begann, auf seinem Bleistift herum zu kauen. Dann sinnierte er leise vor sich hin.

„Sie ist wirklich eine helle Kerze. Ich fürchte, ich werde im Alter senil und sabbernd in einem Sessel sitzen und meine Pflegeschwester jeden Tag fragen, ob sie meine Tochter ist."

„Ich denke, für einen Club würde mir die Zeit fehlen. Darf ich fragen, was Sie nach Neapel führt, Mr Wright?"

„Ich schreibe an einem neuen Roman und recherchiere dafür bei meinem alten Freund Baretta."

Beanstock überlegte, wie er am besten mit seiner Anfrage beginnen sollte. Diesen Zufall schickte ihm der Himmel.

„Spucken Sie es schon aus, Sie platzen sonst", sagte der Commisario mit seinem italienischen Akzent lachend und sah Beanstock interessiert an.

Gonzales sprudelte in diesem Moment ein paar spanische Worte heraus, Commisario Baretta lachte laut und antwortete auf Italienisch in einem Tempo, das die Wände vibrieren ließ. Dabei fuchtelte der Polizist mit seinen Armen herum. Gonzales lachte und die beiden Herren warfen sich belustigte Blicke zu.

Beanstock räusperte sich.

„Was hat der Herr Commisario gesagt Gonzales?",
fragte er den Chauffeur.

„Ich sagte, Sie sind ein Weltklasseschnüffler und sicher
schon ganz verrückt, weil Sie nicht wissen, wie Sie Ihre
Frage anbringen sollen. Der Commisario meinte dazu, er
hatte von Anfang an das Gefühl, dass Sie nach Informationen suchen und genauso neugierig sind wie sein Freund
Wright, es aber etwas vorsichtiger angehen. Hat nicht geklappt, Señor Beanstock. Er hat Sie durchschaut."

Beanstock räusperte sich erneut.

Die Herren sahen den Butler erwartungsvoll an.

„Ich würde gern Informationen zu den beiden Damen an
Bord der Matilda von Ihnen bekommen. Verschiedene Vorkommnisse haben mich dazu gebracht, an der Geschichte
der beiden Damen zu zweifeln. Es handelt sich um die Gräfin Orlowska und ihre Enkelin Nastja Fjodorowka. Sie haben bereits nach der Abfahrt in Southampton eine Tasche
als verloren gemeldet, in der sich kostbarer Schmuck befinden würde. Unter anderem der sogenannte berühmte Orlowski Rubin, ein unersetzliches Stück. Der Seaman Bing
hatte am Anreisetag ihr Gepäck an Bord gebracht. Ich denke
durch die Befragungen des Zahlmeisters verdächtigte man
den jungen Mann des Diebstahls. Ich bringe den vermeint-
lichen Unfall mit den Damen in Verbindung."

„Interpretieren Sie da nicht etwas zu viel in die Sache
hinein, Signore Beanstock?", fragte der Commisario und
steckte sich eine neue Zigarette an. Der Aschenbecher auf

dem Schreibtisch war bereits zum Brechen voll und es juckte dem Butler in den Fingern, etwas dagegen zu unternehmen.

„Wenn dieser Mann eine Ahnung hat, dann hat er meistens recht. Fragen Sie Sir Percival", erklärte Gonzales.

Signore Baretta erhob sich, die Zigarette im Mundwinkel, und holte die Passagierliste aus dem Aktenschrank. Dann nahm er den Telefonhörer ab und wählte eine Nummer. Vermutlich meldete sich die Zentrale. Die Person am Apparat bekam einen Schwall italienischer Worte zu hören. Nachdem der Commisario aufgelegt hatte, schüttelte er den Kopf.

„Es ist ein Krampf, wenn man hier auf dem Amt eine einfache Verbindung nach Rom haben will. Warten wir einen Moment. Möchten Sie einen Espresso trinken?"

Beanstock verneinte und bekam trotzdcm einen Kaffee. Ein Nein gab es hier nicht.

Nach gut zehn Minuten klingelte das Telefon und endlich hatte der Commisario Rom am Apparat. Erneut eine Menge italienischer Schimpfereien später notierte er etwas auf einem Block. Beanstock freute sich, da es eine ganze Menge zu notieren gab.

Gonzales, der als Einziger alles einigermaßen verstanden hatte, amüsierte sich köstlich.

„Le due Donne, die beiden Damen, sind in Rom nicht bekannt. Es gibt keine Akten zu diesen Namen. Interessant aber ist etwas anderes. Es geht um den sogenannten berühmten Orlowski Rubin. Primo, es gibt laut meinem Kontakt in Rom keinen Orlowski Rubin und secondo, mit dem letzten Grafen Orlow, was der korrekte Name wäre, ist die Linie ausgestorben. Mein Mann in Rom erzählte mir, der letzte Orlow hätte zu Zeiten des Zaren Peter III. gelebt und diesen Herrscher eigenhändig erdrosselt. Danach hörte man nicht mehr viel von ihm. Er soll wohl nach diesem Vorfall auf sein Landgut verbannt worden sein, wo er so viel gegessen hat, dass er nicht mehr ausreiten konnte. Daraufhin hätte er Pferde gezüchtet, die sogenannten Orlow Traber, mit denen er dann wieder ausfahren konnte. Die gibt es heute noch. Das ist vollkommen uninteressant für uns, aber ich konnte meinen Informanten nicht bremsen. Er war in seinem Element." Der Commisario zündete sich erneut eine Zigarette an. Beanstocks Finger kribbelten.

„Das sind eine Menge Fakten. Aber leider bringen sie uns nicht weiter. Denn ob die Linie der Orlows wirklich ausgestorben ist, kann nach den Vorkommnissen in Russland niemand mehr genau feststellen. Einzig die Information über den Rubin kann helfen. Ich bin Ihnen sehr dankbar für die Hilfe."

„Warum kannst du nicht an Bord gehen und die Damen einmal unter die Lupe nehmen?", fragte Mr Wright den Commisario.

Der Polizist hob abwehrend die Hände.

„Keine Chance mein Freund. Ich darf nicht ohne Befehl von oben einfach auf ein Schiff, das unter britischer Flagge fährt. Vor allem habe ich dort keine Befehlsgewalt. Das würde nur zu noch mehr Verwicklungen führen und wenn wirklich am Verdacht Signore Beanstocks etwas dran ist, wären die beiden gewarnt. Ich habe mich bereits durch meine Anfrage nicht korrekt verhalten. Aber wen juckt das. Wir sind in Italia!"

„Sie haben mir trotzdem geholfen, Sir, danke", sagte der Butler höflich und stand auf, um sich zu verabschieden. Da hatte er nicht mit der italienischen Gastfreundschaft gerechnet. Commisario Baretta sah auf seine Uhr, nickte seinem Freund Wright zu und zündete sich eine neue Zigarette an. Beanstock standen Schweißtropfen auf der Stirn, als er sah, dass nun nichts mehr in den Aschenbecher passen würde und wahrscheinlich der Rest daneben landete. Alte Brandflecken auf der Schreibtischplatte ließen ihn vermuten, dass das Normalität war.

„Sie kommen mit in die nächste Trattoria. Ich lade die Herren zum Lunch ein und bevor Sie es versuchen sollten Mr Beanstock, daran führt kein Weg vorbei", sagte der junge Wright und öffnete bereits die Tür des Büros.

Gonzales rieb sich die Hände. *Was für ein schöner Tag das war. Ein neuer Fall mit Mr Beanstock und nun noch ein typisch italienisches Essen. Estupendo!*

Die Versicherungsaffäre

An Bord der Matilda begrüßte Mr Friday den Agenten der Versicherungsgesellschaft, der sich als Jason Manderley vorstellte und ein Begleitschreiben vorlegte.

Er war ein Mann mittleren Alters mit einer dicken Hornbrille und einer ausgiebig mit Pomade versehenen Haartolle. Sein Kopf glänzte im Abendsonnenschein wie eine schwarze Billardkugel. Er trug einen braunen, schlecht sitzenden Anzug und seine Hände ruhten schützend auf einer Aktentasche vor seinem Bauch. Mr Friday hieß ihn willkommen und geleitete ihn sofort zu seinem Büro. Dort erklärte er dem Herrn die gesamte leidige Angelegenheit und legte ihm die Fotos vor.

Mr Manderley nickte dazu verstehend mit seinem Kopf, wobei Mr Friday Angst hatte, dass Pomade auf die Fotos von den verschwundenen Schmuckstücken tropfen könnte.

Er bot dem Herrn eine Erfrischung an, die der dankend ablehnte. Nachdem er eine dicke Aktenmappe aus der Tasche zutage befördert hatte, vertiefte sich der Agent darin. Ab und zu schüttelte er den Kopf oder ließ ein seltsames Zischen hören.

Mr Friday wünschte, es wäre schon vorbei.

„Wir legen in einer Stunde ab, möchte ich anmerken", erklärte er nach einer halben Stunde vorsichtig.

Der Agent seufzte.

„Ich glaube nicht, dass ich heute bereits zu einem Abschluss der Untersuchungen kommen werde. Ich müsste auch noch mit den Damen reden. Vielleicht stellen Sie mir bis zur Ankunft im nächsten Hafen eine Kabine zur Verfügung. Mein Koffer ist noch im Grandhotel, lassen Sie ihn bitte an Bord bringen." Der Agent nahm ein Taschentuch aus seiner Hosentasche und schnaubte laut hinein.

„Ich vertrage dieses Klima nicht", erklärte er näselnd. Er nahm aus seiner Aktentasche ein Fläschchen und nahm einen Schluck. „Widerliches Zeug, aber es hilft gegen meinen empfindlichen Magen und meine tränenden Augen und gegen diesen ständigen Niesreiz. Der Arzt war letztens gar nicht mit mir zufrieden. Ich solle auf keinen Fall mehr in südliche Gefilde reisen. Das sollte ich wirklich lassen." Die Aussage wurde durch ein heftiges Niesen bekräftigt.

Mr Friday sah ihm resignierend zu. Er würde diesen seltsamen Mann wahrscheinlich bis Southampton in seinem Büro sitzen haben, schnaufend und triefend von Pomade. Was für eine Alptraumreise. Als Abschluss seiner Karriere war das kein gutes Omen.

Mr Friday informierte den Captain und ordnete an, den Koffer aus dem Hotel zu holen. Er seufzte. Diese Reise wurde vom Unglück verfolgt.

Beanstock stand mit Gonzales am Pier und erwartete dringend den Kleinbus mit den Herrschaften zurück.

Sie waren überfällig. Er machte sich Vorwürfe, dass er nicht Gonzales mitgeschickt hatte. Vielleicht gab es ein Problem mit dem Motor?

Fünfzehn Minuten vor Abfahrt des Schiffes, nachdem ein Offizier ihn mehrmals auf die drängende Zeit aufmerksam gemacht hatte, sah Beanstock den Bus kommen. Er atmete erleichtert auf.

Aus dem Bus stieg eine fröhlich schwatzende Gesellschaft. Der Fahrer grinste. Er erklärte Gonzales, dass die Herrschaften nach dem Besuch der Ausgrabungsstätte in Pompeji so wahnsinnig traurig gewesen waren. Die ganze Vorstellung des Vulkanausbruchs und die Tatsache, dass so viele Opfer dabei umkamen, raubten le Donne den Atem. Also hatte der Busfahrer, ganz Italiener und Geschäftsmann, auf dem Rückweg an der Trattoria seines Bruders Vicente angehalten und den Herrschaften, zur Beruhigung der angespannten Situation, Rotwein von den Hängen des Vesuvs einschenken lassen.

Colonel Morris stimmte die britische Nationalhymne an, Lord Mortimer trötete dazu und Sir Percival versuchte sich mit rosigen Wangen an *O Sole mio*. Die Damen liefen kichernd und schwankend zur Gangway, wo sie ein netter Seaman sicher nach oben begleitete. Beanstock erkannte, dass hier etwas zu viel italienischer Wein im Spiel war.

Er zahlte den Busfahrer aus und in diesem Moment geschah es.

„Wollen der Signore nicht wunderschöne Rosen für wunderschöne Damen kaufen?"

Beanstock erblasste.

„Pierre?", sagte er vorsichtig.

„No Signore! Ich bin Lorenzo, Pierre ist Cousin …"

Weiter kam er nicht, weil der Butler mit langen Schritten zum Schiff lief und sich nicht mehr umsah.

„Verlieren Sie etwa die Nerven Mr Beanstock? Das ist doch nur ein Rosenverkäufer!", rief ihm Gonzales nach. Er schnappte sich den leeren Picknickkorb aus dem Bus und folgte dem Butler.

„Regel zweiunddreißig Gonzales!", sagte Beanstock, als sie sicher an Bord waren. Gonzales verstand nicht.

„Ein Butler verliert niemals die Nerven, er hat keine. Ich hatte nur kurzzeitig einen Ausfall meiner Gesichtskontrolle und wollte schnellstens an Bord."

Gonzales grinste breit und wissend.

Jack Manderley, der Agent, hatte seine Kabine bezogen und war mit Mr Friday auf dem Weg zu den beiden Damen, die ihren Schmuck vermissten. Der Zahlmeister klopfte an der Kabine auf dem A - Deck und man öffnete.

Die junge Dame lächelte die beiden Herren an.

„Was kann ich denn für die Herren tun? Haben Sie endlich unseren Schmuck gefunden? Es wird Zeit!", sagte sie mit russischem Akzent.

Der Agent verneigte sich und bat, hereinkommen zu dürfen, um einige Fakten zu klären. Er drehte sich lächelnd zu dem Zahlmeister um.

„Ich will Sie nicht länger aufhalten, Mr Friday. Ich möchte die Damen lieber allein befragen, wenn es Ihnen recht ist. Wir sehen uns sicher später noch."

Die Tür wurde geschlossen und der verdutzte Mr Friday stand allein im Gang. Aber es war ihm sehr angenehm, nicht schon wieder die Tiraden der Damen über sich ergehen lassen zu müssen. Das hatte er an jedem Tag der Reise bereits oft genug erlebt. Von jenseits der Tür kamen ein lautes Niesen und der gedämpfte Ruf der Damen: „Gesundheit!"

Als der Zahlmeister sein Büro erreichte, wartete dort Mr Beanstock auf ihn.

„Ich hörte, es gab ein Zeitproblem mit Ihren Herrschaften?", sagte der Zahlmeister schmunzelnd und winkte den Butler in den Raum.

Wahrscheinlich wusste das halbe Schiff schon von dem Vorfall, dachte Beanstock.

Er berichtete von seinem Besuch im Commisariat und den neuen Erkenntnissen. Aber wenn er gedacht hätte, dass es viel ändern würde, hatte sich Beanstock getäuscht.

Mr Friday erklärte ihm, der Agent habe das letzte Wort. Er würde sich nicht einmischen und wenn der Mann den Rubin anerkannte, dann sollte es so sein. In diesem Moment sprach der Agent mit den Damen und begutachtete die Schriftstücke, die die Echtheit des verlorenen Schmucks beweisen würden.

Beanstock bemerkte eine gewisse Resignation in den Worten seines Gegenübers. Mr Friday wollte diese furchtbare Reise mit so wenigen Blessuren wie möglich überstehen, war sein Eindruck. Die Gesellschaft hatte ihn angewiesen, still zu halten, und er hielt sich daran.

„Ich bin nun in meinem fünfundsechzigsten Lebensjahr. Ich fahre zur See, seit ich fünfzehn war. Es gab für mich nur

Schiffe und Wasser und einsame Stunden in meiner Kabine. Ich habe genug vom Meer."

„Was haben Sie vor zu tun Mr Friday?"

„Ich ziehe mich in mein altes Dorf Portscatho in Cornwall zurück, werde angeln gehen und den Schiffen zusehen. Am Abend gehe ich in den alten Pub Drunken Sailor und wenn ich nach Hause komme, wartet ein warmes Bett auf mich, das nicht bei jeder Bewegung schaukelt. Wenn wir zurück in Southampton sind, nehme ich meinen Abschied. Vielleicht habe ich sogar Glück und mein alter Freund Ned lebt noch im Dorf. Dann gehen wir etwas trinken und reden über die alten Zeiten. Ich lege mir einen Hund zu und mache lange Spaziergänge. Verstehen Sie mich nicht falsch. Ich bin nicht unzufrieden. Alles ist so gelaufen, wie ich es wollte. Ich würde es wieder genauso machen. Aber nun ist es genug. Diese Reise sollte den Schlusspunkt setzen."

„Dann sollten Sie genau das tun, Mr Friday. Ich habe Ihre Gesellschaft sehr genossen und freue mich auf den Rest der Reise."

Beanstock erhob sich.

Würde seine Zukunft auch irgendwann so enden? Würde er sich, alt und grau geworden im Dienst der Baronets, fragen, was er am Ende seines Lebens noch zu erwarten hatte? Er liebte seinen Beruf. Mr Friday liebte seinen Beruf auch und wollte am Ende nur noch seine Ruhe haben und am Abend ein Pint Ale im Pub. So war das Leben nun mal. Wichtig war, was man daraus machte und ob man glücklich war am Ende der Zeit. Beanstock dachte auf dem Weg zu seiner Kabine darüber nach. Er wollte sich frisch machen und dann seinen Pflichten nachkommen.

Die Matilda legte in Richtung Griechenland ab. Der Hafen Piräus wartete auf die Reisenden. Athen war von dort aus nicht weit entfernt und die Akropolis mit dem Parthenon ein lohnendes Ziel für Kunstliebhaber.

Der Abend kam und mit ihm ein besonderes Tanzvergnügen. Man beabsichtigte, einen Faschingsball zu veranstalten. Kostüme konnten ausgeliehen werden. Die engagierten Tänzer liefen bereits beim abendlichen Dinner als spanische Matadore verkleidet durch das Schiff.

Beanstock und Gonzales kümmerten sich um die gewünschten Kostüme und standen auf dem Unterdeck in einem Lagerraum. Auf einer Länge von wenigstens dreißig Metern hingen hier sauber aufgereiht alle Arten Kleider, Anzüge und Hüte. Einige Passagiere waren bereits damit beschäftigt, ein passendes Kostüm zu wählen.

Wie Beanstock des Öfteren schon bemerken konnte, stimmten auch hier und heute die Wünsche der Passagiere nicht immer mit den äußeren Gegebenheiten der jeweiligen Person überein. Eine korpulente Dame musste von ihrer Tochter überzeugt werden, dass ein Meerjungfrauenkostüm unpassend wäre. Ein magerer Herr wollte unbedingt als Heinrich der IV. erscheinen, ihm fehlte allerdings der nötige Umfang, sodass es am Ende aussah, als würde ein winziger Kopf auf einer riesigen Weihnachtskugel balancieren. Ein paar junge Leute wirbelten als Indianer und Cowboys durch den Raum und raubten den Angestellten den letzten Nerv. Ein paar aufgeregte junge Mädchen stritten sich um die letzten Prinzessinnenkronen und mussten von ihren Müttern zur Ordnung gerufen werden. Eine ältere Dame zog sich in diesem Moment ein Hasenkostüm an und wirkte darin wie ein rosa Pompon.

Beanstock erklärte der Dame, die für die Kostüme zuständig war, die Wünsche der Baronets und ihrer Freunde.

Die Dame fand das Gewünschte und die beiden konnten das Kostümlager verlassen. Lady Fedora und Lady Marjorie würden passend zum nächsten Hafen als Griechinnen erscheinen, obwohl es mit Lady Marjorie eine längere Diskussion gegeben hatte. Sie sei ein Hosenanzugtyp, erklärte sie, und wolle nicht mit Bettlaken zum Tanz gehen. Die beiden Herren hatten sich für Robin Hood und Bruder Tack entschieden. Auch hier wurde etwas gestritten. Dieses Mal über die Rollenverteilung. Lord Mortimer hatte mit Blick auf Sir Percivals Figur gemeint, es gäbe nur eine Möglichkeit, wer Bruder Tack sein könnte.

Ihre Tischnachbarn machten beim abendlichen Dinner ein großes Geheimnis aus ihren Kostümen und Colonel Morris rieb sich die Hände vor Vergnügen.

Beanstock erwartete die Herrschaften in den Kabinen, wo er, nach intensiver Kontrolle der Kleider und erneutem Bügeln durch das Zimmermädchen Martha, mit dem Ergebnis leben konnte.

„Als was werden Sie denn kommen Beanstock?", fragte der Baronet seinen Butler, während der ihm in die Kutte half.

„Ich werde als Butler kommen Sir", antwortete Beanstock.

„Hab ich mir schon gedacht mein Bester", sagte Sir Percival schmunzelnd.

Im Ballsaal des Schiffes tummelte sich buntes Volk. Stewarts gingen mit Tabletts herum und reichten prickelnden Champagner. Die bereits auf dem Schiff allseits beliebte Band spielte lateinamerikanische Rhythmen. Dazu hatten die Herren große Sombreros auf den Köpfen und trugen kunterbunte Hemden. Ein jeweils vielstimmiges *Olé* am Ende jedes Stückes war aber das einzige Zugeständnis an den spanischen Text.

Die angestellten Schiffstänzer wirbelten Damen über die Tanzfläche und grinsten übertrieben.

Frank Valentin ließ seine Blicke über die Köpfe schweifen. Er hatte die beiden Damen noch nicht entdeckt. Dafür sah er den Vertreter der Versicherungsgesellschaft Mr Manderley an der Bar stehen. Er war im Gespräch mit dem Zahlmeister, der nicht sehr glücklich wirkte.

Valentin schmunzelte. Es lief gut für ihn. Die Damen hatten ihm ihre Zustimmung am Abend vorher signalisiert. Er hatte nichts anderes erwartet.

In einem Hauch von rosa Federn erschien Nastja Federowka in der Tür zum Tanzsaal und zog bewundernde Blicke auf sich. Ihr glänzendes Haar lag in weichen Wellen um ihren Kopf und ihre Hand wedelte rhythmisch mit einem gewaltigen rosafarbenen Fächer aus Marabufedern. Ihre halb geschlossenen Augen durchstreiften in einem kurzen Augenblick den Tanzsaal und registrierten sofort potenzielle Kandidaten, die lohnend erschienen. Diese Routine hatte sie nach herben Enttäuschungen endlich perfekt erlernt. Nie wieder würde ihr so etwas Dummes wie damals in New York passieren. Dieser Mann hatte die Ausstrahlung eines Millionärs an sich gehabt. Sie war sofort darauf angesprungen und hatte versucht, herauszuholen, was irgendwie ging. Bis Jo herausbekommen hatte, dass dieser Kerl an einer Tankstelle arbeitete und keinen Cent besaß. Nie wieder, hatte sie sich geschworen, würde sie auf die blauen, verliebten Augen eines Niemands hereinfallen.

Valentin erschien neben ihr und griff besitzergreifend nach ihrer Hand.

„Dieser Tango gehört uns Liebchen", flüsterte er in ihr Ohr. Daphne schloss kurz die Augen, dann lächelte sie und ließ sich auf die Tanzfläche ziehen. Jo hatte ihr unmissverständlich klar gemacht, dass es nichts nützen würde, die Tage in der Kabine zu verbringen. Es würde an ihrer Vereinbarung mit Valentin nichts ändern und es waren noch so viele interessante Herren auf diesem Schiff, die man vielleicht etwas erleichtern könnte. Also hatte sie gute Miene zum bösen Spiel gemacht und sich das Kostüm angezogen, das einmal einer Burlesketänzerin aus Chicago gehört hatte.

Neben dem Paar erschien Professor Pott mit einer Tanzpartnerin, die vom Kostüm des Herrn nicht so begeistert schien. Er hatte große Schmetterlingsflügel auf seinem Rücken, die den anderen Tanzpaaren ständig im Gesicht herumwuselten.

Jo stand im Hintergrund des Saals und beobachtete.

An der Bar sah sie Jack Manderley. Er sprach mit dem Zahlmeister. Wenn Valentin nicht dazwischengekommen wäre, würden sie im nächsten Hafen von Bord gehen und das Geld würde auf ihrem Schweizer Konto landen. Nun war alles etwas komplizierter geworden.

Im Hintergrund des Ballsaals stand noch ein weiterer Beobachter. Beanstock hatte das Gesicht der russischen Dame gesehen, als der Conférencier sie zum Tanz geholt hatte. Sie schien erst verstimmt, lächelte dann aber. Der Tänzer hieß Valentin, das wusste Beanstock. Er kam für einen einfachen Eintänzer der Dame etwas sehr nah. Als ob die beiden sich kannten. Beanstock bemerkte den abweisenden Blick, den die junge Russin ihrer Großmutter zuwarf, die sich im Hintergrund aufhielt und ihr beruhigend zunickte.

An der Bar unterhielt sich Mr Friday mit dem Agenten von der Versicherung. Beanstock registrierte den viel zu weiten, schlecht sitzenden Anzug und die von dick aufgetragener Pomade glänzenden Haare. Beanstock hatte noch nicht erfahren, ob der Vertreter der Versicherung den Fall der verschwundenen Schmuckstücke anerkannt hatte. Im Moment ließ sich der Mann seinen zweiten Whisky schmecken. Er konnte den Besten servieren lassen, die Schiffsgesellschaft zahlte. Darum erschien er auch so selbstzufrieden. Mr Friday verzog keine Miene. Wahrscheinlich war er froh, wenn der Herr das Schiff am nächsten Tag verlassen würde.

Beanstock ließ seinen Blick weiterschweifen. Lady Fedora tanzte mit einem schneidigen General Napoleon, der sich als Colonel Morris entpuppte. Seine Frau, natürlich als bezaubernde Josephine, tanzte lächelnd mit Robin Hood. Bruder Tack hatte sich die griechisch gewandete Lady

Marjorie geholt. Bei Beanstocks Herrschaften war alles in Ordnung.

Die Matilda steuerte ruhig über das Wasser des Mittelmeeres. Tausende Sterne blinkten am Himmel und die Küste Griechenlands würde schon bald in Sicht kommen. Piräus war der nächste Hafen, den das Schiff ansteuerte.

Auf der Brücke der Matilda unterhielt sich der Captain mit seinem ersten Offizier über die Probleme, die eventuell auf sie warten könnten. Der Bürgerkrieg im Land der Hellenen hatte zwar offiziell 1949 ein Ende gefunden, aber das Land war noch lange nicht zur Ruhe gekommen. Nach den Zerstörungen durch den Weltkrieg und die Besetzung durch Deutschland waren noch die furchtbaren Verwüstungen des Bürgerkrieges dazu gekommen. Noch immer lagen weite Teile Griechenlands in Schutt und Asche und das Volk hatte herbe Verluste zu beklagen. In fast jeder griechischen Familie gab es Opfer oder Vermisste. Sogar Kinder waren ihren Eltern entrissen worden und blieben verschwunden. Der Wiederaufbau ging nur sehr schleppend voran.

Die Tür zur Brücke wurde geöffnet. Der Zahlmeister erschien und salutierte dem Captain.

„Ich möchte Sie informieren, dass der Agent Mr Manderley in Malta von Bord gehen wird. Die Angelegenheit ist zur Zufriedenheit der Damen und der Schifffahrtsgesellschaft geklärt. Man wird den Verlust ersetzen.
Somit steht einer ruhigen Weiterfahrt nichts im Wege."

„Danke Mr Friday, das beruhigt mich. Ich glaube, hier für alle Anwesenden zu sprechen, wenn ich sage, ich bin froh, wenn wir in Southampton einfahren. Das war keine

Reise, die ich wiederholen möchte. Gut Mr Friday, wegtreten."

Der Zahlmeister grüßte und verließ aufatmend die Brücke. Er wollte sich sofort in seine Kabine zu einem guten Whisky zurückziehen. Dieser Tag hatte ihn ermüdet.

An Deck lief er an einem Paar vorbei, das sich überaus angenehm zu amüsieren schien. Das junge Mädchen kicherte und der Mann kniff ihr lächelnd in die Wange. Mr Friday kratzte sich verlegen am Ohr, wenn er an Beanstock dachte. Gonzales und die kleine, nette Krankenschwester schienen sich köstlich zu amüsieren. Aber es war nicht seine Aufgabe, den Chauffeur der Baronets im Auge zu behalten. Das musste Beanstock schon allein bewältigen. Der Zahlmeister fand es lustig und grinste, als er mit einem Whisky in der Kabine saß und darüber nachdachte. Er erinnerte sich an seine Jugend und an die Dinge, die er erlebt hatte. *Es war schon eine aufregende Zeit,* dachte er und schenkte sich einen neuen Whisky ein.

Als es an seiner Kabinentür klopfte, sah er seufzend auf seine Uhr, Mitternacht, wer störte nun schon wieder?

Athen, Stadt der Helenen

Strahlender Sonnenschein begrüßte die Reisenden an diesem Morgen. Was sonst, pflegte Lord Mortimer bei jedem neuerlichen Frühstück zu sagen. Ihm fehlte der verregnete, britische Tag.

Der Hafen von Piräus war noch nicht vollständig wiederhergestellt. Es wurde gebaut, an mehreren Stellen gleichzeitig, aber es würde noch eine Weile dauern. Die Verwüstungen der Kriege waren auch hier sichtbar.

An der Mole standen mehrere Busse und Taxis bereit. Es waren nur etwas mehr als sechs Meilen bis zur Akropolis. Dorthin strebten die meisten Touristen. Vor allem das Parthenon, den größten und glanzvollsten Bau der Akropolis, wollte jeder einmal gesehen haben.

Beanstock beobachtete die abfahrenden Taxis und Busse vom Deck der Matilda aus.

Die Baronets und ihre Freunde bestiegen in diesem Moment einen kleineren Bus. Auf Anraten Beanstocks begleitete Gonzales die kleine Reisegruppe. Mr Friday hatte ihm zugeraten. Er hatte dem Butler berichtet, wie schwierig die Situation in Griechenland immer noch wäre.

Da kam es Beanstock entgegen, dass der praktisch veranlagte Gonzales an Bord war. So hatte Beanstock Zeit, um einige Dinge nachzuprüfen. Er wollte den Tänzer Valentin im Auge behalten, der ein seltsames Faible für die beiden russischen Damen entwickelt hatte und ständig in ihrer Nähe zu finden war. Da regte sich in Beanstock sofort der Verdacht, dass da etwas nicht passte.

Die beiden Damen waren dem Personal gegenüber immer sehr abweisend gewesen, sogar recht unhöflich, wie Beanstock von dem Dienstmädchen Martha erfahren hatte.

Anderen gut betuchten Herren gegenüber war man dagegen sehr gewogen. Auch davon konnte Martha berichten, nachdem sie von dem Butler ein paar Pfund erhalten hatte.

Martha war eine gute Auskunftsperson geworden. Sie redete gern und viel. Der Butler musste nur ein Thema ansprechen, schon sprudelte es aus dem Mund des Mädchens wie aus einem Brunnen. Man erzählte sich im Personalbereich, dass Mr Valentin öfter in der Kabine der Damen gewesen wäre. Beanstock vermutete, dass das Personal an eine heiße Affäre dachte und über die Dummheit des Tänzers lachen würde.

„Solche feinen Damen machen sich doch einen Spaß daraus, einen mittellosen Mann an der Nase herumzuführen. Und dann will er immer als Conférencier angesprochen werden, dabei ist er ein einfacher Eintänzer, ein Gigolo", flüsterte Martha dem Butler am Ende noch grinsend zu.

Beanstock hatte einige Flirts der hübschen Nastja Fjodorowska beobachten können. Die alte Gräfin Orlowska hielt sich im Hintergrund. Sie trat kaum in Erscheinung und Beanstock bemerkte, dass die Dame nun wieder humpelnd mit ihrem Stock unterwegs war. Allerdings humpelte sie plötzlich auf dem anderen Bein.

Beanstock schlenderte langsam über das Promenadendeck. Es war überdacht, um den Reisenden auch bei Regen zu erlauben, hier zu verweilen. An runden Tischen wurden Snacks serviert, während man in bequemen Liegestühlen ruhen konnte.

Stewards liefen geschäftig mit voll beladenen Tabletts zwischen den Stühlen hin und her. Tee wurde gebracht und der ein oder andere verlangte nach einer Aspirin. Der abendliche Kostümball hatte seine Opfer gefordert. Beanstock wunderte sich über die doch beträchtliche Anzahl der Reisenden, die an Bord geblieben waren. Sogar den Professor hatte er am Morgen im Frühstückssalon mit einer Sonnenbrille auf der Nase sehr langsam und mit gesenktem Kopf herumschleichen sehen. Er hatte es wohl mit dem Champagner übertrieben.

Mr Manderley saß in einem der Liegestühle, ließ sich Tee servieren und wartete scheinbar auf etwas. Immer wieder flog sein Blick suchend hin und her. Dazwischen schnäuzte er sich lautstark in ein großes Taschentuch und nahm einen Schluck aus seiner Medizinflasche. Wahrscheinlich wartete der Herr auf die junge russische Dame, die ihm scheinbar sehr zugetan war. Aber Beanstock vermutete, dass die Dame sich dadurch nur einen gewissen Vorteil bei der Zahlung der Versicherungsgelder versprach.

Valentin war nicht zu sehen. Auch als Beanstock die anderen Decks durchlief, bekam er ihn nicht zu Gesicht. An der Kabine der russischen Damen hörte er laute Stimmen aus dem Inneren. Und da hatte er den Tänzer gefunden.

Beanstock stellte sich neben die Tür zur Kabine und blickte immer wieder aufmerksam zu beiden Seiten.

Glücklicherweise waren im Moment keine Angestellten in den Gängen und so versuchte er, etwas näher an der Tür zu lauschen.

Doch so sehr er sich auch bemühte, er konnte nur Wortfetzen hören. Es ging um Geld. Das war ihm eigentlich schon klar gewesen. Es ging immer um Geld.

Inzwischen hatte sich Beanstock, vorsichtig spekulierend, eine Geschichte zusammengereimt.

Er vermutete, die beiden Damen waren seit längerer Zeit mit ihrer Betrugsmasche unterwegs. Immer ein anderes Schiff oder Hotel, immer ging es um verlorenen oder gestohlenen Schmuck und immer benutzten sie neue bunt schillernde Namen.

Es würde zu allen Zeiten Männer geben, die auf ein hübsches Gesicht und einen wirkungsvollen Namen hereinfallen würden. Beanstock vermutete, dass Mr Valentin die beiden Damen mit seinem Wissen erpresste. Warum der arme Seaman Bing sterben musste, erschloss sich ihm noch nicht. Der junge Mann hatte wohl etwas gewusst, wollte reden und musste zum Schweigen gebracht werden. Wer ihn ermordet hatte und wie, konnte Beanstock noch nicht sagen und er hatte bis jetzt keinerlei Beweis.

Er bemerkte, dass sich jemand der Tür näherte und verließ schnellstens seinen Horchposten. Er ging zurück an Deck und beobachtete die Tür zum Gang.

Es dauerte nicht lange. Valentin erschien beschwingten Schrittes, steckte sich eine Zigarette an und verließ das

Deck wieder in Richtung Bar.

Kurze Zeit danach erschienen die Damen. Die alte Gräfin wiederum humpelnd und mit einem neuartigen Konstrukt auf dem Kopf, das weniger einem Hut und eher einem Adlernest glich. Vor ihrem Gesicht schwebte ein dünner schwarzer Schleier. Die junge Dame Nastja trug ein schwingendes Seidenkleid mit großen weißen Rosen bedruckt, das sich bei jedem Schritt im leichten Wind bauschte. Ihre Augen halb geschlossen und den roten Mund leicht geöffnet, ein Bild wie aus einer Modezeitschrift. Fast erwartete man ein Blitzgewitter von Fotografen.

Sie begaben sich auf das Promenadendeck und schlenderten gemütlich an den aufmerksamen Herren vorbei. Man war sich der Aufmerksamkeit sicher. Manche Zornesfalte, unterstützt von einem Klaps auf den Arm erschien auf den Gesichtern der Ehefrauen, die ihre Gatten zur Raison bringen wollten.

Der Versicherungsagent Mr Manderley tauchte auf. Mit kurzen Verbeugungen näherte er sich lächelnd den beiden Damen. Beanstock bemerkte das glänzend pomadisierte Haar und den schlecht sitzenden Anzug. Es machte den Eindruck, als wäre dieser Anzug für jemand anderen gemacht worden. Die Hosenbeine waren zu kurz und die Jackenärmel zu lang.

Mr Manderley hielt Nastja Fjodorowska seinen Arm entgegen und die Dame hakte sich schief lächelnd ein, aber erst als sie mit einem Blick auf die Gräfin Orlowska die Zustimmung bekommen hatte.

Beanstock sah auf seine Taschenuhr. Die Herrschaften

wurden erst in einer Stunde zurückerwartet. Er ging nach unten in das Unterdeck und von dort in die Nähe des Maschinenraums. Er wollte sich den Ort ansehen, an dem der Seaman Bing sein Leben verlor.

Unterwegs traf er auf den Zahlmeister.

„Stellen Sie sich vor Mr Beanstock, dieser Mr Manderley bleibt bis Southampton an Bord. Angeblich hätte er in einem Telegramm eine neue Aufgabe übertragen bekommen, die ihn nach England führen würde. Ich werde diesen Herrn wohl nicht los. Und das alles auf Kosten der Reederei. Es ist glücklicherweise nicht mein Geld, das da verplempert wird." Mr Friday zuckte mit den Achseln und ging.

Beanstock setzte grübelnd über diese neue Sachlage seinen Weg nach unten fort. Als er den Maschinenraum erreichte, wurde der Lärm ohrenbetäubend. Dabei war das Schiff im Hafen und bewegte sich nicht. Wie wäre der Lärm erst, wenn die Matilda Fahrt aufnahm. Er wollte sich das nicht vorstellen.

Ein Maschinist mit ölverschmiertem Gesicht und einer Hose, die scheinbar aus Öl bestand, stand in einer dunstigen Wolke vor einer der Turbinen und schraubte mit einem überdimensionalen Schraubenschlüssel an etwas herum.

Beanstock sagte etwas, aber der Mann konnte es natürlich kaum hören. Also ging er vorsichtig näher. Einen Ölfleck auf seinem guten Anzug konnte er im Moment wirklich nicht gebrauchen.

Beanstock tippte dem Mann leicht auf die Schulter. Der drehte sich um und sah den Butler staunend an.

Vielleicht nahm er an, der Klabautermann würde ihn holen oder er würde träumen. Er streckte seine ölige Hand aus, um ihn zu berühren und auszutesten, ob diese Erscheinung echt war.

Beanstock machte schnellstens einen Schritt zurück.

„Ich möchte gern den Ort sehen, wo der Seaman Bing gefunden wurde!", schrie der Butler in den Höllenlärm.

Der Maschinist ging zu einem Kasten in der Nähe, drückte ein paar Knöpfe, betätigte ein paar Hebel und die plötzliche Stille legte sich wie ein Wattebausch um Beanstock.

„Sie dürfen gar nicht hier unten sein! Was wollen Sie denn?", brüllte der Maschinist, der wahrscheinlich nichts anderes mehr gewöhnt war und auch wenn er an Land war seine Umgebung anbrüllte. Es könnte durchaus sein, dass seine gesamte Familie dadurch sehr laut war. Beanstock musste plötzlich an London denken. Dort hatte er bei seinen Nachforschungen für Daisy Chain ebenfalls eine Familie kennenlernen müssen, die sich nur durch lautes Schreien verständigen konnte.

Beanstock räusperte sich.

„Ich bin sicher, wenn Sie bei Mr Friday nachfragen, wird er mir erlauben, hier zu sein."

„Na gut!", schrie der Mann und winkte ihm zu folgen.

Auf dem Weg nach unten kam ihnen Professor Pott entgegen. Ein seliges Lächeln lag auf seinem Gesicht und er hielt sein Netz wie ein Geschenk eng am Körper.

„Mr Beanstock, schön Sie im Inneren der Hölle zu treffen. Sehen Sie nur, was ich entdeckt habe." Beanstock und der Maschinist beugten sich neugierig über das Netz, das der Professor vorsichtig öffnete.

„Sehen Sie ihn? Wie wunderschön er ist?", sagte der Professor selig lächelnd.

„Das is ne Motte!", rief der Maschinist. „Die gibt's hier unten oft. Was soll denn daran toll sein?"

Professor Pott reagierte verschnupft. Er wies auf das winzige Tier.

„Agrius convolvuli, der Windenschwärmer!"

„Kein Grund, mich zu beleidigen. Sie können hier unten nicht mit Ihrem Fischernetz rumrennen!", schrie ihn der Maschinist an. Der Professor ging schnell davon, sein Netz schützend umfangen.

Beanstock folgte dem Maschinisten.

Es ging noch ein Stück abwärts und dann einen langen dunklen Gang entlang bis man zu einer weiteren schmalen Treppe kam. Der Maschinist nahm eine Lampe von einem Haken an der Wand und leuchtete nach unten.

„Da unten am Fuß der Treppe hat der arme Junge gelegen. Hab ihn gefunden. War ein furchtbarer Anblick", erklärte der Mann und wurde sogar ein bisschen leiser dabei.

„Was hatte er hier unten zu suchen? Ich dachte, Seaman Bing war für etwas anderes eingeteilt?"

Der Maschinist zuckte die Achseln.

„Er hatte hier überhaupt nichts zu suchen. Dort unten ist ja gar nichts mehr. Ein paar Kisten mit Ersatzteilen und so was."

Beanstock nahm dem Mann die Lampe aus der Hand und ging langsam nach unten. Die Metalltreppe knarzte leise.

Das Geländer war sicher und fest, bemerkte Beanstock. Er leuchtete unter den neugierigen Blicken des Maschinisten jede einzelne Treppenstufe ab. Ein Glitzern traf seine Augen.

Er beugte sich herab und nahm das kleine Ding vorsichtig zwischen zwei Finger. Als er es beleuchtete, lag eine schwarzglänzende Paillette auf seiner Hand. Er hatte genug gesehen.

„Was haben Sie denn entdeckt?", schrie der Maschinist von oben herab.

Beanstock stieg hinauf zu ihm und zeigte ihm das kleine glänzende Ding.

„So etwas findet man an Kostümen oder Festkleidung", erklärte er dem Mann.

„Das verstehe ich nicht. Wo soll denn das herkommen?"

„Das ist die Frage, die ich klären muss. Seaman Bing hat es bestimmt nicht gehört und ich denke, Maschinisten haben eher keine Pailletten an ihren Overalls."

Auf dem Weg zurück nach oben in die ruhigere Welt kam Beanstock eine plötzliche Eingebung.

Er erinnerte sich an den Kostümball, an die Tanzvergnügen davor und er dachte an die Begrüßung durch den Captain am ersten Tag.

Er erinnerte sich an eine junge Dame, eine Passagierin an Bord, die mit ihrem Vater die Reise unternahm. Sie war passionierte Fotografin und machte von allem, was ihr vor die Linse kam, Fotos. Warum hatte er nicht schon früher daran gedacht? Er musste es in einer zu weit entfernten Ecke seines Gedächtnispalastes abgelegt haben. Das durfte ihm nicht so oft passieren. Diese junge Dame galt es zu finden. Wenn sie von allen Veranstaltungen an Bord Fotos gemacht hatte, war vielleicht auf einem der Bilder ein Kleidungsstück mit schwarzen Pailletten zu sehen.

Beanstock vermutete, dass die junge Frau zu einem der Ausflüge aufgebrochen war. Also musste er abwarten. Es war sicher eine gute Idee an Land zu gehen und dort die ankommenden Passagiere zu überprüfen.

Bevor Beanstock die Gangway nach unten betrat, sah er sich aufmerksam auf der Mole des Hafens um.

Da stand ein Herr bekleidet mit einer schwarzen Hose und einem blendend weißen Hemd. Um seine Taille zog sich eine rote Schärpe. Er spielte auf einer Bouzouki, und zwar sehr virtuos, wie Beanstock bemerkte. In einiger Entfernung sah er einige Fischer mit ihren Netzen beschäftigt und unter einem Schirm saß eine Dame und schien in der Hitze eingeschlafen zu sein. *Keine Gefahr? Gab es hier in Piräus, wo so viele Touristen täglich an Land kamen, keinen Rosenverkäufer?*

Beanstock schritt die Gangway hinab.

Er musste nicht sehr lange warten, dann kamen die ersten Ausflügler zurück zum Schiff. Zuerst kamen einige Taxis, dann zwei kleinere Busse. Die Fotografin war nicht darunter.

Nach weiteren fünfzehn Minuten kam ein Taxi, das seine besten Zeiten hinter sich hatte und nur durch den Rost zusammengehalten wurde. Aus diesem Gefährt stieg die gesuchte junge Dame.

Beanstock ging auf sie zu. Sie war allein im Wagen

gewesen und gerade dabei den Fahrer zu bezahlen.

„Darf ich Sie sprechen Miss?", fragte Beanstock und beugte leicht den Kopf.

„Was kann ich denn für Sie tun?" Sie sah den Butler mit einer Mischung aus Ironie und Neugier an.

„Mein Name ist Arthur Beanstock. Ich bin der Butler der Baronets von Parsley. Ich würde Sie gern etwas fragen, was die Fotos betrifft, die Sie so gern und oft machen. Wenn es Ihre Zeit erlaubt und ich so frei sein darf?"

„Sie hätten nicht sagen müssen, dass Sie ein Butler sind. Man kann es sehr gut aus Ihren Worten heraushören", versetzte die junge Dame grinsend. „Was denken Sie auf meinen Fotos zu sehen?"

Beanstock schlenderte mit der Dame langsam zur Matilda zurück.

„Yamina, Mina, Mina!", sang in diesem Moment der Bouzoukispieler und winkte der Dame unter dem Sonnenschirm leicht zu. Sie stand auf, richtete ihre wundervollen tiefschwarzen Haare und schlenderte mit einem Korb zu dem Bouzoukispieler. Er nickte ihr zu, lächelte und wies mit dem Kopf zu Beanstock. Sein Spiel wurde virtuoser und er sang ein griechisches Lied von Liebe und Schmerz. Die hübsche Dame mit dem Korb näherte sich den beiden, die im Gespräch vertieft waren.

Dann öffnete sie den Korb, zog einen riesigen Strauß Rosen hervor und hielt sie Beanstock unter die Nase.

„Das wäre etwas für die junge Dame mein Herr. Eine wundervolle Rose für eine wunderschöne Lady", sagte sie.

Beanstock konnte es nicht glauben. Er sah die Dame mit

den Rosen an und fragte mit einem heiseren Unterton:

„Haben Sie Cousins in Italien und Frankreich?"

„Natürlich, haben Sie die Jungs gesehen? Unsere Firma *Triandafilo* verkauft die schönsten Rosen der Welt. Nehmen Sie und Sie werden es nicht bereuen." Dann drehte sie sich zu dem Bouzoukispieler um und rief ihm aufmunternd zu: „Aleko, mein Lieber, spiel auf, hier ist ein Herr mit Geschmack. Zeig ihm die griechische Seele und wie willkommen er ist!"

Und Aleko spielte, als ob es kein Morgen mehr geben würde. Die neu hinzukommenden Rückkehrer von den Ausflügen blieben bewundernd stehen und staunten über diesen Virtuosen. Geldstücke flogen in seinen offenen Gitarrenkasten. Die Dame mit den wunderschönen schwarzen Haaren drehte sich im Takt der Musik dazu und Beanstock konnte nicht anders. Er nahm ihr den gesamten Strauß aus dem Arm, gab ihr das Geld und reichte die Rosen dem jungen Mädchen. Die hatte bereits wieder ihren Fotoapparat in der Hand und machte eine Aufnahme nach der anderen. Die Passagiere der Matilda waren auf dem Promenadendeck aufgestanden und wiegten sich im Takt der mitreißenden Musik. Das Mädchen mit dem Fotoapparat lächelte fröhlich.

„Sie sind ein heimlicher Don Juan, Señor Beanstock. Ich habe es immer geahnt. Und sehen Sie, wie glücklich die junge Dame ist. War es nun so schlimm, ein paar Rosen zu kaufen?"

Ohne dass es der Butler bemerkt hatte, waren Gonzales und seine Baronets angekommen. Die Ausflüglertruppe stand mit offenem Mund und beobachtete ihren ansonsten so seriösen Butler. Sie sahen ihn inmitten einer bunten Menge Touristen, die zu der Musik Alekos tanzten, sahen ihn mit einer jungen Dame, die sich gerade bei ihm einhakte und für den Strauß Rosen bedankte. Sir Percival bekam rötliche Wangen und grinste.

„Unser guter Beanstock, was sagt man dazu?"

Dem so Bezeichneten war die gesamte Aufmerksamkeit nicht sehr angenehm.

„Vielleicht, wenn es Ihre Zeit später erlaubt, könnten wir uns am Abend weiter unterhalten. Darf ich Sie nach Ihrem Namen fragen?", flüsterte er der Dame zu.

„Aber gern Mr Beanstock. Mein Name ist Carolina Gunner. Treffen wir uns doch heute Abend um zwanzig Uhr nach dem Dinner auf dem Promenadendeck."

Der Butler verbeugte sich, dankte ihr und schloss sich den Baronets an, die auf dem Weg zum Schiff waren.

Pünktlich um zwanzig Uhr stand Beanstock auf dem Promenadendeck. Es war ihm nicht leichtgefallen, Gonzales loszuwerden, der wie eine Klette an ihm hing. Er hatte ihm eine Aufgabe übergeben, die ihn eine Weile beschäftigen würde. Er sollte die Kostüme vom Ball zurückbringen. Zu diesem Zweck musste er in den Bauch der Matilda abtauchen und das dauerte gewiss eine Weile.

Miss Gunner saß auf einem der Liegestühle und überprüfte ihre Kamera. Vor ihr stand ein älterer Herr und redete ungehalten auf sie ein.

„Carolina, du kommst jetzt mit mir hinein und wir

unterhalten uns. Ich werde diesen Unsinn nicht länger dulden!"

Die junge Dame ließ sich nicht beirren und legte einen neuen Film ein.

„Ich habe deiner Mutter versprochen, dass du entweder etwas Sinnvolles lernen oder reich heiraten wirst. Da du meine Vorschläge bezüglich möglicher Heiratskandidaten ignorierst, habe ich dich für die höhere Mädchenschule in Cardiff angemeldet. Wenn wir zurückkommen, wirst du packen und ich bringe dich dorthin. Dieser Unsinn mit dem Fotografieren hört auf. Eine Dame kann keine Journalistin werden. Punkt und aus!"

Carolina sah zu ihrem Vater auf und schwieg.

Daraufhin drehte sich Mr Gunner um und ging ohne ein weiteres Wort.

Beanstock räusperte sich. Es war ihm in höchstem Maße unangenehm, diese Auseinandersetzung mit anzuhören.

Carolina Gunner bemerkte ihn, lächelte gezwungen und winkte ihm, neben ihr Platz zu nehmen.

„Tut mir leid, dass Sie das mit anhören mussten. Was mein Vater nicht weiß, ist, dass ich bereits für ein Journalismus Studium angenommen wurde und im Herbst nach Oxford gehen werde."

„Das ist sicher die richtige Entscheidung, aber wie wollen Sie das ohne die Hilfe Ihres Vaters finanzieren?"

„Das ist kein Problem. Ich habe aus der Erbschaft meiner Mutter eigenes Geld auf das ich im Herbst, wenn ich einundzwanzig geworden bin, zugreifen darf. Dann ist da noch meine liebe Tante Petunia, die mich schon immer bei meinen Plänen unterstützt hat. Sie ist eine sehr fortschrittliche Dame. In unserem Dorf war sie die erste Frau, die fliegen gelernt hat, stellen Sie sich das vor. Ist das nicht wundervoll?"

„Sicher ist es das", erwiderte Beanstock vorsichtig. Auch wenn er Ihrer Meinung war, konnte er sich in diese Familienangelegenheiten natürlich nicht einmischen.

„Warum interessieren Sie sich für meine Fotos Mr Beanstock?", fragte Carolina und lehnte sich entspannt im Liegestuhl zurück.

Beanstock erklärte ihr die Sachlage, ohne auf seinen Verdacht bezüglich des Mordes an dem jungen Seaman einzugehen. Er erzählte ihr nur so viel, wie nötig war.

„Sie denken also, auf einem meiner Fotos ist eine Dame in einem Paillettenkleid zu sehen, zu der ihr Fund passen könnte? Ist das nicht etwas weit hergeholt? Sie müssen mir schon etwas mehr erzählen. Um welchen Kriminalfall geht es hier? Sie vergessen wahrscheinlich, dass ich Journalistin werden möchte."

„Wie kommen Sie darauf, dass es eine Dame sein würde? Meine Ermittlungen stehen noch ganz am Anfang. Viel gibt es da nicht zu erzählen."

„Es geht um den Seaman, der hier ums Leben gekommen ist, nicht wahr?"

Sie sah ihn erwartungsvoll an, aber Beanstock würde ihr nicht mehr sagen. Sie seufzte.

„Na gut. Aber dafür muss ich die Fotos entwickeln. Wie haben Sie sich das vorgestellt, hier auf dem Schiff?"

Beanstock hatte vorher damit gerechnet, dass dies ein

Problem sein könnte. Aber die Matilda war ein sehr modernes Schiff und man hatte an alles gedacht. Es gab zwar noch keinen angestellten Fotografen, das wollte man für die nächsten Reisen nachholen, aber es gab bereits ein Fotolabor an Bord.

Von Mr Friday hatte er davon Kenntnis erhalten. Das Labor wurde noch nicht genutzt, aber es waren alle Apparate und Chemikalien vorhanden. Der Zahlmeister hatte ihm die Erlaubnis erteilt, das Labor zu nutzen.

„Besitzen Sie die nötigen Kenntnisse, um Filme zu entwickeln, Miss Caroline?"

„Nicht so gestelzt. Ich bin einfach nur Caroline. Und ja ich habe die nötigen Kenntnisse. Haben Sie das nötige Labor?"

Beanstock nickte.

„Na dann mal ran an den Speck!", rief Caroline.

Die beiden machten sich auf den Weg zum Unterdeck, in dem sich das Labor befand.

Aus dem Hintergrund erschien grinsend Gonzales, die nette Krankenschwester am Arm.

„Oh Señor Beanstock, Sie wilder Feger."

Die beiden kicherten ausgelassen.

Die Matilda legte von dem Hafen Piräus ab und Aleko, der Bouzoukispieler, spielte: „Ta pedia tou Pirea!" Einige Hafenarbeiter hatten sich spontan zu einem Tanz zusammengefunden. Ein Flasche Ouzo kreiste, Mina winkte ausgelassen mit einem weißen Tuch, bevor sie sich beschwingt der Tanzgruppe anschloss. Für einen kurzen sorglosen Moment war die wunderbare griechische Welt in Ordnung.

Licht im Dunkel

Caroline Gunner arbeitete konzentriert.

Beanstock bewunderte ihre Arbeitsweise. Sie bewegte sich tänzerisch zwischen den Schalen mit dem Entwickler und dem Fixierer hin und her. Auf einer Leine im Hintergrund hingen bereits eine Menge Fotografien. Aber bis zu diesem Punkt war es ein langer Prozess gewesen.

Nachdem Miss Gunner den Film mit den Aufnahmen der Tanzvergnügen in eine schwarze Plastikdose gesteckt hatte, kam der Entwickler dazu. Dann bewegte sie die Dose in einem genauen Rhythmus auf und ab, hin und her. Beanstock fand das faszinierend. Diese präzisen Arbeitsabläufe waren nach seinem Geschmack. Der Butler sollte nach Anweisung der jungen Dame die Zeit im Auge behalten. Nach dreißig Sekunden schüttete Caroline Gunner Wasser dazu und stellte die Dose hart auf dem Tisch ab. Dann folgte der Fixierer. Die gleiche Prozedur endete ebenfalls mit einem krawumm auf dem Tisch.

Die fertigen Filme landeten auf einer Wäscheleine zum Trocknen.

Alle Dinge schienen ihren vorbestimmten Platz zu bekommen. Drei Schalen mit Entwickler, Stoppbad und Fixierer, was Beanstock noch nicht ganz verstand.

Der Stapel mit dem zu belichtenden Fotopapier. Exakt und genau. Verschiedene Zangen und Thermometer.

Nachdem zwei Filme trocken waren, sahen die beiden Fotoamateure die Aufnahmen durch.

Beanstock wählte einige Aufnahmen aus und Miss Gunner schob die Negative in den Vergrößerungsapparat. Sie arbeitete konzentriert und schweigend weiter.

Nach einiger Zeit im rötlichen Licht der Fotolampe reihten sich Fotos, gehalten von Filmklammern, wie Wäschestücke auf einer langen Leine.

Die noch nicht entwickelten Filme waren sicher in ihren Behältern und man konnte es nun wagen Licht zu machen.

Beanstock blinzelte nach der langen Zeit im rötlichen Licht. Sie legten die fertigen Aufnahmen nebeneinander und Beanstock griff zu einer Lupe.

„Sie sehen mit der Lupe aus wie Sherlock Holmes. Haben Sie auch so einen hässlichen karierten Hut mit Schlappohren an den Seiten?", fragte Caroline lächelnd.

Beanstock schüttelte den Kopf.

„So ein Sakrileg würde ich niemals begehen. Niemand kann Mr Holmes das Wasser reichen."

Er sah sich die Fotos ganz genau an.

Beanstock hielt das Foto Miss Gunner hin.

„Sehen Sie sich die Paillettenjacke im Vordergrund an. Was sehen Sie?"

Sie nahm die Lupe und blickte erstaunt auf.

„Das ist ein Mann. Das ist dieser schmierige Eintänzer, der mich mal auffordern wollte. Wie hieß der gleich?" Sie überlegte angestrengt.

„Das ist Mr Valentin. Er trägt ein Jackett, das übersät ist mit schwarzen Pailletten."

„Trotzdem können Sie nicht beweisen, dass diese Paillette von seiner Jacke stammt. Es könnten ja sämtliche Eintänzer solche Jacken besitzen. Ich erinnere mich nicht daran. Wie wollen Sie beweisen, dass es Valentins war?"

Sie sah in das Gesicht des Butlers, in dessen Kopf es augenscheinlich arbeitete.

„Ich weiß, was Sie vorhaben. Sie wollen die Kabine des Herrn untersuchen. Ich bin dabei."

„Miss Gunner, das kann ich nicht erlauben. Es tut mir leid. Würden Sie mir diese Aufnahme überlassen?"

Sie nickte enttäuscht.

Beanstock sah in ihrem Gesicht die Neugierde der Journalistin aufflammen und wusste, dass er sehr vorsichtig vorgehen sollte. Auf keinen Fall wollte er die junge Frau in Gefahr bringen.

„Ich verspreche Ihnen, dass ich Sie auf dem Laufenden halte. Wie klingt dieses Angebot?"

Carolines Gesicht hellte sich auf.

„Das wird mein erster großer Artikel. Sie werden sehen. Ich mache daraus eine Erfolgsstory."

Beanstock sah auf seine Taschenuhr. Es war spät geworden. Er hoffte, Gonzales kümmerte sich um die Baronets und ihre Freunde.

Beanstock hatte ihm den Auftrag gegeben, bevor er Miss Gunner aufsuchte.

Um diese Zeit befanden sich die Tänzer in der Bar und im Saal beim Tanz. Es war günstig.

Er kannte die Kabinen.

Die Gänge waren verlassen und ruhig. Alle vergnügten sich auf den oberen Decks. Beanstock nahm das schwarze Lederetui aus der Jackettasche. Seit der Vorfälle auf Parsley Manor und den Morden, die durch den Verleger My Ladys ausgelöst wurden, befand sich das kleine Etui mit den Dietrichen und dem winzigen Messer immer in seiner Tasche. Regel 11: Immer auf jede Situation vorbereitet sein.

Diese Kabinentür war hartnäckig. Er bekam sie nicht auf.

„Sie müssen ganz langsam nach links drehen", flüsterte nah an seinem Ohr eine Stimme.

Vor Schreck fielen Beanstock die Dietriche aus der Hand. Es schepperte laut.

Gonzales, der sich angeschlichen hatte, nahm die Nachschlüssel, steckte einen davon in das Schloss, drehte vorsichtig und mit einem kleinen Ruck sprang die Tür auf.

Der Chauffeur reichte Beanstock die Dietriche und gab mit einer Geste zu verstehen, dass es doch furchtbar einfach gewesen wäre.

„Was tun Sie denn hier?", flüsterte der Butler.

„Sie sollten sich um die Herrschaften kümmern."

Gonzales ging an ihm vorbei in die Kabine Valentins.

„Was suchen wir Señor Beanstock?", fragte er, ohne dem Butler zu antworteten.

Beanstock seufzte. Er wollte sich nicht zu lange hier aufhalten. Also nahm er vorerst die Anwesenheit des Chauffeurs hin. Die Standpauke musste warten.

Er öffnete leise den Kabinenschrank. Darin waren ein

feiner schwarzer Smoking, ein dunkler Anzug und verschiedene Hemden, sehr gute Qualität, wie Beanstock mit hochgezogener Augenbraue bemerkte. Aus gutem Stoff, von einem bekannten englischen Schneider gefertigt. Außerdem mehrere Paar Schuhe aus feinstem Leder. Valentin wusste sich zu kleiden.

Es gab nicht sehr viele Möbelstücke hier. Nur noch einen Nachtschrank und ein winziges Waschbecken. Das Bett war ordentlich gemacht und jedes Ding hatte seinen Platz. *Ein sehr auf sein Äußeres bedachter Herr*, dachte Beanstock. Gonzales bückte sich und zog unter der Koje einen Koffer hervor.

Er legte ihn auf das Bett und öffnete ihn. Es glitzerte in der spärlichen Beleuchtung. Die Paillettenjacke lag vor ihnen. Beanstock untersuchte sie genau. Es fehlten einige Pailletten, aber das war noch kein Beweis. Auf den Fotos war Valentin der Einzige mit so einer Jacke gewesen, aber was bewies das?

Gonzales nahm die Jacke aus dem Koffer und darunter fand Beanstock etwas Interessantes.

In einem Leinenbeutel klimperte es. Er schüttete ihn aus und da lagen sehr unterschiedliche Dinge vor ihm. Eine Kette mit einem Medaillon, eine Brosche mit einer Rose darauf, eine Schildpattspange, eine Taschenuhr mit einer Gravur im Inneren, diverse Damenringe, verschiedene Armbänder und Ketten. In einer Tüte entdeckte Beanstock sogar eine rötliche Haarlocke. Ein Schauer überfiel ihn.

„Das sind seltsame Dinge für einen Herren oder Señor?", fragte Gonzales neugierig.

„Legen wir die Dinge zurück. Valentin darf nichts bemerken. Der Zahlmeister sollte diese Kabine durchsuchen lassen."

„Warum sollte er diese Dinge aufheben? Das verstehe ich nicht? Hat er diese Dinge von Damen geschenkt bekommen?", fragte Gonzales und half Beanstock den Koffer zurückzustellen und die Kabinentür wieder zu verschließen.

„Ich bin mir noch nicht sicher. Die Taschenuhr gehörte eindeutig einem Mann. Hoffentlich bewahrheitet sich mein Verdacht nicht, dass wir es mit einer Trophäensammlung zu tun haben. Gehen wir zum Zahlmeister. Er wird wissen, was zu tun ist."

„Señor Beanstock?"

„Ja bitte Gonzales?"

„Das ist keine schöne Kreuzfahrt."

„Da gebe ich Ihnen unumwunden recht."

Das Büro Mr Fridays war verwaist. Die Tür war verschlossen. Vielleicht war der Zahlmeister in der Bar oder auf der Brücke beim Captain. Es gab auf so einem Schiff unendliche Möglichkeiten.

„Sehen wir in der Bar nach. Ich habe ihn dort um diese späte Stunde schon mehrmals angetroffen."

Die beiden Herren machten sich auf den Weg. Das Schiff schien wie ausgestorben zu sein.

Als sie das Promenadendeck überquerten, das ansonsten voll von Nachtschwärmern war, war es still. Niemand ging im Mondschein spazieren. Sie erreichten die Türen zur Bar und dem Tanzsaal. Das gesamte Schiffspersonal und die

Passagiere schienen sich hier versammelt zu haben. Man konnte das Rattern der Schiffsmotoren hören. Beanstock drängte sich durch die Menschen. Leise geflüsterte Worte drangen an sein Ohr.

Auf der Tanzfläche kniete der Schiffsarzt am Boden neben einem Mann. Daneben stand der gesuchte Mr Friday. Er sah Beanstock, schüttelte bedauernd den Kopf und sah zurück auf den am Boden Liegenden. Soeben erschien Captain Wilson mit seinem ersten Offizier eilig auf der Tanzfläche.

Dr. Miller erhob sich, griff zu seiner Tasche und informierte den Captain, dass er nichts mehr für den Herrn tun könne.

Am Boden lag Mr Manderley. Beanstock trat etwas näher. Die Augen des Mannes waren geschlossen, das Gesicht wirkte ruhig, als ob er schlafen würde. Der Mund war weit geöffnet, als ob er nicht genug Luft bekommen hatte.

„Gift, wenn ich raten soll. Cyanid vielleicht, aber wenn ich mir dieses ruhige Gesicht ansehe, könnte es auch etwas anderes sein", sagte Beanstock leise zu Gonzales.

„Hatten nicht die deutschen Offiziere immer eine Giftkapsel mit Cyanid dabei? Damit sie sich im Falle einer Gefangennahme töten konnten?", flüsterte der zurück.

„Sie haben vollkommen recht. Was meinen Sie? Ob Ihr spezieller Freund Richard Russ auch so eine Kapsel dabei hatte? Vielleicht nur der Nostalgie halber?"

Beanstock sah sich im Raum nach den Baronets und ihren Freunden um. Zum Glück sah er sie nicht. Am Nachmittag hatte Lady Fedora, zurückgekehrt vom Ausflug, über

Kopfschmerzen geklagt.

Beanstock vermutete die Herrschaften in den Kabinen. Auch Valentin war nicht zu sehen.

Aber an der Bar standen die beiden russischen Damen. Nastja Fjodorowska war blass und hielt sich krampfhaft am Bartresen fest. Der Barkeeper stellte ihr in diesem Moment ein Glas Whisky auf den Tresen. Gräfin Orlowska tätschelte die Hand ihrer jungen Begleiterin und flüsterte ihr etwas ins Ohr. Beanstock bemerkte wieder einmal eine Monstrosität von einem Hut auf dem Kopf der Gräfin und vor dem Gesicht einen Halbschleier. *Was verbarg diese Dame hinter der Gardine,* fragte er sich.

„Haben Sie sich um Lady Fedora und Sir Percival gekümmert, wie ich Ihnen auftrug?", fragte er Gonzales.

„Claro que si, Señor! Sie wollten heute früher zu Bett. Ich habe ihnen noch Tee bringen lassen und Zeitungen und mich dann auf die Suche nach Ihnen gemacht."

„Das ist sehr gut, danke Gonzales. Ich sehe einmal über Ihren Fehltritt vor der Kabine hinweg. Kommen Sie, wir werden etwas überprüfen."

Die beiden gingen zurück in den Bereich der Luxuskabinen. Auf dem A-Deck standen sie vor der Kabine 322, die Russ bewohnt hatte, bevor er es vorzog, das Schiff mit einem Sprung zu verlassen. Erneut kam der Satz Dietriche zum Einsatz. Aber die Tür war nicht verschlossen.

Was seltsam war, da Beanstock genau wusste, dass Mr Friday die Kabine versiegelt hatte und so sollte sie bis Southampton bleiben. Dann würde die Polizei die Kabine durchsuchen und die Dinge darin sicherstellen.

In der Kabine herrschte Chaos. Alles war durchwühlt. Die Schubladen waren aus den Kommoden gezogen und die Koffer lagen in der Gegend herum. Sogar das Bett war durchwühlt. Im Bad lagen Flaschen und Phiolen auf dem Boden. Unter ihren Füßen knirschte Glas.

Eine Aktentasche lag offen auf dem Boden, die Papiere verstreut ringsum. Wenn Geld oder Wertsachen in der Kabine gewesen waren, dann waren sie nun fort.

Beanstock überlegte, ob er dem Zahlmeister diesen neuen Schock wirklich antun sollte. Was sollte er ihm überhaupt sagen?

Vor seinen Augen ließ er die Dinge noch einmal Revue passieren, die sie in der Kabine Valentins entdeckt hatten. Es war mehr denn je nötig den Zahlmeister zu informieren und die Kabine des Eintänzers zu durchsuchen. *Hatte Valentin bei seiner Durchsuchung eine Giftkapsel gefunden und sie nun benutzt? War er wirklich so leichtfertig?* Beanstock tat der Kopf weh vom Nachdenken.

Er musste wissen, ob der Versicherungsagent mit Cyanid oder mit einem anderen Gift getötet wurde. Auf jeden Fall würde er diesen Valentin weiterhin beobachten.

Außerdem sollte er Miss Gunner gut im Auge behalten. Sie tauchte in letzter Zeit gern unangemeldet neben ihm auf und versuchte einen unbeteiligten Gesichtsausdruck zu machen. Er wollte sie nicht in eine gefährliche Situation bringen. Deshalb hatte er sich für die hübsche Miss Gunner etwas ausgedacht. Aber das musste noch warten. Erst einmal wollte er Mr Friday informieren.

Mr Friday saß in seinem Büro über einem Berg Akten.

Als Beanstock eintrat, sah er die Müdigkeit auf dem Gesicht des Zahlmeisters.

„Wie wäre es mit einem Whisky Mr Beanstock?"

„Danke nein Sir. Ich möchte Sie über einige Fakten unterrichten."

„Wird es lange dauern? Ich muss noch zum Schiffsarzt und die weitere Vorgehensweise im Fall des Agenten besprechen. Nun schippern wir hier schon mit zwei Toten im Gepäck herum. Gut, dass es einen externen Kühlraum gibt. Sonst würde das nicht gehen." Mr Friday erhob sich, ging zu einer Kommode im Hintergrund und entnahm eine Karaffe mit einer goldgelben Flüssigkeit. Er schenkte sich ein und verzichtete auf den Zusatz von Wasser, was er ansonsten gern tat. Heute brauchte er den puren Saft.

Beanstock zeigte Mr Friday die Fotos, auf denen Valentin die Paillettenjacke getragen hatte. Dann berichtete er von der aufgebrochenen Kabinentür des Mr Russ und dem Chaos dort. Der Zahlmeister honorierte diese Tatsache mit hochgezogenen Augenbrauen.

Gonzales Rolle ließ der Butler dabei außer Acht. Es war unnötig, den Chauffeur mit hineinzuziehen. Er erzählte ihm auch nicht, dass sie die Kabine des Tänzers durchsucht hatten. Er hoffte, Mr Friday auch ohne diese Tatsache zu einer Durchsuchung zu bewegen.

Mr Friday sah sich die Bilder genau an. Dann gab er sie dem Butler zurück und setzte sich mit seinem Whiskyglas an den Schreibtisch zurück. Er sagte eine ganze Weile nichts.

„Es ist sehr lobenswert, dass Sie sich so in dem Fall des

armen Bings engagieren, aber ich kann nicht einfach eine Durchsuchung der Kabine des Tänzers anordnen, nur weil er eine glitzernde Jacke trug, an der irgendwas fehlt. Frank Valentin ist nicht gerade ein sehr angenehmer Herr. Ich muss auf jeden Fall mit dem Captain sprechen und er wird dann entscheiden. Warten wir doch bis Morgen. Dann erreichen wir Malta und befinden uns auf britischem Boden. Ich könnte dann von der dortigen Polizeistation Unterstützung bekommen. Was halten Sie davon?"

„Ich traue diesem Herrn sehr viel zu, auch einen Mord. Das könnte noch für andere Passagiere gefährlich werden. Sehen Sie, was mit Mr Manderley passiert ist."

„Ich verstehe Ihre Sorgen. Aber ich glaube nicht, dass es einen weiteren Mord geben könnte. Ich bin noch nicht überzeugt von Valentins Schuld in Bezug auf Mord. Welchen Nutzen sollte er haben, wenn er diesen Versicherungsagenten umbringt? Das ist Unsinn, glauben Sie mir."

„Ich verstehe seine Beweggründe auch noch nicht vollständig, aber es hat mit den beiden russischen Damen zu tun."

Mr Friday lächelte. Dann beugte er sich leicht zu dem Butler vor und sagte: „Aber Mr Beanstock, nun sind auch noch die beiden Damen involviert? Jetzt geht Ihre Fantasie mit Ihnen durch."

„Was, denken Sie, hat Manderley umgebracht?", fragte nun Beanstock.

„Der Schiffsarzt konnte nicht viel sagen. Wahrscheinlich Herzversagen aufgrund von akuter Atemnot. Ich könnte mir vorstellen, dass es mit den Allergien dieses Herrn zusammenhängt. Er meinte mir gegenüber mehrmals, dass er dieses heiße Mittelmeerklima nicht vertragen könnte, und schnupfte auch dauernd und hustete. Andauernd nahm er dagegen diese Medizin ein. Dann trank er heute Abend eine ganz schöne Menge Alkohol, hat ihn ja nichts gekostet. Letztendlich legte er eine fesche Sohle mit der jungen Russin aufs Parkett und hat sich überschätzt. So habe ich es auch mit dem Arzt besprochen. Er war meiner Meinung. Ich werde erst einmal die Kabine von Mr Rushmore neu versiegeln. Danke für den Hinweis. Die Ermittlungen überlasse ich der Polizei in Southampton."

Beanstock konnte hier nichts mehr tun. Er erhob sich und verabschiedete sich von Mr Friday. Er war enttäuscht über die Leichtfertigkeit des Mannes. So unbekümmert hatte er ihn nicht eingeschätzt. Er führte es darauf zurück, dass Mr Friday müde war und diese Fahrt einfach hinter sich bringen wollte. Vielleicht musste man das verstehen.

Aber für ihn würde das keine Option sein.

Er würde herausbekommen, was hier an Bord passierte. Als Mr Friday die Tropfen des Mr Manderley erwähnt hatte, läuteten bei Beanstock sofort die Alarmglocken. Er kramte in seinem Gedächtnispalast und brachte einige Gifte zum Vorschein, die zu Atemnot und Herzstillstand führen konnten. Er dachte an das entspannte Gesicht des Versicherungsagenten. Krämpfe hatte er scheinbar nicht gehabt, aber eine verdächtige Substanz in den Mundwinkeln fiel ihm ein. Atropin, Morphium oder etwas Ähnliches hier an Bord zu bekommen, war für einen Mann wie Valentin sicher kein großes Problem.

Die meisten Flüssigkeiten waren durchsichtig, wenige bitter. Somit hätte Mr Manderley nichts bemerkt, wenn er seine Medizin einnahm. Um jemanden zu töten, benötigte man eine hohe Konzentration des Giftes.

Auf der Matilda gab es eine gut ausgestattete Krankenstation. Sollte sich der Mörder dort bedient haben? Die Möglichkeit der Cyanidkapsel verwarf er erst einmal. Das wäre zu offensichtlich. Und Cyanid verursachte nicht so ein entspanntes Gesicht. So dumm schätzte er Valentin nicht ein. Wie würde sein nächster Schritt aussehen?

Diese Dinge mussten warten. Beanstock hatte seine Pflichten vernachlässigt. Vor allem sollte er sich nach dem Befinden Lady Fedoras erkundigen und ob jemand von den ihm anvertrauten Herrschaften etwas benötigte. Beanstock hatte auch noch neue Aufgaben für Gonzales. Wo steckte dieser Chauffeur schon wieder? Die Krankenstation und die süße Krankenschwester fielen ihm ein.

So machte er sich zuerst auf den Weg zu den Kabinen der Baronets und ihrer Freunde.

Der Matilda schipperte inzwischen durch ruhige Gewässer auf die Insel Malta zu.

Schwarze Gedanken

Frank Valentin sonnte sich in der Angst seines Gegenübers. Er schwenkte die goldene Flüssigkeit in seinem Glas und genoss den Duft nach gutem Whisky. Es war so einfach gewesen. Manderley hatte viele Male am Tag seine Medizin genommen. Andauernd hatte man ihn mit nach hinten gerecktem Kopf an der Medizinflasche hängen sehen. Dann hatte er laut genießt und in sein Taschentuch trompetet. Wie ekelhaft das gewesen war.

Barbiturat hatte sich beim Onkel Doktor in ausreichender Menge gefunden und die Flaschen auszutauschen und mit Wasser zurück an ihren Platz zu stellen, war auch sehr einfach gewesen. Natürlich war das für den nächsten Patienten vom Doktor, der vielleicht Probleme hatte, ziemlich dumm. Aber so war das Leben.

Danach hatte nur noch die Flasche von Manderley präpariert werden müssen, eine Kleinigkeit für Valentin.

Barbiturat kannte er noch von seiner Mutter, die das Medikament von ihrem Arzt bekommen hatte, weil sie Schlafstörungen gehabt hatte. Frank wunderte sich nicht darüber, wenn er daran dachte, dass sich seine Mutter den lieben langen Tag mit Himmel und Hölle und Verdammnis beschäftigt hatte.

Er erinnerte sich genau an die Worte des Doktors. Sie hatte nicht schlafen können und in ihrer gewohnt bestimmenden Art stärkere Mittel verlangt. Der Doktor hatte seine Mutter darauf hingewiesen, dass eine Überdosierung gefährlich wäre und man genauestens dosieren müsste. Sie sollte vor allem auf Alkohol verzichten, da dadurch die Wirkung noch verstärkt werden könnte. Franks Mutter hatte den Arzt beschimpft. Was er sich wohl denken würde, wen er vor sich hatte. Sie wäre eine anständige Frau. Im Haus gäbe es gar keinen Alkohol. Frank lachte. Da hatte sie sich wieder mal geirrt.

Es hatte ihm Spaß gemacht. Er mochte dieses Kribbeln. Das Planen und das Warten auf den richtigen Moment. Er mochte die Augenblicke davor, wenn er genau wusste, jetzt würde es gleich passieren.

Er fühlte sich manchmal wie ein Marionettenspieler. Er hatte die Fäden in der Hand. Er spielte mit den Menschen, wie er gerade wollte, und genoss es. Aber er selbst war niemals zu sehen. Das brachte ihm dieses wohlige Gefühl von damals zurück, als er seine Mutter am Fuß der Treppe hatte liegen sehen. Sollte er in den nächsten Jahren wirklich darauf verzichten? Das musste er sich noch genau überlegen. Aber nun war erst einmal die Klärung seiner Finanzen wichtig. Valentin tätschelte Daphnes Hand. Sie entzog sie ihm sofort angewidert.

„Es war nicht nötig, den Mann gleich umzubringen. Ich verstehe nicht. Er hatte uns doch nur vorgehalten, dass er noch nie etwas vom Orlowrubin gehört hätte. Das war doch kein Grund. Er wollte sich doch nur aufspielen. Dachte, ich würde noch etwas netter zu ihm sein."

Die junge Frau begann erneut, stark zu zittern.

Jo kam aus dem Schlafzimmer und setzte sich zu den beiden in einem Sessel gegenüber. Sie taxierte den Tänzer neben ihrer Freundin.

Valentin lehnte sich zurück und betrachtete schmunzelnd sein Werk. Er hatte es endlich geschafft. Die beiden Frauen waren in seiner Hand. Er hatte ihnen unmissverständlich klar gemacht, dass sie genauso verantwortlich für die Morde waren wie er. Sie würden da nicht mehr unbeschadet herauskommen, wenn sie sich ihm nicht fügten. Es wäre eine einfache Angelegenheit, Beweise so zu platzieren, sodass der Verdacht auf die beiden Damen fallen würde. Nun konnte er mehr verlangen, viel mehr. Und die beiden Frauen wussten das.

Vielleicht würde er die Damen noch ein paar weitere Betrügereien durchziehen lassen, das lohnte sich für seine Kasse. Und er hatte ein wunderbares Auskommen für die nächsten Jahre. Irgendwie hörte sich das an, als wäre er ein Zuhälter und würde seine Frauen abkassieren. Das amüsierte ihn unglaublich.

„Ich habe noch einen kleinen Nebenjob und muss die Damen nun verlassen. Seid schön fleißig und vergesst mich nicht."

Valentin schlenderte zur Kabinentür. Er entzündete sich eine neue Zigarette, blies den Rauch provozierend Daphne ins Gesicht und grinste breit.

„Bis heute Abend meine Schöne. Ich warte mit dem Tango auf dich. Du solltest nett sein zu deinem neuen

Arbeitgeber." Dann fiel die Tür ins Schloss.

Jo ging vorsichtig zur Tür, öffnete sie einen Spalt und prüfte, ob Valentin wirklich gegangen war. Sie konnte seine Schritte auf der Treppe hören. Schnell schloss sie die Tür und verriegelte sie sorgfältig.

Daphne weinte.

„Was sollen wir nur tun? Der ist ja außer Kontrolle! Wenn das so weitergeht, bringt er uns am Ende auch um, weil er Spaß dran hat."

Jo setzte sich zu der jungen Frau. Sie schenkte ihr einen großen Whisky ein und strich ihr behutsam über die Haare.

„Mach dir nicht so viele Sorgen. Wir werden auch das überstehen. Ich habe bereits gehandelt. Das wird nicht einfach, aber es könnte klappen."

„Was meinst du denn? Was hast du getan? Wenn er mich noch weiter so betatscht, bringe ich ihn eigenhändig um. Ich fühle mich jedes Mal hinterher schmutzig, wenn ich mit ihm tanzen muss."

„Nein, es muss viel subtiler sein. Lass mich mal machen."

Daphne sah ihre Freundin ängstlich an.

„Du hast doch nichts Schlimmes gemacht oder? Bitte sei vorsichtig."

Jo nickte ihr aufmunternd zu.

„Zieh dich jetzt um. Mit mir wird er leider nicht tanzen wollen meine Liebe, sonst hätte ich diese Pflichten gern übernommen und den feinen Herrn dahin getreten, wo es wehtut. Wir werden es schaffen. Glaub mir. Wie wäre es heute mit dem hellgrünen Seidenkleid? Darin siehst du besonders verführerisch aus."

Daphne erhob sich seufzend und ging nach nebenan in das Bad. Nach einer Weile hörte man Wasser laufen. Ein Bad würde ihr jetzt guttun. Der Duft nach Vanille und Kamelienblüten durchströmte den Salon. Johanna lächelte und goss sich einen weiteren Whisky ein. Sie schwenkte das glitzernde Kristallglas in ihrer Hand, sah den Lichtreflexen zu und blickte aus dem Fenster auf das weite Meer. Ihr Blick schien in eine längst vergangene Zeit zu schweifen. Sie sah entspannt und zufrieden aus.

Lady Fedora ging es wieder gut. Die Kopfschmerzen waren verschwunden und die Baronets freuten sich auf einen entspannenden Abend an Bord der Matilda.

Beanstock band Sir Percival die Smokingfliege und bürstete ein letztes Mal den schwarzen Smoking ab. Er hatte nicht vor, den Baronets von seinen Nachforschungen zu berichten. Die Geschichte um den verschwundenen Chauffeur war genug Aufregung für eine Weile. Er wollte sie damit nicht belasten, zumal es sie zum Glück auch nicht beeinflussen sollte. Trotzdem musste Beanstock aufmerksam bleiben. Wenn sich so ein gefährlicher Mann, wie er in Valentin vermutete, an Bord befand, war Vorsicht geboten.

„Sie haben dann ab jetzt frei, Beanstock. Machen Sie sich einen schönen Abend. Versuchen Sie, einmal auszuspannen. Sie kommen mir in der letzten Zeit schon wieder genauso angespannt vor, wie vor einiger Zeit in Ägypten. Ist irgendetwas nicht in Ordnung?", fragte nun Sir Percival.

Aus dem Bad erschien Lady Fedora in einem langen,

violetten Kleid mit einem schwingenden Rock. Sie sah wie eine lila Wolke aus.

„Ist Ihnen nicht gut Beanstock? Was war mit Ägypten? Sie wollen doch nicht dorthin zurück?", fragte sie aufgeregt.

Sir Percival hauchte seiner Frau einen Kuss auf die Wange.

„Das hast du falsch verstanden. Ich meinte nur, unser Beanstock soll sich den Rest des Abends erholen und sich einmal nur um sich selbst kümmern, da er mir so angespannt erscheint."

„Sie sollten auf meinen Mann hören."

Beanstock neigte den Kopf leicht und verabschiedete sich. Das gab ihm die Gelegenheit sofort mit Gonzales zu reden. Er hatte einen Sonderauftrag für den Chauffeur.

Beanstock ging zur Krankenstation. Dort vermutete er Gonzales. Bereits vor der Tür hörte er das Kichern der Schwester. Gonzales war also anwesend und der Doktor sicher nicht. Der Arzt hätte dem Chauffeur nicht erlaubt, die Schwester abzulenken.

Als Beanstock eintrat, sah er Gonzales auf der Krankenliege sitzen und die Schwester mit einem Stethoskop. Eine Seite hing in den Ohren, die andere Seite tanzte auf der nackten Brust des Spaniers einen Walzer. Seine Augenbrauen flogen in die Höhe.

„Mr Gonzales, dürfte ich Sie kurz sprechen?", fragte Beanstock und räusperte sich laut.

Der Angesprochene schloss sein Hemd, zwickte die Schwester mit einem Augenzwinkern in die Wange und folgte dem Butler hinaus.

„Sie sollten sich wirklich etwas mehr zurückhaltend benehmen Gonzales. Die Krankenschwester vernachlässigt ihre Pflichten, bekommt Ärger mit Doktor Miller und am Ende verliert sie noch ihre Anstellung an Bord. Wollen Sie das?"

„Señor Beanstock, es ist gar nichts vorgefallen. Ich habe mich nur noch einmal sehr genau bei der jungen Dame für ihre Pflege bedankt."

„Vielleicht beenden Sie nun ihre Dankbarkeitsbekundungen und kommen auf den Boden der Tatsachen zurück. Ich benötige Ihre Mithilfe."

Der Chauffeur staunte. Er wusste, dass der Butler ihn sehr selten um etwas bat. Entweder wurde etwas angeordnet oder es gab Aufgaben, die selbstverständlich zu erfüllen waren. Das war wieder einer jener Momente. Gonzales wollte sich gern einbilden, dass er bei Beanstock inzwischen eine Sonderstellung einnahm. Sie hatten schon einiges zusammen erlebt. Er lächelte zufrieden. Seine Augen bekamen einen feuchten Glanz.

„Geht es Ihnen nicht gut?", fragte der Butler besorgt. „Sollen wir lieber nochmals den Arzt befragen? Vielleicht ist doch noch etwas von dem Medikament, das Russ Ihnen gab, zurückgeblieben."

Gonzales erwachte aus seinem Tagtraum.

„Todo bien, Señor. Was soll ich tun?"

„Gehen wir zum Promenadendeck. Ich möchte Ihnen etwas zeigen."

Nun war Gonzales aber wirklich gespannt.

Auf dem Promenadendeck waren eine Menge Passagiere

unterwegs. Kurz vor dem abendlichen Dinner und dem anschließenden Tanz trank man hier einen Aperitif oder traf sich mit Freunden zu einem kurzen Spaziergang. Das Wetter konnte nicht angenehmer sein, Sterne funkelten am Himmel, warme angenehme Luft und eine zarte Brise umschmeichelten die Touristen. Ringsum auf diesem Deck hatte man bunte Lichterketten angebracht, die das Ganze romantisch verklärten.

Beanstock sah sich suchend um. Dann hatte er entdeckt, was er suchte. Er wies Gonzales auf Miss Gunner hin, die mit ihrer Kamera bewaffnet auf einem der Liegestühle lag und einen neuen Film einlegte.

„Sehen Sie die junge Dame dort? Das ist Miss Caroline Gunner. Ich möchte, dass Sie sich den Rest der Reise um sie kümmern. Vor allem sollten Sie das Mädchen von mir fernhalten. Sie verfolgt mich und das ist einfach zu gefährlich. Verstehen Sie Ihren Auftrag?", fragte der Butler als er den aufgerissenen Mund des Chauffeurs und die fragenden Augen sah.

„Was soll das werden Señor? Sie schenken der Dame Rosen und nun wollen Sie sie nach kurzer Zeit abservieren? Das macht aber kein englischer Gentleman, que malo!"

Gonzales verschränkte seine Arme und sah den Butler provozierend an.

„Sie verstehen das vollkommen falsch. Ich müsste mich eigentlich nicht verteidigen, aber gut. Die junge Dame hat mir einige ihrer Fotografien überlassen. Sie will Journalistin werden und vermutet nun einen Artikel, der ihr Ruhm verschafft. Dadurch ist sie mir ständig auf der Spur. Ich habe

Dinge zu untersuchen, die gefährlich sein können. Sie sollen das Mädchen ablenken, verstehen Sie? Ich habe keinerlei romantische Gefühle für die junge Dame, möchte ich hinzufügen."

„Ich war mir noch niemals so sicher, Señor, dass Sie keinerlei romantische Gefühle haben, wie gerade eben. Ich verstehe und werde mich darum kümmern. Darf ich noch etwas sagen, Señor?", fragte Gonzales leise.

Der Butler nickte ihm zu.

„Vor ein paar Momenten meinten Sie, ich solle mich zurückhalten, wenn es um die weiblichen Mitglieder auf diesem Schiff geht. Welche Regel passt da?"

Beanstock räusperte sich.

„Ganz eindeutig Mr Gonzales. Regel zwei."

Der Chauffeur wartete grinsend ab, wie der Butler sich rausreden würde.

„Regel zwei: Beanstock darf jederzeit neue Regeln festlegen. Nun versuchen Sie Ihr Glück. Bon Chance!"

Gonzales rückte seine Krawatte zurecht und wollte sich auf den Weg zu Miss Gunner machen. Beanstock hielt ihn noch kurz zurück.

„Ich habe noch eine Bitte. Versuchen Sie, in der Krankenstation etwas herauszubekommen. Erstens: Die genaue Todesursache des Mr Manderley und zweitens: Die Schwester soll die medizinischen Vorräte prüfen. Es könnte sich in einigen Flaschen nur Wasser befinden, was gefährlich wäre für einen Passagier, der dieses Medikament vielleicht brauchen würde. Sollten sich solche Flaschen finden, müssen sie in einem Beutel für eventuelle Fingerabdrücke gesichert werden."

Gonzales nickte und beugte sich etwas zu dem Butler.

„Und drittens? Gibt es ein drittens?", flüsterte er.

„Gonzales es gibt immer ein drittens. Zum Dritten: Grinsen Sie nicht so selbstgefällig, wenn ich Sie um etwas bitte."

Der Chauffeur grinste weiter. Er wusste, Beanstock meinte es nicht böse.

Während sich Gonzales der jungen Dame näherte, wollte sich Beanstock nach Valentin umsehen. Er sah auf seine Taschenuhr. Das abendliche Dinner begann in diesem Moment. Viele der Passagiere vom Promenadendeck machten sich auf den Weg in das Restaurant. Die Baronets und der Earl of Southcoffelton nebst Gattin waren sicher bereits dort.

Wo würde sich Valentin um diese Zeit aufhalten? Entweder in seiner Kabine, im Tanzsaal oder in der Messe. Beanstock versuchte es zuerst mit dem Saal.

Um diese Zeit sollten sich dort die Tänzer versammeln und die Instruktionen für den Abend entgegennehmen. Die Band war auf der Bühne und stimmte die Instrumente. Ein paar Herren, der feine Smoking zeigte Beanstock dass es sich um Passagiere handeln musste, standen bereits an der Bar und ließen sich Cocktails servieren. Dabei warfen sie begehrliche Blicke in Richtung der Tanzgruppe. Die jungen Damen in ihren Glitzerkostümen warfen diese Blicke gern zurück. Einige von ihnen waren mit dem Vorsatz an Bord des Schiffes gekommen, eventuell einen wohlhabenden Mann kennenzulernen und dem Dasein als unterbezahltes Ballettmädchen zu entkommen. Ein fast aussichtsloses

Unterfangen, da die Herren meist nur auf ein kurzes Abenteuer aus waren.

„Suchen Sie jemanden Mr Beanstock?"

Mr Friday erschien mit einem Lächeln auf dem Gesicht neben ihm. Beanstock bemerkte die Müdigkeit in seinen Augen und die Schatten darunter.

„Sie suchen doch nicht etwa nach einem gewissen Tänzer? Ich sagte Ihnen ja, wir sind schon morgen früh in Malta und dann kontaktiere ich sofort die dortige Polizeistation. Man wird uns gern behilflich sein. Der Captain ist meiner Meinung. Dann werden wir die Kabine untersuchen und es wird sich zeigen, ob Sie recht behalten."

„Ich möchte ihn einfach im Blick behalten. Ich halte den Mann für sehr gefährlich und möchte Schaden von den Passagieren des Schiffes fernhalten."

Mr Friday brummte etwas Unverständliches.

„Aufgrund einer gefundenen Paillette kann ich die Kabine nicht durchsuchen. Das verstehen Sie doch. Der Captain hat angeordnet, bereits vor dem Eintreffen in Valletta die Polizei zu benachrichtigen. Es sind einige Dinge zu klären. Captain Wilson würde gern die beiden Leichen im Kühlraum von Bord bringen lassen. Wir haben alles unter Kontrolle. Machen Sie sich keine Sorgen. Sie sollten den Rest der Reise genießen."

Beanstock hatte irgendwie den Eindruck, als wollte der Zahlmeister ihn bremsen. Er verstand natürlich seine Gründe. Mr Friday musste die Befehle Captain Wilsons befolgen. Beanstock hatte nicht die Absicht, deshalb seine Nachforschungen zu unterbrechen.

„Valletta hat den schönsten Naturhafen, den ich im Mittelmeer je gesehen habe. Sie sollten die Einfahrt in den Hafen auf keinen Fall verpassen. Es wird sehr früh sein, so gegen sechs Uhr am Morgen. Aber glauben Sie mir, es lohnt sich. Die Matilda legt genau unter der riesigen Festung an, die aus dem Mittelalter stammt. Die Altstadt liegt auf einer Anhöhe und man muss schon gut zu Fuß sein, wenn man hinaufwill. Verpassen Sie das auf keinen Fall, mein Bester." Der Zahlmeister setzte seine Mütze auf, tippte zum Gruß daran und verließ den Tanzsaal.

Inzwischen füllten sich die Sitzplätze rund um die Tanzfläche. Die Tanzgruppe war hinter der Bühne verschwunden und die Band begann mit dem Auftaktlied, wie an jedem Abend. Kellner liefen mit Tabletts durch die Reihen der Tische und servierten Cocktails und prickelnden Champagner. Er bemerkte die beiden russischen Damen. Die Jüngere in einem atemberaubenden grünen Seidenkleid, das sie wie eine duftige Wolke umspielte. Die ältere Dame wie immer in einem schwarzen langen Kleid, unscheinbar, wieder einmal eine seltsame Konstruktion eines Hutes auf dem grauen Haar und den unvermeidlichen Stock in der Hand. Mit welchem Bein humpelte sie heute? Daraus konnte sich Beanstock noch keinen Reim machen.

Mr Valentin war noch nicht aufgetaucht.

Beanstock machte sich auf den Weg, um in einer der anderen Salons nach ihm zu sehen. Eigentlich sollten sich die Angestellten dort nicht aufhalten, aber der Butler hatte diesen Herrn dort schon öfter bis spät in der Nacht gesehen.

Erfreut bemerkte Beanstock, dass sich Miss Gunner

nicht in seiner Nähe aufhielt. Gonzales verstand es, die Ladys abzulenken. Das musste Beanstock ihm zugestehen. Er würde es ihm natürlich niemals sagen. Das war unangemessen.

Lady Fedora und Sir Percival wollten den Abend ruhig ausklingen lassen. Sie trafen sich mit Lord Mortimer und Lady Marjorie in einem der Salons zum Bridge. Colonel Morris und seine Ehegattin wollten sich ihnen später anschließen. Die drei Paare verstanden sich prächtig, auch wenn der arme Colonel es noch immer nicht geschafft hatte, seine indische Abenteuergeschichte zu Ende zu erzählen.

Bevor Beanstock den Tanzsaal verließ, wollte er den Barkeeper befragen.

Er schlenderte zu dem langen Tresen, der sich im hinteren Bereich des Saals befand. Er zog sich in einem Halbrund aus rötlichem Teakholz über die gesamte Wand. Eine goldfarbene Reling an der oberen und unteren Seite ermöglichte es dem Passagier, der eventuell im Laufe des Abends nicht mehr ganz aufrecht stehen konnte, einen festen Halt zu finden. Davor reihten sich hohe Barhocker mit rötlicher Bespannung. Im Hintergrund standen so viele Spirituosenflaschen, dass man meinen könnte, das Schiff hätte die Absicht, mehrere Jahre ohne Halt auf den Weltmeeren zu kreuzen. Durch den riesigen Spiegel dahinter wurde dieser Eindruck noch verstärkt.

Der Barkeeper war ein sehr kurz geratener Herr, höchstens vier oder fünf Fuß groß.

Beanstock war ihm einmal in der Offiziersmesse begegnet und hatte sich schon oft gefragt, wie der Mann seinen

Beruf hinter der Bar so souverän bewältigen konnte. Der Tresen war ca. dreißig Yards lang und mehr als vierzig Inches hoch. Wie schaffte er es also?

An einem Morgen, als niemand in der Bar war, warf Beanstock einen Blick hinter den Tresen, um endlich seine Neugier zu befriedigen.

Über die gesamte Länge zog sich eine Art Stufe, die es dem kurzen Herrn erlaubte mit den Gästen auf Augenhöhe zu agieren. Eine geniale Konstruktion. Natürlich hatte der Barkeeper, der sich als Sylvester vorstellte, den Butler dabei überrascht. Er empfand die Neugier Beanstocks allerdings nicht als Beleidigung, da er wusste, welchen Beruf dieser ausübte.

Die beiden Männer verstanden sich auf Anhieb gut.

Sylvester stand auch heute, wie an jedem Abend, hinter seiner Bar und jonglierte gekonnt mit Flaschen und Shaker. Dabei hatte er für jeden ein gutes Wort übrig und amüsierte die Damen mit seinen Witzen, die er niemals müde wurde zu erzählen.

Sylvester war wie immer korrekt gekleidet, mit einer kurzen schwarzen Jacke, einer perfekt gebundenen Fliege und einem weißen Hemd. Sein volles, hellbraunes Haar lag in leichten Wellen am Kopf und sein winziger Schnauzbart glänzte gepflegt. Beanstock war begeistert.

Nachdem der Barkeeper den Damen die rosa und grün schimmernden Cocktails serviert hatte, griff er zu einem Handtuch und begann, die abgewaschenen Gläser zu polieren. Dann bemerkte er Beanstock, der ihm fasziniert zusah.

„Mr Beanstock wie schön Sie zu sehen. Was darf ich

Ihnen denn servieren? Vielleicht einmal etwas ganz anderes als den üblichen Tee? Was halten Sie von einem Grashopper? Die Damen lieben meinen Grashopper!", rief Sylvester heiter.

„Davon bin ich überzeugt Sylvester. Nein danke. Ich möchte heute Abend nur einige Informationen bekommen, wenn es Ihnen nichts ausmacht."

Der Barkeeper sah ihn abschätzend an.

„Sie sind so ernst? Ich hoffe, es geht Ihnen gut? Aber servieren muss ich Ihnen trotzdem etwas. Sonst bekomme ich Ärger, vor allem mit mir selbst. An meiner Bar sitzt man immer vor einem guten Getränk. Das muss sein. Also? Was denken Sie?"

„Nun gut. Dann mixen Sie mir etwas mit Tee."

Sylvester schien enttäuscht. Aber er war nicht so leicht aus der Fassung zu bringen. Er ging durch eine Schwingtür kurz hinaus. Dabei verschwand Sylvester fast vollständig, da dort natürlich keine Stufe war. Nach einer Sekunde war er schon wieder hinter seinem Tresen. Er hatte eine Kanne mitgebracht.

„Für Sie mein Freund, versuche ich etwas ganz Außergewöhnliches."

Sylvester ließ etwas Crushed Eis und ein paar Spritzer Zitrone in den Shaker gleiten und goss aus der Kanne schwarzen Tee hinzu. Dann schüttelte er es ordentlich durch, nahm ein hohes Glas, steckte eine Zitrone an den Rand und tat ein paar Eiswürfel ins Glas.

Dann schüttete er den Inhalt des Shakers dazu, ein Strohhalm und ein Schirmchen vervollständigten das Ensemble und er stellte es vor die staunenden Augen Beanstocks.

„Voila, meine Kreation, ein Eistee mit Zitrone. Das wird irgendwann die Welt erobern, da bin ich sicher."

„Vielen Dank Sylvester."

Beanstock nippte an dem Getränk und fand es köstlich. Vielleicht sollte er Mrs Porkpie einmal auf dieses Getränk hinweisen. In den warmen Monaten würde das eine sehr gute Erfrischung darstellen.

„Sylvester, ich möchte Sie bitten nachzudenken. Was hat der verstorbene Mr Manderley getrunken an jenem schicksalhaften Abend? Ich bin mir ziemlich sicher, dass er hier bei Ihnen gesessen hat, bevor er auf der Tanzfläche zusammengebrochen ist. Können Sie irgendetwas dazu sagen?"

Sylvester dachte angestrengt nach.

„Ich kann mich genau erinnern. Diesen Abend vergesse ich wohl nie wieder. Er saß hier. Das ist richtig. Ich servierte ihm, wie auch an den vorherigen Abenden, den besten Whisky. Er konnte sich das leisten, die Schifffahrtsgesellschaft beglich seine Rechnungen. Damit prahlte er bereits am ersten Abend. Alle paar Minuten zog er ein Taschentuch aus seinem Anzug, ein sehr schlecht sitzender Anzug, möchte ich anmerken."

Beanstock nickte wissend dazu. Das hatte er bemerkt.

„Dann kamen die russischen Damen. Sie sitzen am Beginn des Tanzes immer an der Bar und trinken jeden Abend eine White Lady, eine gute Wahl. Dann begibt sich die jüngere der beiden meistens mit irgendeinem Herrn auf die Tanzfläche. In der letzten Zeit war das komischerweise immer Mr Valentin, einer der Eintänzer hier an Bord.

An jenem Abend hat Manderley mit der jungen Russin getanzt. Ich hatte den Eindruck, sie war nicht erfreut. Aber noch weniger erfreut war sie scheinbar von den plumpen Avancen Valentins."

Das fügte sich in das Bild, das sich Beanstock gemacht hatte. Valentin erpresste die Damen.

„Sonst ist Ihnen nichts aufgefallen? Hat Mr Valentin irgendwann mit Manderley gesprochen? Oder ihm sogar einen Drink ausgegeben?", fragte Beanstock.

Sylvester polierte weiter Gläser und dachte nach.

„Nein, das geht nicht. Die Eintänzer sitzen hier nicht an der Bar, wenn getanzt wird. Dann sollen sie sich um die einsamen Damen kümmern. Valentin ist zwar frech, aber das traut er sich dann doch nicht. Er hängt manchmal am späten Abend an der Bar herum. Aber dann sind die meisten Gäste bereits gegangen. Und er denkt, ich habe nicht bemerkt, dass er sich eine Flasche von meinem besten Whisky genommen hat. Er nimmt mich nicht ernst, wissen Sie Mr Beanstock? Denkt, weil ich klein bin, sehe ich auch nichts. Ein komischer Kerl ist das."

Die letzten Worte hatte Sylvester leise geflüstert und sich leicht zu Beanstock gebeugt.

„Ach ja, da fällt mir noch etwas Seltsames ein. Dieser Manderley hat alle paar Minuten eine kleine Flasche aus seiner Tasche genommen und irgendetwas getrunken. Doppelt hält besser. Er meinte, er verträgt das Mittelmeerklima nicht. Seltsam."

Das bewies dem Butler erneut die Theorie, dass das Gift in dem Medikament des Versicherungsagenten war. Das hatte ihn umgebracht. Wie sollte er das beweisen? Wo war das Fläschchen geblieben? Vielleicht würde Gonzales in der Krankenstation etwas erfahren.

Er trank seinen Tee aus, als plötzlich neben ihm jemand auf den Barhocker hüpfte und einen Umschlag zu ihm schob. Miss Gunner lächelte ihn an.

„Das haben Sie ja schön eingefädelt. Aber das zieht bei mir nicht. Gonzales ist schon ein sehr faszinierender Mann, aber meine Karriere ist mir wichtiger. Ich habe hier noch ein paar Abzüge für Sie. Ich dachte, das könnte Sie noch interessieren."

Beanstock seufzte leise. Er öffnete den Umschlag und sah sich zusammen mit Miss Gunner und Sylvester die Fotos genau an. Sylvester tippte auf eines der Bilder.

„Da ist Valentin. Und daneben tanzen die russische Dame und Manderley. Sehen Sie?"

„Ich sehe es genau. Das boshafte Grinsen Valentins ist nicht zu übersehen. Er hat nur Augen für Manderley, als ob er auf etwas wartete. Ich kann mir vorstellen, worauf." Die drei an der Bar sahen sich traurig an.

„Wo ist er eigentlich heute? Ich habe ihn noch nicht entdecken können", fragte Beanstock Sylvester.

Der zuckte mit den Schultern und stellte die polierten Gläser ab. Ein Paar hatte sich an die Bar gesetzt und Sylvester durfte seinen berühmten Grashopper mixen.

Beanstock verabschiedete sich von Miss Gunner und machte sich auf die Suche nach Gonzales. Er konnte sich denken, wo er ihn finden würde.

Und dann musste er endlich Valentin finden.

Das Leben ein Tanz

Frank Valentin war ein Tänzer. Seine Füße bewegten sich im Takt der Musik, so lange er denken konnte.

Seine früheste Erinnerung war der Duft nach frisch gemähtem Gras, kratzige Walzertöne aus dem Grammophon, der Rauch der dicken Zigarre, der wie eine blaue Wolke aus dem Mund seines Vaters trieb und dessen Füße tanzend im Takt der Musik. Er sah sie vor seinen Augen.

Er hörte das raue Lachen seines Vaters, der sich über die ersten unbeholfenen Tanzschritte seines kleinen Sohnes amüsierte. Denn Franks Vater George war ebenfalls ein Tänzer.

Und er hörte die schrille Stimme im Hintergrund, die niemals ruhte, um den Vater zu maßregeln.

„George, pflanze dem Jungen nicht diesen Unsinn ein!"

„George, andere Männer bringen gutes Geld nach Hause. Du gibst alles für die Tanzsäle aus. Werde endlich erwachsen!"

George mach dies und George mach das. Aber der Vater konnte tun, was er wollte. Er machte einfach nichts richtig. Und genau das wurde dem kleinen Frank in den Kopf gepflanzt. Der Hass auf die ewig nörgelnde Mutter.

Aber George hatte sich befreit. Sein Vater hatte ihn vor

langer Zeit verlassen. Der Mann hatte es nicht mehr ausgehalten und war auf Nimmerwiedersehen verschwunden. Seit diesem Tag hatte es Frank noch schwerer gehabt. Die nörgelnde schrille Stimme konzentrierte sich nun auf das Kind.

Er trainierte heimlich. Seine Mutter durfte nichts davon wissen, dass er Ballettstunden nahm. Das Geld verdiente der Junge durch das Austragen von Milch.

An jedem Morgen vor der Schule schlich er sich aus dem Haus, die Stiefel in der Hand, um keinen Lärm zu machen. Dann rannte er wie der Blitz zu der Lagerhalle am Ende der Shiny Road und setzte sich neben den Milchmann, den hier alle nur Hodge nannten. Er war ein untersetzter Mann mit dickem Schnauzbart und störrischem braunen Haar, das die kleine weiße Mütze nicht tragen wollte. Deshalb setzte sie Hodge an jedem neuen Morgen dem Jungen auf den Kopf, zwinkerte ihm zu und ließ den Motor des Milchautos aufheulen. Frank verstand sich gut mit ihm und Hodge mochte den Jungen.

Nachdem alle Haushalte ihre Milch hatten und die leeren Flaschen auf dem Milchwagen klapperten und klirrten, ging es zurück und Hodge setzte den Jungen direkt an der Schule ab. So verdiente sich Frank das Geld für die Tanzstunden.

Seine Mutter durfte das nicht wissen. Frank erklärte ihr, dass er für seine spätere Ausbildung sparen würde. Und seine Mutter schluckte es. Sie wäre niemals auf den Gedanken gekommen, dass ihr einziges Kind das Geld für Tanzstunden ausgeben würde. Genug Geld hätte sie ihm geben können, denn sie lebten in einem großen einsamen Haus direkt an den Klippen, das die Mutter von ihren Eltern geerbt hatte und das hinterlassene Geld war mehr als genug, um zu leben. Aber sie gab dem Kind keinen Penny. Sie trug es lieber zur Bibelstunde oder kaufte davon komische Nippes für ihre Vitrine, die bereits überquoll von seltsamen Figuren. Jeden Sonntag nach der Kirche hatte sie besondere Freude daran, einen weichen Lappen zu nehmen und jedes einzelne Stück aus der Vitrine zu polieren. Dann erlaubte sich die verhärmte Frau sogar ein Lächeln.

Und an jedem neuen Tag wies sie den Jungen darauf hin, wie zufrieden er sein müsste, dass sein Großvater so ein sparsamer Mann gewesen wäre und wie sittsam und gottesfürchtig seine Großmutter gewesen war. Wenn der Junge einmal zu spät nach Hause kam oder über seinen Hausaufgaben einschlief, erklärte sie ihm mit ihrer schrillen Stimme, dass die folgende Strafe gut für ihn wäre und ihm Gottes Gnade beweisen sollte. Dann sprach der Stock, den die Mutter, seitdem ihr Mann gegangen war, neben der Tür bereithielt.

Als Frank siebzehn Jahre alt war, die Schule vorbei und seine Mutter ihm eines Abends erklärte, dass er bei dem hiesigen Beerdigungsinstitut als Lehrling anfangen würde, klickte irgendetwas im Kopf des Jungen.

Er erzählte ihr von seinem Vorhaben, zum Ballett zu gehen, dass er seit Jahren Stunden nahm und seine Ersparnisse dafür verwendet hatte. Frank schrie ihr den gesamten Frust seiner Kindheit in das bigotte Gesicht. Es kam zu einem Streit, den zum Glück niemand hörte, da das Haus auf den Klippen den tosenden Atlantik vor der Tür hatte.

Seine Mutter griff zum Stock, aber Frank war kein kleines Kind mehr. Er lief in sein Zimmer im Obergeschoss und begann zu packen. Er wollte alles hinter sich lassen.

Als seine Mutter die Tür zu seinem Zimmer abschloss, klickte es zum zweiten Mal in seinem Kopf. Er warf sich gegen die Tür, sie splitterte und sprang auf. Seine Mutter lachte und lachte. Ein Kerl in Strumpfhosen, sagte sie, das würde sie niemals zulassen. Was würden ihre Bibeldamen denken? Lieber würde sie ihren Sohn für immer im Haus einsperren. Dann sagte sie noch etwas über Franks Vater, das war der dritte auslösende Klick.

Seine Mutter konnte fliegen. Das probierte Frank nun aus. Als sie unten am Fuß der Treppe lag und der Fleck unter ihrem Kopf immer größer wurde, lächelte Frank Valentin. „Nun ist es gut, Mutter", waren seine Worte.

Als er über ihr stand und in das erstaunte Gesicht sah, bückte er sich lächelnd und riss das kostbare Medaillon von ihrem Hals. Das war seine erste Trophäe.

Dann ging er zu der großen Vitrine im Wohnzimmer. Er riss die Türen weit auf und griff sich die Nippesfiguren. Er öffnete die Tür zur Terrasse und stellte sich in den tosenden Wind. Mit lautem Geschrei flogen Möwen über seinem Kopf und schienen ihm zu applaudieren. Und dann flogen die winzigen Figürchen in hohem Bogen durch die Luft und zerschellten an den Klippen.

Frank Valentin verkaufte das Haus seiner Mutter und kaufte ein Jahr später seinen ersten feinen Anzug, den er bei einem angesehenen Schneider in Plymouth anfertigen ließ. Dazu ein paar handgefertigte Schuhe aus dem feinsten

Leder. Er logierte im schönen Hotel Continental und fühlte sich hier richtig.

Das war das Leben, das seinen Vorstellungen entsprach. Er brauchte Geld, viel Geld.

Die Ballettstunden nahm er weiterhin. In Plymouth fand er eine ausgezeichnete ehemalige Ballerina, die ihm Unterricht gab. Das verschlang eine Menge Geld. Aber er hatte ein Ziel vor Augen, das Royal Opera House in London Covent Garden. Dort wollte er auf der Bühne stehen und tanzen. Seine Lehrerin sprach ihm nicht gerade Mut zu.

„Du bist noch nicht so weit. Dein Tanz ist annehmbar, aber es wird noch eine Menge Arbeit kosten, um es nach London zu schaffen. Versuch dich erst einmal an kleinen Bühnen. Es werden immer Tänzer gesucht. Wobei ich bezweifele, dass du es bis zu einem wirklich großen Tänzer des klassischen Balletts schaffen kannst. Du hast zu spät mit dem Unterricht begonnen. Ein Tänzer sollte auch viel feingliedriger sein. Du bist zu klein und zu muskulös."

Damit wollte sie wohl ausdrücken, dass er zu grobschlächtig daherkam. Einen Klick später nahm Valentin ihr Geld aus der Schatulle und die feine Schildpattspange aus ihrem blutdurchzogenen Haar und ging fort aus Plymouth.

Das erste Engagement war das Theatre Royal in Bath. Zumindest hatte das Theater schon einmal das Wort Royal im Namen, sagte sich Frank und tanzte fast drei Jahre an dem hübschen alten Theater. Aber aus der letzten Tanzreihe kam er niemals heraus.

Das Geld wurde langsam knapp. Es war kaum noch etwas übrig vom Verkauf des Hauses und dem Geld aus dem

Nachlass seiner Mutter. Frank lebte auf großem Fuß. Nur die besten Schneider mussten es sein, die besten Schuhmacher und er verkehrte ausschließlich in den angesehenen, teuren Clubs der Stadt. Sein Auftreten hatte ihm zu einem gewissen Ansehen verholfen. Er gab sich als großer Herr, erzählte von Reisen, die er niemals gemacht hatte und berichtete von einem Überseevermögen, das seiner Fantasie entsprang.

Die Damen waren ihm zugetan und schon bald hatte er ein junges Mädchen an der Angel mit genug Geld für den Anfang. Aber schon kurze Zeit später begann sich Frank zu langweilen. Sie war so anhänglich. Das passte ihm nicht. Ihr Geld nahm er trotzdem und die winzige Brosche mit der Rose aus ihrem Haar.

Sie hatte herausbekommen, dass er ein einfacher Tänzer in der letzten Reihe war und es ihm vorgehalten. Der Klick in seinem Kopf war nicht zu überhören.

Die nächste Station musste einfach London sein.

Aber er blieb unterwegs in Oxford hängen. Durch sein weltmännisches Auftreten und seinen Charme fiel es ihm leicht, bei den Damen anzukommen. Er lernte eine Elevin der Ballettschule in Oxford kennen. Durch ihre Fürsprache bekam er ein Engagement an einer der kleinen Bühnen. Wiederum tanzte der für Großes vorgesehene Frank in der letzten Reihe.

So tänzelte sich der Junge aus Cornwall durch das Königreich. Immer wenn eine der Damen zu klammern begann, wurde es Frank zu heiß und er machte sich mit dem Vermögen und einem kleinen Utensil aus dem Nachlass der plötzlich Verstorbenen auf den Weg zu einem neuen Theater. Er schaffte es immer wieder, den Mord als Unfall zu vertuschen. Niemals kam ihm ein Polizist auf die Schliche. So wuchs sein Ego ins Unermessliche.

Eines Tages war es endlich soweit.

Frank Valentin stieg aus dem Zug und durchquerte mit glänzenden Augen und einem Koffer in der Hand King's Cross Station. Er wurde in Covent Garden zum Vortanzen erwartet. Dank seiner ausgezeichneten Zeugnisse und Referenzen, die er einem kleinen Gauner aus dem Fälschermilieu verdankte, hatte man den fantastischen Balletttänzer sofort eingeladen zu kommen.

Als Frank die Stufen zum Royal Opera House in London hinaufging, schlug sein Herz bis zum Hals.

Alles kam anders und furchtbar falsch.

Als er im Theater erschien, teilte man ihm mit, dass das Vortanzen abgesagt wurde und Großbritannien in den Krieg mit Deutschland eingetreten war. Die Theater wurden bis auf Weiteres geschlossen und die Männer zum Dienst beordert.

So ging es auch Frank.

Er wurde eingezogen und kam als einfacher Soldat nach einer kurzen Ausbildungszeit nach Frankreich.

Das einzig Gute an der Zeit in der Armee war für Frank, dass es in seinem Kopf keine Zeit für neue Klicks gab. Es gab nur den Drang zu überleben und zurückzukommen um am Theater zu tanzen.

Die Verwundung ereilte ihn im zweiten Kriegsjahr. Eine Granate zerfetzte sein Bein. Der Arzt sprach ihm Mut zu und beeilte sich zu sagen, dass er das Bein behalten würde.

Was nützte es Frank, dem Tänzer. Er würde das Ballett nie wiedersehen. Es war vorbei und so machte es wieder einmal Klick in seinem Kopf. Auch Ärzte überlebten den Krieg nicht immer. Nur dass es Frank dieses Mal schwerfiel, eine Trophäe zu ergattern. So nahm er die Taschenuhr mit der Gravur im Inneren: *„Meinem lieben Kenneth zur Verlobung"*.

Mit dem nächsten Truppentransport wurde er zurück nach England gebracht und stand nach einer kurzen Zeit in einem Erholungsheim für versehrte Soldaten vor der Frage, was er tun sollte.

Da kam ihm die Anzeige in einer Zeitung gerade recht. Es wurden Tänzer gesucht. Einsame Damen gab es in Kriegszeiten mehr als genug und so begann Frank seine zweite Karriere als Eintänzer in einer Tanzbar.

Ein paar Jahre nach Ende des Krieges hatte sich Frank auf einem der neuen Kreuzfahrtschiffe beworben, die nun wieder unterwegs waren. Sein erster Job war auf der Port au Prince gewesen und die italienische Contessa nebst Tochter war ihm sofort aufgefallen. Eigentlich hatte er sie um ihr Geld erleichtern wollen, aber er hatte sie beobachtet und schnell gewusst, dass er hier Kolleginnen vor sich hatte. Bevor er hatte etwas unternehmen können, waren die Damen von Bord gerauscht. Das war ärgerlich gewesen, aber nun hatte er sie ja zurückbekommen, diese Chance.

Frank Valentin saß in seiner Kabine. Heute würde er dem Tanz fernbleiben. Er hatte sich krankgemeldet. Der Whisky in seinem Glas funkelte und die Flasche, die er sich aus der Bar besorgt hatte, war eine besonders gute Marke. Sie war bereits fast leer. Er brauchte eine neue Flasche. Dieser dumme Sylvester bekam auch gar nichts mit.

Frank Valentin lehnte sich zurück und schloss die Augen. Nun war Frank der Tänzer in seinem fünfundvierzigsten Lebensjahr angekommen.

In seinem Koffer warteten seine Schätze auf ihn. Obenauf lag die kleine Taschenflasche des Versicherungsagenten. Es war für ihn nicht schwer gewesen, die Flasche an sich zu bringen. Als Manderley ins Wanken geriet, tanzte er neben ihm und griff in dessen Tasche, bevor der Mann umfiel. Niemand hatte es bemerkt. Wenn die Damen zahlen würden, hätte er erst einmal wieder genug Geld, um sich die schönen Seiten des Lebens leisten zu können.

Die Klicks würden ihm sicher fehlen, wenn er irgendwo sesshaft werden sollte. Vielleicht kam ihm noch eine andere Idee und er konnte viel mehr aus den Damen herausholen, bevor er sich von ihnen verabschieden würde, wie immer mit einem lauten Klick.

Er sollte sich auch unbedingt um diesen neugierigen Butler kümmern. Es gab an Bord so viele schöne lange eiserne Treppen.

Wenn ihm nicht so unangenehm der Magen drücken würde, hätte man sein Lachen sicher bis in den Tanzsaal gehört. Aber er konnte nicht laut lachen. Seltsame Gedanken durchwaberten seinen Kopf. Er saß plötzlich in dem alten Milchwagen bei Hodge. Der alte Milchmann zwinkerte ihm zu, setzte ihm seine Kappe auf den Kopf und sprach mit ihm. Er sagte etwas und schmunzelte. Zuerst verstand Frank es nicht. Er musste sich vorbeugen. „Wenn du im Leben vorankommen willst, mein Junge, dann musst du alles selbst in die Hand nehmen. Aber denk daran, du wirst nur glücklich werden, wenn du ehrenvoll handelst. Pass in der Schule gut auf und mach etwas aus dir. Mach es nicht wie ich", sagte der alte Hodge.

„Ich habe es geschafft. Du bist jetzt sicher stolz auf mich oder Hodge? Hörst du mich?", rief Frank Valentin und fuchtelte mit den Armen herum. Hodge beugte sich zu ihm herab und sah ihm in die Augen.

„Du bist ein schlechter Mensch mein Junge. Du hast viele böse Dinge getan. Hast nicht auf den alten Hodge gehört", sagte der Milchmann und nahm Frank die Kappe vom Kopf. Dann war er verschwunden und der Arzt aus dem Krieg stand vor ihm. Hinter dem Mann erschienen eine Frau in einem Ballettkostüm und ein junges Mädchen in einem langen, grünen Kleid mit einer Rosenbrosche im Haar. Es wurde Frank zu warm und zu eng hier im Raum. Wo kamen alle diese Leute her? Schweiß lief ihm in den Kragen des Hemdes. Er schlug die Hände vor das Gesicht. Das volle Whiskyglas fiel aus seiner Hand und mit einem staunenden Ausdruck, der stark an den seiner Mutter erinnerte, als sie am Boden verblutet war, beendete Frank Valentin sein Leben. Als es nach einiger Zeit an der Kabinentür klopfte, war er nicht mehr in der Lage die Tür zu erreichen.

Beanstock horchte an der Tür. Kein Laut kam von der anderen Seite. Frank Valentin war scheinbar nicht in seiner Kabine. Also drehte sich der Butler, den Frank nur zu gern ins Jenseits befördert hätte, auf den Absätzen um und ging.

Malta

Mr Friday hatte nicht zu viel versprochen. Der Anblick war atemberaubend. Beanstock stand auf dem Oberdeck der Matilda und beobachtete die Einfahrt in den Hafen Vallettas.

Das Meer sah aus wie ein blauer Spiegel, Fischerboote kamen von ihrer nächtlichen Fangfahrt zurück, der Himmel war wolkenlos und die Sonne wärmte bereits. Malta zeigte sich von der besten Seite. Die kleine aber so wichtige Insel im Mittelmeer begrüßte ihre Gäste. Eine wehrhafte Festung lag in der Nähe des Hafens und dahinter kletterte die Altstadt steil einen Berg nach oben. Die Häuser und Mauern der Stadt sahen aus, wie mit Honig überzogen. Die Sonne schien auf einen goldgelben Traum.

Der Zahlmeister und ein Offizier erschienen an Deck neben Beanstock.

„Hab ich zu viel versprochen? Ist das ein Anblick? Die Polizei wurde verständigt und wird in einigen Minuten erscheinen. Warum begleiten Sie mich nicht zu der Untersuchung der Kabine. Der Herr wird nicht grad erfreut sein, so früh geweckt zu werden", berichtete Mr Friday.

Beanstock nickte zustimmend.

Zwei Beamte der britischen Militärpolizei und ein

Inspector der Polizei Malta kamen an Bord und die Herren begaben sich zur Kabine des Tänzers.

Der Höflichkeit halber klopfte Mr Friday laut an. Nichts regte sich in der Kabine.

Mr Friday nahm seinen Generalschlüssel und öffnete.

Frank Valentin saß aufrecht in einem Sessel. Auf dem Boden lag ein Glas. Die Flasche auf dem Tisch war leer. Der Inspector griff an den Hals des Mannes im Sessel und schüttelte den Kopf.

„Er ist tot. Wahrscheinlich ist er bereits gestern Nacht gestorben, so wie es aussieht. Das muss der Gerichtsmediziner prüfen."

Beanstock wusste in diesem Moment, dass er gestern Abend an der Tür eines Toten geklopft hatte. Er vermutete das gleiche Gift wie bei Mr Manderley.

„Unter dem Bett steht ein Koffer. Den sollten Sie sich ansehen", sagte der Butler.

Mr Friday räusperte sich und sah ihn mit großen Augen an. Woher wusste Beanstock, dass unter dem Bett ein Koffer stand? Aber der Polizist hatte scheinbar nichts gemerkt und zog den Koffer hervor.

Nachdem er ihn geöffnet hatte, lag die Paillettenjacke vor Ihnen. Beanstock traute seinen Augen kaum.

Ein riesiges Bündel Banknoten lag obenauf. Daneben eine teure Herrenarmbanduhr, die er von Mr Russ kannte und der Siegelring mit dem großen R darauf. Woher kamen diese Dinge? Die Kabine von Russ war vor Tagen durchwühlt worden. Da lagen diese Dinge noch nicht im Koffer.

Der Inspector fand darunter den Beutel mit der

Trophäensammlung und die Medizinflasche des Mr Manderley. Im Beutel fand man neben den diversen Schmuckstücken auch einen abgerissenen Uniformknopf. Darauf waren ein Anker und der Name Matilda zu sehen.

„Dieser Knopf kann nur dem Seaman Bing gehört haben", bemerkte der Zahlmeister und schüttelte traurig den Kopf.

Mr Friday beugte sich zu Beanstock und flüsterte.

„Dann hatten Sie wohl recht mit der Annahme, dass Valentin ein Mörder war."

„Nicht nur das meine Herren", sagte nun der Inspector, der scheinbar sehr gute Ohren hatte.

„Wenn ich mir diese vielen Dinge ansehe, haben wir es wohl mit einem Mehrfachtäter zu tun. Das muss erst noch untersucht werden. Warum er nun selbst gestorben ist, wird die Obduktion klären müssen. Gehen wir erst einmal von einer natürlichen Ursache aus. Hier sieht nichts nach äußerer Gewalt aus. Die Kabinentür war abgeschlossen, der Schlüssel liegt auf dem Tisch. Wir werden uns darum kümmern. Die Leichen sollten von Bord gebracht werden, bevor die Passagiere in so großer Zahl hier herumstreunen. Das ist sicher in Ihrem Sinne."

Er wandte sich an einen der Polizisten und schickte ihn sofort an Land, um die Spurensicherung zu benachrichtigen.

Der Zahlmeister nickte.

„Wir sind froh, dass wir die toten Herren nicht bis Southampton mitschleppen müssen. Es gab schon eine Menge Diskussionen deshalb. Passagiere hatten sogar überlegt, von Bord zu gehen, da sie den Gedanken nicht ertragen konnten. Aber nun wird alles gut. Nicht wahr Mr Beanstock? Nun sind Sie beruhigt."

Beanstock war keineswegs beruhigt. Aber das äußerte er in diesem Moment nicht. Er musste erst darüber nachdenken, was hier geschehen war. Wie kamen diese anderen Dinge plötzlich in den Koffer? Wer hatte Valentin umgebracht? Beanstock war sicher, dass er beseitigt wurde. Jemand hatte alles sehr genau arrangiert, um diesen Mann loszuwerden und zu belasten.

„Sie sollten auch die leere Flasche und das Glas untersuchen Inspector", sagte Beanstock.

Der Inspector griff nach der Flasche und roch am Inhalt.

„Was soll darin zu finden sein? Es riecht nach Whisky. Wenn ich hier einen Serienmörder habe, wird das eine Sensation."

Mr Friday schob Beanstock aus der Kabine.

„Lassen wir die Polizei ihre Arbeit tun. Sie können sich wieder voll und ganz Ihren Herrschaften widmen und in ein paar Tagen sind wir endlich in England und alle gehen zufrieden von Bord. Vor allem werde ich zufrieden sein und Captain Wilson ebenfalls. Was für eine Reise. Vielleicht gibt es irgendwann in der Zukunft Kreuzfahrten, auf denen ein Kriminalspiel angeboten wird, eine Art Charade auf mörderisch, aber glücklicherweise ohne mich. Ich habe genug von diesen Spielchen." Er tippte an seine Mütze und ging davon.

„Ach Mr Beanstock!", rief ihm der Inspector nach.

„Ich brauche natürlich von Ihnen noch eine genaue Aussage. Besuchen Sie mich doch später in meinem Büro. Dann würde ich gern erfahren, wie Sie auf diesen Valentin gekommen sind. Ich denke, gegen zehn Uhr bin ich zurück im Polizeirevier. Ich schicke Ihnen einen Constable zum Schiff. Inspector Partridge mein Name."

Beanstock versprach zu kommen. Er hatte noch eine Möglichkeit, etwas mehr Licht in die Geschichte zu bringen. Dafür brauchte er Gonzales.

Er fand ihn in seiner Kabine.

Viel Überzeugungskraft musste er nicht anwenden. Der Chauffeur war wie immer sofort bereit, auf Entdeckungsreise zu gehen.

„Wohin gehen wir?", fragte Gonzales und schloss dabei seine Kabine ab.

„Sie werden es erfahren. Aber erzählen Sie mir zuerst, was Schwester Betti in der Krankenstation gesagt hat."

„So wie Sie sagten. Unter den Fläschchen waren zwei nur mit Wasser gefüllt. In jeder Flasche befanden sich zweihundert Milligramm. Sie hat sie entfernt und dem Doktor übergeben. Dr. Miller wollte natürlich wissen, wie sie darauf gekommen ist, aber sie hat eine gute Erklärung gefunden. Als sie eines Morgens in die Praxis kam, berichtete sie dem Doktor, sei der Medizinschrank nicht verschlossen gewesen und somit habe sie den Inhalt genau überprüft. Diese speziellen Medizinflaschen wären ihr aufgefallen, weil sie geöffnet worden waren."

„Ein schlaues Mädchen. Was befand sich in den Flaschen und wo sind die Flaschen jetzt?", fragte der Butler.

„Dr. Miller hat sie dem Zahlmeister übergeben, der will sie an die Polizei weiterleiten. In den Flaschen waren

Barbies. Schwester Betti ist ausgebildete Apothekerin müssen Sie wissen. Sie ist wirklich eine schlaue Signorita", antwortete Gonzales.

Beanstock blieb kurz stehen und sah den Chauffeur neben sich zweifelnd an. „Sagte Schwester Betti wirklich Barbies? Sagte sie vielleicht eher Barbiturate?"

„Ja das war das Wort. Ist das nicht das gleiche?"

„Nein Gonzales, da gibt es einen gewaltigen Unterschied. Ich denke, das Wort Barbie gibt es gar nicht."

Inzwischen waren die beiden Herren tief in den Bauch des Schiffes vorgedrungen. Gonzales kannte diese Ecke des Schiffes noch nicht. Und auch Beanstock musste sich erst orientieren. Er blieb an jeder neuen Eisentür stehen und sah nach, was sich dahinter befand. Manchmal waren auch verblasste Schilder an den Türen.

„Wollen Sie mir nicht sagen, was Sie suchen Señor?"

Der Butler hüllte sich weiterhin in Schweigen und ging langsam zur nächsten Tür, eine dicke Stahltür mit einem Rad an der Vorderseite.

„Wir sind am Ziel. Sehen wir nach, ob ich mit meiner These recht behalten werde. Sie sind als Zeuge hier."

Beanstock drehte das Rad und mit einem leisen Knarzen öffnete sich die schwere Tür. Es wurde plötzlich sehr kalt.

Neugierig betrat Gonzales hinter Beanstock die große Kammer.

„Eine Kälte ist das hier! Horripilante! Was machen wir hier?"

Aber Gonzales sah es bereits selbst. In der Kühlkammer standen einige Kisten, aber daneben auch zwei Tische, auf denen sich unter einem weißen Laken menschliche Umrisse abzeichneten.

Dem Chauffeur lief es trotz der Kälte noch kälter den Rücken hinab. Er bekreuzigte sich vorsichtshalber.

„Ich wusste nicht, dass Sie religiös sind Gonzales. Es tut mir leid, wenn ich Ihren Glauben beleidigen sollte", sagte Beanstock.

„Ich bin seit dem spanischen Bürgerkrieg nicht mehr gläubig, Señor. Aber einen Toten sehe ich trotzdem nicht gern. Was zum Teufel, um dem lieben Gott einen Partner zur Seite zu stellen, also was zur Hölle suchen wir hier?"

Beanstock hatte eins der Laken vorsichtig angehoben.

Darunter lag Manderley und er rückte den Stoff schnellstens wieder an die richtige Stelle. Dann näherte er sich der zweiten Leiche.

„Ich hoffe, man hat die Leichen so gelassen, wie man sie fand. Dann kann ich etwas überprüfen. Kommen Sie schon her Gonzales und zieren Sie sich nicht wie ein Ballettmädchen vor dem großen Sprung. Der Mann ist tot. Der kann Ihnen nichts mehr tun."

Gonzales schüttelte angewidert den Kopf. Aber seine Neugier siegte und er näherte sich langsam. Er trat ganz leise auf.

„Meinen Sie, die beiden hier würden sich gestört fühlen, wenn Sie nicht leise sind? Nun machen Sie schon. Wir müssen hier schnellstens wieder raus. Ich weiß, dass die beiden Leichen heute noch weggebracht werden." Beanstock hatte schon viele Facetten an dem Chauffeur der Baronets bemerkt, aber dass der Mann Angst vor Toten hatte, war ihm niemals aufgefallen.

„Gonzales denken Sie nach. Unser schlimmster Feind sind wir selbst. Ängste und Zweifel und noch viele Gründe mehr halten uns meistens davon ab, tiefer nach Lösungen zu suchen. Wir erstarren in unseren eigenen negativen Emotionen."

Beanstock schlug das Laken zurück und sah in das jugendliche Gesicht des Seaman Bing. Traurig schüttelte er den Kopf.

„Wie unnötig diesen jungen Mann umzubringen. Schauen wir uns seine Uniformjacke an."

Er hielt Gonzales den Zipfel des Lakens hin und gab ihm zu verstehen, dass er ihn halten sollte. Dann untersuchte er die Jacke genau.

„Wie ich vermutet hatte. Der Mörder unseres Mr Valentin hat einen Fehler gemacht. Sehen Sie Gonzales?"

„Valentin ist tot? Haben Sie vielleicht vergessen, mir etwas zu sagen?", rief Gonzales aus und wurde blass.

Beanstock sah ihn an und wies mit dem Finger zu der Jacke des toten Seaman.

Der Chauffeur beugte sich angewidert etwas vor und sah sich die Jacke an.

„Eine Jacke, wie jede andere."

„Genau Gonzales. In der Kabine von Valentin fand man neben Banknoten und dem Ring Ihres Freundes Russ, auch einen Knopf von der Uniformjacke eines Seaman. Man vermutet, dass Valentin ihn umgebracht hat. Er ist meiner Meinung nach der Mörder, aber der Knopf unterstützt das natürlich noch, verstehen Sie?"

„Aber hier fehlt kein Knopf?", fragte Gonzales.

„So ist es Señor. Genau das ist der Punkt", antwortete der Butler und lächelte.

Die beiden Herren begaben sich schnellstens wieder hinauf in die Zivilisation und Gonzales atmete die würzige Seeluft tief ein, als sie das Promenadendeck erreichten. Keinen Moment zu spät. Es war 6.30 Uhr, die meisten Passagiere träumten noch in ihren Kabinen.

Ein Wagen der Polizei Malta fuhr am Kai vor. Die Polizisten zogen aus dem hinteren Teil des Kastenwagens Tragen hervor und liefen zusammen mit vier weiteren Polizisten zur Gangway der Matilda. Dort wartete der Zahlmeister mit ein paar Seaman und Captain Wilson. Mr Friday lief den Polizisten voraus und brachte sie wahrscheinlich zur Kältekammer, um die Leichen zu holen. Die Spurensicherung wurde von einem Seaman zur Kabine des Tänzers begleitet.

Die Polizei von Malta arbeitete effektiv und schnell. Das freute niemanden mehr als den Captain, der sich zufrieden eine Pfeife in den Mund steckte. Eine aromatische Wolke Tabakqualm hinter sich herziehend machte er sich auf den Weg zu seiner Brücke.

„Worauf warten wir Señor? Können wir frühstücken gehen?", fragte Gonzales und gähnte ausgiebig.

„Gehen wir kurz zur Gangway und sehen uns den Abtransport an", erklärte Beanstock.

Gonzales verstand das nicht, aber er begleitete ihn, ohne zu murren. Nach kurzer Zeit erschienen die Polizisten mit der ersten Trage. Anhand der Umrisse vermutete Beanstock unter dem Laken den Versicherungsagenten.

Dann erschien die zweite Trage, das musste der Seaman Bing sein. Beanstock und Gonzales standen neben der Gangway. Als die Polizisten vorbeikamen, streckte der Butler zur Überraschung Gonzales seinen Fuß etwas aus und hakelte damit am Bein eines Trägers.

Die beiden Träger kamen ins Straucheln. Nur die schnelle Reaktion Beanstocks verhinderte einen Sturz. Das Laken flog zur Seite und der Butler warf einen langen letzten Blick auf die Leiche des Seaman. Er nickte wissend.

Er sah Gonzales lächelnd an. Sein Blick fiel hinauf zum Promenadendeck. Er hatte im Augenwinkel eine Bewegung bemerkt. Dort stand die Gräfin Orlowska. Ihre behandschuhten Hände ruhten auf der Reling und hinter ihrem Tüllschleier blickten ihre Augen auf die Toten herab. Dann hatte Beanstock das Gefühl, dass sie lange zu ihm sah. Im nächsten Moment war sie verschwunden.

Als die Passagiere der Matilda ihr Frühstück einnahmen, war alles erledigt. Die Polizei war davongefahren. Die Spurensicherung war fertig, die Kabine des Tänzers wurde von Mr Friday versiegelt. Der Inspector verabschiedete sich von Captain Wilson. Eine Liste mit Passagieren und Besatzungsmitgliedern hatte Mr Friday dem Inspector übergeben, außerdem die Barbituratflaschen mit dem falschen Inhalt.

Alles Weitere würde im Heimathafen der Matilda von der Polizei Southamptons untersucht werden. Der Grund für den Tod des Tänzers war nicht geklärt. Der hinzugezogene Dr. Miller konstatierte schon wieder eine natürliche Ursache. Aber das hatte der gute Doktor auch schon bei den anderen Toten gemeint. Der Inspector war nicht bereit, das zu glauben und ordnete Obduktionen an. Warum sollten gesunde Männer so plötzlich sterben? Außerdem waren es dem Inspector ein paar zu viele Tote auf dieser Reise. Das erschien ihm schon seltsam. Obwohl er sich sehr sicher war, dass der Seaman Bing und der Versicherungsagent Manderley von dem Tänzer ermordet wurden. Die Beweise im Koffer waren erdrückend. Aber der Tänzer? Die Obduktion musste abgewartet werden.

Wenn sich keine weiteren Verdachtsmomente gegen jemand anderen an Bord der Matilda ergeben würden, konnte die Matilda am nächsten Morgen die Freigabe bekommen und weiterfahren.

Beanstock und Gonzales hatten in der Offiziersmesse ihr Frühstück eingenommen. Es war an der Zeit nach den Herrschaften zu sehen. Gonzales sollte Miss Gunner im Auge behalten. Er hatte dem Butler erklärt, wie schwierig es war, das junge Mädchen zu irgendeinem Spaziergang an Land oder einem Tanz an Bord oder ähnlichem Zeitvertreib zu bewegen. Aber Gonzales wollte noch nicht aufgeben, obwohl er bereits böse Blicke von der Krankenschwester geerntet hatte, die beobachtet hatte, wie er das junge Mädchen ansprach.

Zum Glück war die größte Gefahr vorbei. Der Mörder war tot. Gonzales fragte den Butler, ob es nun endlich eine schöne Kreuzfahrt werden würde und ob Beanstock nun auch Ferien hatte. Das Gesicht des Butlers belehrte Gonzales eines anderen. Solange noch offene Fragen da waren, konnte dieser Mann nicht ruhen. Die meckernde Martha war ein guter Anlaufpunkt für die neuesten Klatschnachrichten an Bord. Beanstock sah auf seine Uhr und wusste, dass sie im Moment wahrscheinlich mit dem Aufräumen der Kabinen auf Deck A beschäftigt sein würde. Er hatte Glück.

Martha war gerade in der Kabine 303, in der die Baronets von Parsley logierten. Sie kam mit einem Berg frischer Handtücher aus einem der Versorgungsräume und ging damit durch die offene Kabinentür.

Beanstock griff in seine Westentasche und zog eine Pfundnote heraus. Dann folgte er Martha.

Wie immer zog das junge Mädchen ein Gesicht, als ob ihr an diesem Morgen jemand Kakteen zum Frühstück serviert hatte. Das kannte Beanstock bereits und sah darüber hinweg. Sie macht ihre Arbeit sorgfältig und so war er zufrieden.

Auch heute Morgen waren die Betten frisch bezogen und glatt gezogen. Es war staubfrei auf den Oberflächen und der feine Holzfußboden glänzte. Martha rumorte im Bad und wischte mit einem Lappen den Spiegel ab. Beanstock war immer wieder begeistert, wie effektiv und schnell das Mädchen die einzelnen Kabinen säuberte. So etwas gefiel ihm ausnehmend.

Als Martha aus dem Bad kam, bekam sie kurz einen Schreck, als sie den Butler sah. Beanstock streckte ihr den Schein entgegen und Martha versuchte sogar ein Lächeln.

Sie steckte sich eine vorwitzige Locke ihres Haares zurück unter ihre winzige Haube und knickste dankbar.

„Darf ich Sie kurz aufhalten und etwas fragen Martha?"

„Nur zu, was wollen Sie heute wissen?", antwortete das Mädchen und stopfte sich dabei den Geldschein in die Schürzentasche.

„Wo waren am gestrigen Abend die beiden russischen Damen? Haben Sie irgendeine Ahnung, wo die beiden sich den Abend über aufgehalten haben? Wenn möglich auch nachts?"

Martha räusperte sich, ging zur Kabinentür und schloss sie. „Mr Beanstock! Ich weiß alles."

Das junge Mädchen stellte sich in Position und begann zu reden.

„Sie hat ein Bad genommen, die Junge meine ich. Die ganze Kabine hat heute Morgen noch wie eine Blumenwiese gerochen. Am späten Nachmittag war der komische Tänzer bei den beiden Damen. Er war lange in der Kabine, wenn Sie mich verstehen." Martha zwinkerte dem Butler zu und setzte voraus, dass der Herr wusste, was die drei dort getrieben hatten. Martha grinste und bekam zartrosa Wangen.

„Am Abend sind die Damen dann hocherhobenen Hauptes in den Tanzsaal abgerauscht. Die beiden essen meist in der Kabine. Sind sich zu fein für den Essenssaal. An der Bar hat sich die Junge an diesen alten Knacker aus Texas rangemacht. Sie wissen schon, den ollen Kerl mit dem dicken Schnauzer, der am Fasching, wie ausgefallen, als Cowboy gegangen ist. Die Jeanshose war viel zu klein für seinen dicken Bauch."

Martha sah das fragende Gesicht Beanstocks.

„Na dieser Ölmillionär, der allein reist. Henry aus der

zweiten Schicht hat erzählt, dass es in der Kabine des Herrn nur so glitzert vor lauter Goldkram. Der ist doch immer so behängt mit allem, was man sich denken kann und hat diesen riesigen Siegelring mit dem Diamanten drauf.
Wissen Sie jetzt, wen ich meine?"

„Ich denke, ich weiß Martha. Die Dame hat sich also mit diesem Herrn verlustiert. Was war mit der anderen Dame?"

„Verlustiert? Ich glaube so sagt man das heute nicht mehr. Na ja egal, also die Alte hing den gesamten Abend an der Bar. Da können Sie Sylvester fragen. Die hat einen Whisky nach dem anderen bestellt. Die kann was vertragen, meine Herren. Gegen ein Uhr in der Frühe stand dann der Zahlmeister an der Bar und hat alles kontrolliert. Danach weiß ich nur noch, dass die Damen in der Kabine waren. Henry meinte kurz nach eins. Er weiß das so genau, weil er ihnen noch einen Mitternachtssnack bringen musste. Armer Henry. Trinkgeld hat er nicht bekommen." Martha sah Beanstock kopfschüttelnd an.

Der Butler verstand. Er gab Martha einen weiteren Schein.

„Woher wissen Sie so genau, wo die beiden Damen, zu welcher Zeit waren?"

„Mr Beanstock. Es spricht sich eben rum, verstehen Sie? Was anderes haben wir doch hier nicht. Wissen Sie, wie langweilig die Abende hier manchmal sind? Wir dürfen nicht rumtanzen oder an der Bar hängen. Hat den armen Valentin aber nicht gestört. Der hing andauernd bei Sylvester rum. Na, nun hat er den Salat. Wird nie wieder Whisky stehlen." Auch das wusste das gesamte Personal also bereits.

Beanstock erkannte, wie klein doch die Welt auf so einem Kreuzfahrtschiff sein konnte.

„Der Tänzer war also an diesem Abend nicht im Tanzsaal oder an der Bar?", fragte er am Ende noch.

„Der hatte sich krankgemeldet. War wohl dann der Anfang vom Ende. Na ein netter Mann war das nicht."

Auch der Tod des Tänzers hatte sich also wie ein Lauffeuer im Schiff verbreitet.

Beanstock dankte Martha und das Mädchen verließ die Kabine. Er überprüfte kurz, ob alles in Ordnung war. Keinen Moment zu spät. Die Tür wurde geöffnet und die Baronets erschienen fröhlich plaudernd.

„Ach Beanstock, schön dass Sie da sind. Meinen Sie wir brauchen für unseren Ausflug eine Jacke?", fragte Lady Fedora und drehte sich vor dem Spiegel.

„Ich denke, das wird nicht nötig sein My Lady. Das Wetter wird sich halten, kein Regen in Sicht. Ein weiterer Mittelmeertag mit blendendem Sonnenschein."

Sir Percival seufzte.

„Ich hätte gern mal wieder ein bisschen Regen. Er fehlt mir irgendwie. Ich glaube, ich bin nicht geschaffen für diese Weltgegend. Mein verregnetes England ist mir lieber."

„Ganz Ihrer Meinung Sir", antwortete Beanstock.

„Wann darf ich die Herrschaften zurückerwarten?"

Sir Percival sah zu seiner Frau und wurde ernst.

„Zum späten Nachmittag hoffe ich. Die Herrschaften wollen einen Berg besteigen. Colonel Morris und ich waren als Einzige dagegen."

„Perci, sei lieb. Man kommt in die Altstadt von Malta

nur, wenn man bergauf steigt. Tut mir leid. Aber es ist nicht so weit, dass du außer Puste gerätst. Dein Bäuchlein bleibt dir erhalten Darling." Lady Fedora klopfte dabei zur Unterstützung auf den Bauch ihres Gatten und lächelte.

„Dann kümmere ich mich noch um Lord Mortimer und seine Gattin", erklärte Beanstock und verließ die Kabine.

Nebenan bei Lord Mortimer und Lady Marjorie war alles in Ordnung. Beanstock half dem Earl beim Binden der Krawatte, auf die er selbst bei hohen Temperaturen niemals verzichtete.

Dann klopfte bereits das Ehepaar Morris an der Tür und die Herrschaften machten sich auf den Weg.

„Hab ich euch schon einmal erzählt. Wir waren auf dem Weg nach Rajasthan. Jaipur war unser Ziel. Myriaden von Mücken umschwirrten unser Bataillon. Tiger brüllten im Gebüsch. Mein Bursche …" Weiter kam der arme Colonel Morris nicht.

„Ja Schatz, davon erzählst du später. Wir müssen jetzt los", sagte Gladis und zog ihren Mann mit sich fort.

„Das wievielte Mal war das?", fragte Lady Marjorie ihre Freundin Fedora leise.

„Das achte Mal. Ich habe mitgezählt." Die beiden Freundinnen kicherten.

Die Paare verließen die Matilda und gingen fröhlich plaudernd in Richtung Innenstadt davon.

Beanstock begutachtete die Kabinen und suchte danach Gonzales. Ein Blick auf seine Taschenuhr sagte ihm, dass er den Spanier wahrscheinlich auf dem Promenadendeck antreffen würde. Gonzales hatte es sich zur Gewohnheit gemacht nach dem Frühstück eine Weile auf diesem Deck spazieren zu gehen. Es ging ihm wieder sehr gut, aber die Ereignisse um seinen alten Feind Russ hatten ihn emotional mehr mitgenommen, als er Beanstock verraten wollte. Aber der Butler hatte es bereits bemerkt. Er war ein guter Beobachter und erkannte auch kleinste Anzeichen.

Heute dachte Gonzales wahrscheinlich, er würde Miss Gunner hier antreffen. Beanstock fand den Chauffeur schnell.

„Ich kann die Signorita nicht finden. Vielleicht ist sie bereits an Land mit ihrem Fotoapparat unterwegs. Tut mir leid Mr Beanstock", erklärte Gonzales enttäuscht.

„Das dürfte kein Problem sein. Ich muss an Land und auf die Polizeistation, um eine Aussage zu machen. Das wird nicht das letzte Mal sein. In Southampton werden wir sicher ebenfalls von der Polizei erwartet. Dann wird es auch um den Unfall des Mr Russ gehen."

Beanstock nahm seine Uhr aus der Westentasche und ließ den Deckel aufklappen.

„Begleiten Sie mich doch an Land. Ich habe auch noch ein paar Besorgungen für Lady Marjorie und Lady Fedora zu erledigen. Es wird Ihnen guttun, von dem schwankenden Schiff herunterzukommen."

Gonzales nickte ihm zu und die beiden Herren machten sich auf den Weg, die Stadt zu erkunden.

„Sie nehmen mich aber nicht nur mit, weil Sie Angst vor einem neuen Rosenverkäufer haben oder Mr Beanstock?"

„Ich hatte niemals Angst. Ich fühlte mich kurzzeitig nur etwas belästigt. Vergessen Sie diese Geschichte."

Gonzales konnte sich ein winziges Lächeln nicht verkneifen. *Wenn der Butler nicht ganz so steif und unnahbar wäre, würden wir sicher sehr gute Freunde sein,* dachte Gonzales. Aber er mochte diesen Mann trotz oder vielleicht gerade wegen seiner kleinen Marotten. *Wenn Señor Beanstock hört, dass ich seine Handlungen als Marotten bezeichne, würde er sicher böse werden. Also, sagen Sie ihm das bitte nicht, das muss unter uns bleiben, por favor.*

In den Straßen von Valletta

Am Kai wartete ein Constable auf Beanstock. Er grüßte und informierte ihn, dass er sie zur Polizeistation bringen würde, die sich nicht sehr weit entfernt direkt am Hafen befand.

Das Haus war sehr alt und arg mitgenommen, da man in den Kriegszeiten nichts an der baulichen Substanz machen konnte. Aber man erkannte noch den klassischen Architekturstil mit aufgesetzten angedeuteten Säulen und einem großen Dreiecksgiebel. Das Gebäude schmiegte sich mit der Rückseite an die Festungsmauer und machte den Eindruck, als wolle das kleinere Haus die dicken Festungsmauern bitten, es zu beschützen.

Der Constable erzählte Beanstock, ein neues Polizeigebäude wäre bereits in Planung, auch in der Nähe des Hafens, aber viel moderner. Alle Polizeibeamten freuten sich darauf. Dieser zugige Kasten hier war nur während der Sommermonate angenehm. Im Winter, wenn Stürme über das Meer zogen, war das Haus alles andere als einladend.

Der Inspector saß in seinem Büro vor einem Schreibtisch auf dem sich Akten und Zettel stapelten. Der Tisch machte keinen sehr stabilen Eindruck. Ein Fuß war beschädigt und notdürftig durch einen Mauerstein ersetzt worden, eine

Schublade hatte vollkommen die Form eingebüßt und lehnte schief an einer Wand.

Auf das Klopfen hin bat Inspector Partridge die Herren hinein und bot ihnen Stühle an, die er aber erst von Papierstapeln befreien musste. Er sah sich nach einer neuen Heimat für die Stapel um und legte sie dann einfach auf dem Boden ab. Die gefährliche Schieflage der Papiertürme behielt Beanstock vorsichtshalber im Auge.

„Wo habe ich denn die Akte?" Der Inspector sah sich suchend um. Dann griff er beherzt unter einen Stapel und zog einen Hefter darunter hervor. Er öffnete den Hefter, las kurz darin und legte ihn weg.

„Das ist der Bericht über die Fischereiabkommen, hat nichts mit unserem Fall zu tun. Bitte entschuldigen Sie mich einen Moment. Ich frage im Büro bei meinem Partner nach. Ich glaube, er hatte sich die Akte heute Vormittag geholt und nicht zurückgebracht. Es wird wirklich Zeit umzuziehen und hier die Zelte abzubrechen. Alles ist viel zu klein und zu unordentlich. Entschuldigen Sie mich einen Moment."

Der Inspector stand auf und ging über den Flur zur nächsten Bürotür.

Beanstock stand schnell auf und griff nach einem Ordner, den er bereits beim Hereinkommen bemerkt hatte. Dass der Inspector ihm den großen Gefallen tat und einen Moment aus dem Zimmer ging, kam einem Glücksfall gleich.

Auf dem Ordner stand der Name der Matilda und darin fanden sich die Obduktionsberichte des Rechtsmediziners. Der Mediziner schrieb hier vor allem über Frank Valentin.

Die anderen beiden Toten hatte er noch nicht untersucht. Es waren wohl zu viele auf einmal. Beanstock war sehr zufrieden, genau das hatte er gehofft zu erfahren.

Im Bericht schrieb der Mediziner, dass der Todeszeitpunkt zwischen dreiundzwanzig Uhr und ein Uhr am nächsten Morgen lag. Aufgrund der toxilogischen Untersuchung des Mageninhalts lag eine Überdosierung von Barbiturat vor. Der Tod trat durch Atemlähmung ein. Wahrscheinlich war dem eine Bewusstseinsstörung bis hin zu einem komatösen Zustand vorausgegangen. Unterstützt wurde der Prozess durch eine erhebliche Menge Alkohol, der sich auch im Blut nachweisen ließ. In der Whiskyflasche vom Tatort fanden sich Reste der Droge.

Beanstock hatte genug erfahren. Gonzales, der sich an der Tür postiert hatte und den Flur überwachte, gab ihm Zeichen, dass der Inspector zurückkam. Der Butler legte den Hefter zurück an seinen Platz und setzte sich.

„So, da haben wir die Akte. Also dann erzählen Sie mal, wie Sie diese leidige Geschichte erlebt haben. Mr Friday erwähnte mir gegenüber, dass Sie den toten Frank Valentin schon vorher verdächtigten."

Beanstock erzählte wahrheitsgemäß über die Verdachtsmomente, angefangen mit den Fotos, die er dem Inspector übergab und dem Fund der schwarzen Paillette auf der Treppe des Maschinenraums.

Mit keinem Wort erwähnte er die beiden russischen Damen, den verlorenen Schmuck oder die Erpressung durch den Tänzer. Gonzales wunderte sich, aber dachte sich, dass der Butler seine Gründe haben musste.

Der Inspector notierte fleißig und entließ die beiden. Nicht ohne Beanstock darauf hinzuweisen, dass die Polizei in Southampton die Sache mit dem über Bord gegangenen Mr Rushmore alias Russ bearbeiten würde.

„Ich muss sagen, ich bin froh darüber", sagte Inspector Partridge und nahm aus seiner Hosentasche eine Schachtel Zigaretten. „Sie sehen ja, was hier los ist. Durch den bevorstehenden Umzug haben wir viel zu tun. Sollen sich die Kollegen in der Heimat damit befassen. Ich habe in der Rechtsmedizin noch einen toten Fischer liegen und einen rostigen Kahn im Hafen, der mir Kopfzerbrechen bereitet. Und wir sind unterbesetzt. Dieser verdammte Krieg." Er zündete sich eine Zigarette an.

Auf der Straße vor dem Polizeirevier fragte Gonzales nach den Gründen.

„Sie haben gar nicht von den Damen erzählt? Und Sie haben nichts von dem Schmuck gesagt und von der Erpressung?"

Beanstock ging eilig ein paar Schritte weiter. Er wollte auf keinen Fall in der Nähe der Polizei darüber reden.

Er gab Gonzales mit einer knappen Handbewegung zu verstehen, dass er abwarten sollte.

Die beiden stiegen über steile Treppen hinauf zur Festung und weiter hinauf zur Altstadt. Die honigfarbenen Gebäude der Altstadt von Valletta waren wunderschön. An den mehrstöckigen Häusern hingen vorgebaute Erker, die wie Bienenstöcke hervortraten. Beanstock machte Gonzales auf die Architektur aufmerksam und erzählte ihm von dem Malteserorden, der hier viele Jahrzehnte präsent war. Dann kam der große Napoleon und machte ihrer Herrschaft ein schnelles Ende. Anfang des 19. Jahrhunderts wurde Malta dann britische Kronkolonie.

Gonzales machte sich seinen eigenen Reim darauf. „Dieser Napoleon musste aber auch überall herumstolzieren und die Leute verprellen. Das hatte er mit diesem Ekel Hitler gemeinsam. Dabei waren doch ihre Länder groß genug für diese kleinen Männer. In Spanien haben sie auch versucht, groß rauszukommen. Hat nicht lange gehalten. Die Spanier sind hitzköpfige Leute und lassen sich nicht gern von einem Franzosen vorführen, schon gar nicht von einem Deutschen. Verstehen Sie Mr Beanstock?"

„Ich verstehe durchaus. Großbritannien war Spanien damals behilflich. Denn Kaiser Napoleon wollte zu gerne auch unser Land annektieren. Das wurde ihm nicht genehmigt. Also zog er nach Nordafrika weiter."

„Also ging er los und rumorte in Ägypten rum. Increíble!", bemerkte Gonzales.

Ein Café auf einem der Plätze lud zum Ausruhen ein. Am Ende des Platzes erhob sich eine honigfarbene Kathedrale mit einem offenen Glockenturm. Beanstock und Gonzales setzten sich in den Schatten eines aufgespannten Schirmes und bestellten Tee und Kaffee.

„Ich habe dem Inspector nichts von den Damen erzählt, weil ich vermute, dass die beiden in den Mord zwar involviert sind, aber nicht selbst Hand angelegt haben. Sie haben Leute betrogen, vielleicht, sie haben Geld von Versicherungen bekommen, das ihnen nicht zustand, sicherlich, aber ich denke mittlerweile darüber nach, die beiden Damen davonkommen zu lassen. Die betrogenen und ausgenommenen Herren wollten es eigentlich doch nicht anders. Sie haben sich auf eine junge Dame eingelassen, weil sie sich geschmeichelt fühlten. Was ist dagegen zu sagen, wenn sie dieser Dame dann Geschenke machen? Denn ich denke nicht, dass die beiden Diebe sind. Die vermögenden Herren wollten es so und nicht anders."

Gonzales verschluckte sich an seinem mit vier Stück Zucker verfeinerten Kaffee. Er hustete.

„Señor!", rief er aus. „So kenne ich Sie nicht. Sie meinten doch immer, ein Unrecht ist ein Unrecht. Dem Gesetz muss man folgen und so weiter und so weiter. Was haben Sie mit unserem Butler Beanstock gemacht? Lassen Sie ihn sofort wieder frei!"

Beanstock lächelte geheimnisvoll.

„Es ist alles in Ordnung. Ich kann Ihnen im Moment noch nicht sagen, warum ich wahrscheinlich so handeln werde. Später vielleicht, wenn ich genau weiß, wer den beiden geholfen hat. Aber ich werde am Ende der Reise auf jeden Fall ein längeres Gespräch mit den beiden Frauen führen und ich denke, wenn sie so intelligent sind, wie ich sie einschätze, dann ist ihre Karriere als Betrügerpaar beendet."

Gonzales ließ noch zwei Zuckerstücke in seinen Kaffee fallen und rührte, den Kopf schüttelnd, kräftig um. Dann setzte er die Tasse an die Lippen und trank. Sofort verzog er das Gesicht.

„Dios mio, warum ist das so zuckersüß?"

„Wenn Sie sechs Stück Zucker hineinwerfen, muss es doch süß sein. Warum tun Sie es dann?", fragte Beanstock.

„Igitt, das habe ich nicht bemerkt", nuschelte der Chauffeur und versuchte, mit einer Serviette auf seiner verzuckerten Zunge herumzuwischen.

Beanstock bestellte ihm ein Glas Wasser. Danach ging es Gonzales besser. Aber immer wieder im Verlauf der nächsten Stunde verzog der Spanier das Gesicht und streckte angeekelt seine Zunge aus dem Mund.

Die beiden machten sich auf den Weg zurück. Die Aufträge von Sir Percival und Lady Fedora waren schnell erledigt. Es waren nur ein paar Kosmetikartikel und die Times zu besorgen. Lady Marjorie hatte noch darum gebeten, nach einer britischen Zeitschrift über den Hundesport Ausschau zu halten. Aber sie fanden nur den amerikanischen *Harper's Bazaar* und eine Anleitung für die gute Hausfrau *Make your own Dress*.

Beanstock war sich sicher, dass Lady Marjorie, die Dame mit der überdurchschnittlich großen Menge an Hosenanzügen, nicht ihren eigenen Anzug schneidern wollte. Also kaufte er eine *Times und Harper's Bazaar*. Vielleicht würden sich die Damen für die neusten Klatschnachrichten aus Hollywood interessieren. Auf dem Titelbild von *Harper's Bazar* prangte eine ziemlich magere Dame mit einem riesigen, grüngelben Hut und einem schwarzen glänzenden Fächer in der Hand.

Gonzales warf einen Blick auf das Cover.

„Nicht mein Fall, die Señora. Viel zu dünn. Man muss doch was zum Ansehen haben und sich nicht schon beim Hände schütteln einen Splitter einreißen."

Die Matilda kam in Sicht. Beanstock war glücklich,

unbehelligt an Bord zu kommen. Sie durchquerten eine kleine Ladenstraße, in der sich einige der Passagiere der Matilda tummelten. Vor dem Eingang zu einem großen Innenhof hatte ein findiger Verkäufer einen Stand aufgebaut. Alle Passagiere und Besatzungsmitglieder von den in Valletta anlegenden Schiffen mussten hier vorbeigehen.

Die junge Dame hinter dem Stand trug ein buntes Kleid, eine weiße gestärkte Schürze mit aufwendigen Stickereien, auf dem Kopf einen Strohhut mit einer roten Schleife und im braun gebrannten Gesicht ein gewinnendes Lächeln.

Als Beanstock näherkam, konnte er nicht anders und lächelte zurück. Gonzales stieß ihn leicht an und wies mit der Hand auf das Schild über dem Stand.

Triandafilo!

Beanstock kannte dieses Wort nur zu gut und erblasste leicht. Auf dem Tisch des Standes standen Vasen voller Rosen. Rote, gelbe, weiße und rosafarbene Schönheiten in allen Größen und Formen. Ein betörender Duft umspielte den Stand und als sie näher herantraten, entdeckten sie hinter dem Stand Professor Pott mit seinem Schmetterlingsnetz, der auf allen vieren herumkrabbelte.

„Professor? Was tun Sie denn da unten?", fragte Beanstock.

Der Professor erhob sich ungelenk und streckte seinen schmerzenden Rücken durch.

„Mr Beanstock, schön Sie zu sehen. Sehen Sie sich dieses Prachtexemplar an!", rief er munter.

Gonzales und Beanstock schauten in den Köcher. Ein großer gelbschwarzer Flattermann lag darin. Auf seinen

Flügeln tanzten blaue und rote Punkte.

„Ja wirklich ganz hübsch", bemerkte Gonzales und zwinkerte dabei der hübschen Verkäuferin zu.

Professor Pott strich empört seinen Bart bis der aufrecht stand. „Das ist Papilionidae! Der Ritterfalter, wenn Sie das besser verstehen sollten!"

„Sehr clever Professor an einem Rosenstrand auf der Lauer nach Schmetterlingen zu liegen", versuchte Beanstock ihn wieder gnädig zu stimmen.

Dann wandte er sich der Verkäuferin zu.

„Kennen Sie eine Dame aus Griechenland, die ebenfalls Rosen verkauft?"

„Das ist meine liebe Cousine Yamina. Sie hat die Firma Triandafilo vor einiger Zeit gegründet. Und es gibt uns nun bereits entlang des Mittelmeers in fast jedem Hafen. Da wäre Cousin Omar in Gibraltar, Cousin Pierre in Cannes, Lorenzo in Neapel, ein flotter Kerl", bemerkte das Mädchen und bekam einen verträumten Ausdruck im Gesicht. „Yamina und Aleko sind in Athen. Wir sind eine große Familie mein Herr."

Beanstock war davon überzeugt. Er bewunderte die Geschäftstüchtigkeit der Mittelmeerbewohner.

„Geben Sie mir einen Strauß weißer Rosen Miss", sagte er zu Gonzales Erstaunen.

„Flora ist mein Name. Als ob meine lieben Eltern bereits an meiner Wiege wussten, dass ich einmal diese Rosenschönheiten verkaufen werde."

Die junge Frau nahm einen Strauß mit zwanzig Rosen und hielt ihn dem Butler hin. Beanstock nickte und sie schlug die Rosen in Papier ein.

Nachdem das Geld den Besitzer gewechselt hatte, verbeugte Beanstock sich leicht und kehrte dann mit Gonzales und in Begleitung Professor Potts zur Matilda zurück.

„Haben Sie denn Ihren besonderen Schmetterling gefunden Professor?", fragte Beanstock.

„Ich befürchte, ich war auf dem Holzweg mit meiner Theorie, dass der violette, grüngelbgepunktete, afrikanische Wollnasentrommler das gesamte Mittelmeer erobert hat. Das war unser letzter Halt vor Southampton. Ich muss mich wohl oder übel dem Spott meiner Kollegen im Naturkundemuseum London stellen. Ich höre schon diesen blasierten Victor: Unser Professorchen ist einem Mythos verfallen. Ich dagegen habe den rosa Priesterfalter in Südamerika entdeckt. Blablabla! Ich hasse diesen Kerl. Ich mag es nicht, wenn er mich Professorchen nennt. Das klingt herablassend."

Beanstock fühlte mit ihm. Da kam keine angenehme Zeit auf den armen Pott zu.

Zurück auf dem Schiff ließ sich Beanstock von Martha zwei Vasen bringen. Er stellte einen Strauß in der Kabine der Baronets auf den Tisch und die andere Hälfte brachte er in die Kabine des Earls of Southcoffelton und seiner Gattin. Ein Abschiedsgruß vom Mittelmeer sozusagen.

Am Nachmittag kamen die Herrschaften von ihrem langen Ausflug zurück. Die Damen aufgeregt plaudernd und mit bunten Tüten in den Händen. Die Herren wortkarg und in sich gekehrt. Sir Percival legte sich in der Kabine auf das Bett und schlief augenblicklich erschöpft ein. Colonel

Morris wurde erst gegen Abend zum Dinner wieder gesehen und Sir Mortimer lag bis zum Abend schlummernd auf dem Promenadendeck in einem der Liegestühle. Die Damen suchten sich einen schattigen Platz und ließen sich in die bequemen Korbstühle fallen.

Beanstock vermutete, der Spaziergang hatte die Herren so mitgenommen, dass sie eine längere Pause brauchten. Lady Fedora winkte ab, als Beanstock fragte, ob er Sir Percival etwas bringen solle.

„Als wir die Festung hinter uns hatten, begann mein Perci bereits zu schwächeln. Der Nächste war der Colonel, und als wir dann die Altstadt durchquerten, begann Mortimer zu schnaufen wie ein Walross auf Robbenfang. Die Herren Soldaten, was sagt man dazu. Wir haben doch nur die vier oder fünf Geschäfte nach Souvenirs durchforstet. Dann sind wir, weil wir das Elend nicht mehr sehen konnten, zu den Upper Barrakka Gardens gegangen. Man kann dort flanieren und im Schatten großer Bäume Tee trinken. Da es den höchsten Punkt der Bastion darstellt, hat man eine traumhafte Sicht auf ganz Malta."

Lady Marjorie erzählte weiter.

„Das hat unsere Herren zwar entschädigt, aber sie waren nicht mehr zu bewegen, weiterzugehen. Wir Frauen haben den gesamten Park durchforstet. Es war wundervoll und unsere Fedora hat die ein oder andere Blume skizziert. Dann gingen wir zu den Herren und als dann Punkt 16 Uhr die Kanone der Bastion abgefeuert wurde, waren sie auch wieder versöhnt und unterhielten sich auf dem gesamten Weg zur Matilda über Schießpulver, wie man es lagern sollte und was es für Schaden anrichten könnte."

Der Schlusssatz kam von Mrs Morris.

„Mein Mann hätte zu gern seine Anekdote aus Indien erzählt. Aber wir waren am Schiff angekommen und es hat leider nicht geklappt." Sie lächelte versonnen.

Lady Marjorie und Lady Fedora wechselten vielsagende belustigte Blicke.

„Wenn die Herren ausgeschlafen haben, werden sie wieder ganz die Alten sein Beanstock, keine Angst", bemerkte My Lady. „Wir bleiben auf dem Promenadendeck, nehmen einen Cocktail und warten auf das Ablegen der Matilda. Wann wird es soweit sein?", fragte sie ihn.

„Ich werde mich erkundigen My Lady. Es gab noch einige Dinge mit der hiesigen Polizei zu klären. Aber ich denke, wir werden bald ablegen können."

An der Gangway zur Mole von Valletta standen ein Offizier und ein junger Seaman. Sie waren in Listen vertieft, in denen genau eingetragen worden war, wer am Morgen von Bord gegangen war und wer bereits wieder zurück war.

Als sich Beanstock den beiden näherte, kam gerade ein Constable zum Hafen und betrat die Gangway. Er sprach mit dem Offizier, überreichte ihm ein Schreiben und nachdem seine rechte Hand kurz an die Mütze geschnellt war, verließ er das Schiff.

„Sir, darf ich erfahren, wann wir Valletta verlassen?", fragte Beanstock den Offizier.

„Soeben haben wir die Genehmigung vom Inspector der Polizei bekommen. Alle Passagiere sind von ihren Ausflügen zurück. Wir werden in einer halben Stunde ablegen.

So sind wir gut in der Zeit und werden pünktlich Southampton erreichen. Ich muss den Captain informieren. Wenn Sie mich entschuldigen würden?" Der Offizier gab dem jungen Seaman die Anweisung, die Liste mit den Passagieren zurück zum Zahlmeister zu bringen und tippte an seine Mütze.

Beanstock überbrachte den Ladys die gute Nachricht und begab sich danach zu Sir Percival, um nachzusehen, ob er etwas benötigte. Der Baronet war schon wieder guter Dinge. Er saß auf seinem Bett und las in der Times.

Der Butler informierte ihn, dass die Matilda zeitnah ablegen würde. Er nahm ein frisches Hemd aus dem Schrank und half Sir Percival sich umzukleiden. Vor dem Fenster der Kabine ging ein weiterer Mittelmeertag mit strahlendem Sonnenschein zu Ende.

Auf dem Promenadendeck versammelten sich die Passagiere. Stewarts reichten Champagner, die Schiffsmusiker hatten ihre Instrumente aus dem Tanzsaal gebracht und spielten zum Abschied den flotten Calypso *Matilda*. Kaum jemand an Bord kannte dieses Lied, das kurz vor der Reise von einem Künstler namens Harry Belafonte neu herausgebracht worden war. Die Princess Matilda schaukelte dazu auf den Wellen, verließ Valletta und machte sich auf den Heimweg.

Beanstock und Gonzales sahen sich an. Der Text dieses Liedes passte perfekt zu den zwei russischen Damen. Der Sänger erzählte von einer Frau, die einem Mann das Geld unter dem Kopfkissen wegstiehlt und damit nach Venezuela verschwindet.

Die Stadt versank im Dunst des Abends.

Die untergehende Sonne beleuchtete ihre Häuser und Villen und brachte die honigfarbenen Fassaden zum Strahlen. Fischerboote verließen den Hafen zu einer neuen Jagd auf Fische und das Meer war wie ein dunkelblauer Spiegel.

Es würde vier Tage dauern bis die Princess Matilda den Hafen von Southampton erreichte. Ein kurzer Halt war nochmals Gibraltar, aber nur um Vorräte an Bord zu holen.

Ausflüge wurden nicht geplant.

Captain Wilson wollte seine Gäste für den entgangenen Tag im spanischen Valencia entschädigen und hatte mit der Schifffahrtsgesellschaft einen zusätzlichen Stopp in Nordafrika vereinbart. Die Matilda hatte die Genehmigung der Behörden erhalten, in Casablanca anzulegen. Die Ankündigung am Abend durch den Captain wurde mit lautem Beifall und Rufen honoriert. Die Passagiere freuten sich auf die alte arabische Stadt, von der man schon eine Menge gehört hatte.

Professor Pott wurde ganz kribbelig zumute, als er davon hörte und er begab sich sofort in seine Kabine, um Vorbereitungen zu treffen. In diesem alten nordafrikanischen Hafen musste der violette Wollnasentrommler doch nun wirklich zu finden sein.

Beanstock machte sich seine eigenen Gedanken. Er hatte gehofft, das Gespräch, das er vorhatte zu führen, bis Southampton aufschieben zu können. Nun musste er umdenken. Sollte er warten oder war es besser, den einen Schritt sofort zu tun?

Casablanca war eine Sehnsuchtsstadt. Ein Traum aus 1001er Nacht. So mancher würde zu gern einfach von Bord gehen und nicht mehr zurückblicken.

Die Stadt stand immer noch unter französischem Protektorat, auch wenn sich am Horizont bereits die Zeichen der Unabhängigkeit abzeichneten. Die britischen Behörden hatten hier in Marokko keinerlei Befugnisse.

Beanstock traf eine Entscheidung. Es fiel ihm nicht leicht, aber er würde bis Casablanca warten. Sein Gefühl sagte ihm, dass es der genau richtige Moment war, die Personen dieser verzwickten Geschichte mit der Wahrheit zu konfrontieren. Er hatte sich diese abenteuerliche Reise lange durch den Kopf gehen lassen. Wortkarg und in sich gekehrt verbrachte er die Stunden mit seiner Arbeit für die Herrschaft und wortkarg saß er morgens beim Frühstück mit Gonzales und Mr Friday. Oft hatten sich die Herren seltsame Blicke zugeworfen. Beanstock hatte es wohl bemerkt, aber nichts dazu geäußert. Ein schwerer Kampf tobte in seinem Inneren. Die Entscheidungen, die auf ihn warteten, konnte nur er allein treffen. Beanstock dachte nach.

Habe ich überhaupt das Recht dazu? Ist es nicht andererseits meine heilige Pflicht, dem Recht Genüge zu tun? Kann man das so genau auseinanderhalten? Recht und Unrecht? Gibt es vielleicht viele Nuancen dazwischen? Sollte man nicht die Lebenssituation der Menschen vorrangig betrachten? Wie wurden sie zu dem, was sie sind? Frank Valentin hatte seine Strafe selbst provoziert. Aus diesem Mann wäre niemals etwas anderes mehr geworden als dieser skrupellose Mörder. Das stand außer Frage.

Sollte ich es nicht doch den Behörden überlassen? Nein, so einfach mache ich es mir nicht.

Es war der Morgen, nachdem das Schiff Gibraltar verlassen hatte. Die Matilda schwenkte nach Süden und schon bald im Verlauf des Tages würde Casablanca vor ihnen liegen.

Gonzales saß neben dem Zahlmeister am Frühstückstisch und machte sich Sorgen. Beanstock hatte eine dicke Falte zwischen den Augen. *Wenn er diese Falte nicht bald aufgeben würde, hätte er das hässliche Ding bis an sein Lebensende im Gesicht,* dachte er. Er biss herzhaft in das knusprige Brötchen, das er vorher mit einem Berg Schinken und Ei belegt hatte. Beanstock stocherte derweil lustlos in seinem Porridge.

Darüber wunderte sich Gonzales allerdings nicht. *Dieser seltsame Brei an jedem Morgen, da musste man ja griesgrämig sein.*

Mr Friday nahm seine Serviette und wischte über den Mund. Er erhob sich.

„Wenn mich die Herren entschuldigen würden? Bald sind wir in Casablanca und ich habe noch einige Formalitäten mit dem ersten Offizier zu klären. Sehen Sie sich diese wunderschöne Stadt an. Es ist ein wahrgewordener Traum."

Er warf einen kurzen besorgten Blick zu dem Butler, der sich ganz entgegen seiner Art, nicht dazu äußerte. Er setzte seine Mütze auf und ging davon.

Casablanca

Der Atlantik gab sich an diesem Morgen stürmisch und wollte scheinbar nicht, dass die Matilda in den Hafen einfuhr. Die Seaman an Bord hatten alle Hände voll zu tun.

Trotzdem brannte schon wieder eine erbarmungslose Sonne vom Himmel auf die Reisenden herab.

Die Stadt wirkte modern, mehrstöckige weiße Häuser, breite Straßen und helle Plätze. Wenn da nicht die Palmen am Straßenrand gewesen wären, hätte man meinen können eine französische Stadt zu sehen. Die Architektur in Hafennähe war stark geprägt durch die französischen Besatzer. Casablanca wurde in seiner Geschichte schon so oft durch Krieg oder Erdbeben zerstört, da hatte jeder neu ankommende Besitzer der Stadt seinen Stempel aufgedrückt und im Moment war es eine interessante Mischung zwischen Frankreich und Marokko.

In der Nähe des Hafens befand sich der Marché Central. Wer einen echten arabischen Markt erleben wollte, strebte nach dem Anlegen dorthin. Der Markt befand sich in einem alten historischen Gebäude mit Arkaden und großen Toren mit verzierten Rundbögen darüber. Bereits vor den Eingängen duftete es nach allen Aromen des Orients. In Körben und großen Keramiktöpfen türmten sich Obst, Gemüse und bunte Gewürztürme. Daneben lagen Stoffe und Bänder mit den traditionellen arabischen Mustern.

Das Stimmengewirr war unübertroffen. Jeder Händler wollte scheinbar so laut wie möglich seine Waren anpreisen. Dazwischen liefen kleine Jungen herum, verteilten Werbezettel und priesen Restaurants und Cafés an, in denen es den besten Kaffee und Tee der Stadt gab, wenn nicht sogar der ganzen Welt. Unter den Arkaden des Marktes spielte sich an jedem neuen Tag ein Schauspiel ab, das seinesgleichen suchte. Die Händler spielten wie die Akteure eines Theaterstückes ihre Rollen im Kreisel des Basars.

Tief verschleierte Damen liefen mit Einkaufskörben durch die Gänge, Berber aus dem nahen Atlasgebirge in langen schwarzen Gewändern mit einem Krummdolch im Gürtel, dazwischen europäisch gekleidete Damen und Herren. Kinder spielten mit einem selbst gebastelten Ball Fußball und wurden von einem der Gemüsehändler beschimpft, als der Ball seine Körbe traf. Eine Paprikalawine fiel auf die Straße. Schreiend lief die jugendliche Meute davon, um an der nächsten Ecke weiterzuspielen.

Und über allem tönten die traditionellen arabischen Instrumente. Die mitreißenden Klänge der Trommeln, das Saitenspiel der Ribab, einer einseitigen Laute und das Klappern der Querqabat, den spanischen Kastagnetten ähnlich. Man konnte sich den Klängen nicht entziehen. Die Baronets und ihre Freunde schweiften durch die Gänge des Marktes und konnten sich an diesem ausufernden bunten Leben nicht sattsehen.

Beanstock stand an der Reling der Matilda und wartete.

Er wusste nicht genau worauf, aber er wusste, irgendetwas würde passieren. Die Baronets und ihre Freunde waren im Gewimmel des Hafens verschwunden. Gonzales begleitete sie auf Anraten Beanstocks, um ein Auge auf die Gruppe zu haben. Bei diesem Gewimmel in den Gassen konnte man sich leicht aus den Augen verlieren.

Gonzales war damit nicht einverstanden gewesen. Er wollte lieber ein Auge auf den Butler haben. Zu seltsam hatte der sich in den letzten Tagen benommen und Gonzales machte sich Sorgen. Irgendwie hatte er auch den Eindruck, der Butler wollte ihn loswerden.

Mr Friday erschien wie aus dem Nichts neben Beanstock.

„Warten Sie auf jemanden oder haben Sie keine Lust in dieses Gewimmel einzutauchen? Ich sage Ihnen, Sie verpassen etwas. Ich werde auch einen kleinen Ausflug wagen. Bis bald Mr Beanstock."

Mr Friday setzte seine Mütze auf und schlenderte die Gangway hinunter. Unten blieb er kurz stehen, als ob er sich orientieren müsste. Ein junger Herr in einem teuren hellen Anzug mit einem Panamahut auf dem Kopf sprach ihn an. Die beiden gestikulierten mit den Händen. Es sah aus, als würde der junge Mann dem Zahlmeister Tipps für seinen Ausflug geben. Dann trennten sich ihre Wege und sie gingen in entgegengesetzten Richtungen davon.

Neben dem Butler erschien die junge russische Dame. Nastja Fjodorowska trug ein atemberaubendes weißes Kleid mit einem opulenten Spitzenkragen, dessen Spitzen bis zur Taille reichten. Auf dem Kopf einen breitkrempigen Hut und in der Hand einen Seidenschirm. Alle Blicke der Herren auf dem Deck folgten der Erscheinung.

Sie lächelte und ging die Gangway hinab zur Mole. Ein Offizier streckte ihr eine helfende Hand hin, obwohl das unnötig war.

Das war das Signal für Beanstock. Er setzte seinen leichten Sommerhut auf und folgte Nastja Fjodorowska. Die junge Frau schien genau zu wissen, wohin sie wollte. Sie spannte ihren Schirm auf und Beanstock hatte es dadurch leichter ihr zu folgen, denn die Menschen schoben sich in den engen Gassen eher vorwärts, als dass sie gingen. Trotzdem war es nicht einfach. Die junge Dame sollte nicht merken, dass er ihr folgte. Sie bog in eine weitere Gasse ab und da erlebte Beanstock eine Überraschung.

Als er um die Ecke kam, sah er nichts weiter als aufgespannte Schirme. Es gab jede Menge Stände mit Schirmen, in allen Farben und Ausführungen, bis hin zu einem riesigen Sonnenschirm für die Terrasse. Viele potenzielle Käufer testeten natürlich die Schirme und hatten sie aufgespannt. Es war vollkommen unübersichtlich und so verlor Beanstock die Dame aus den Augen.

Er hatte noch eine Möglichkeit. Schnell drehte er um und lief zum Schiff zurück. Er sah seine Erwartungen bestätigt. Ein Seaman war dabei, Koffer von Bord zu bringen. Beanstock schlenderte zu dem Mann und sah unauffällig auf die Kofferanhänger. Wie er es vermutet hatte.

Die Gräfin Orlowska und ihre liebe Enkelin gingen von Bord. Was machte man, wenn man den Menschen, dem man folgte, verloren hatte? Man folgt dem Gepäck.

Die Koffer wurden in einen soeben eintreffenden Wagen eingeladen. Auf der Seite entdeckte Beanstock die Aufschrift *Le Royal Mansour Meridien.*

Ein Taxi war schnell gefunden und Beanstock konnte einmal im Leben den berühmten Satz sagen.

„Folgen Sie diesem Wagen!"

Die Fahrt dauerte nicht sehr lange. Der Wagen hielt vor einem Gebäude, das mit seinen klaren Linien und der geradlinigen Fassade den Charakter der Bauhausära ausstrahlte. Beanstock zahlte das Taxi und betrat das Hotel. Im Inneren fühlte man sich schon etwas mehr in einem arabischen Gebäude. Ein Hoteldiener brachte gerade die Koffer der Damen hinein und stellte sie neben der Rezeption ab.

Beanstock fragte an der Rezeption nach den Besitzern der Koffer. Der Mann wollte ihm nicht viel sagen. Man hatte sich telefonisch angekündigt und die Gäste wurden erst gegen Abend erwartet.

Einen Geldschein später bekam Beanstock seine Antwort von einem der Dienstboten. Daisy Chain erwartete er in Casablanca nicht. Der Hoteldiener wusste, dass die Gäste sich in einer Bar in der alten Medina aufhielten. Seine Ohren waren, wie so oft bei den Angestellten der Hotels, überall. Er flüsterte Beanstock den Namen einer Bar zu.

Der Butler prüfte die Zeit bis zur Abfahrt der Matilda. Er hatte genügend Zeit und wusste seine Herrschaft durch Gonzales gut versorgt. Also auf in die alte Medina.

Nicht weit vom Hafen entfernt verließ Beanstock das Taxi, zahlte und fand sich vor einem großen Eingang wieder, über dem sich ein Rundbogen mit umlaufenden verschlungenen Mustern wölbte. Es schien ein Teil einer alten Stadtmauer zu sein. Dahinter wimmelte das Leben.

In engen Straßen zwischen meist zweistöckigen Gebäuden und flachen Dächern obenauf gingen die Bürger von Casablanca ihren täglichen Geschäften nach. Händler mit Karren voller Obst und Gemüse priesen lautstark ihre Waren an, während verschleierte Damen mit großen Einkaufskörben ihnen erklärten, dass der Preis inakzeptabel wäre. Schnell voran kam der Butler nicht, da man ihn mit seinem feinen Anzug sofort als zahlungskräftigen Kunden einordnete. Ständig wurden ihm Teppiche, Tücher und Taschen vor das Gesicht geschoben und als die besten von ganz Marokko gepriesen.

Was würde er jetzt für einen netten Rosenverkäufer der Firma Triandafilo geben. Aber bis hier war Yamina mit ihrem Geschäft wohl noch nicht gekommen. Vielleicht lag es auch an dem ewigen Wind, der aus der nahen Wüste durch die Gassen zog, die langen Gewänder der Leute bauschte und heiße Luft versetzt mit Sand durch die engen Gassen blies. Rosen hätten es hier sicher schwer.

Vor einem Geschäft saß ein älterer Herr mit einer Wasserpfeife und ließ sich seinen Tee schmecken. Vor dem Laden hingen auf Gestellen Teppiche. Beanstock erschien der Herr seriös zu sein und er fragte ihn nach kurzer Begrüßung nach dem Weg. Das war etwas schwierig, da der Mann nur arabisch und französisch verstand. Der Butler griff zu seinem Notizbuch, schrieb den Namen der Bar auf und zeigte es dem Herrn.

Der alte Mann verstand und lächelte wissend.

Dann drehte er sich nach hinten und rief etwas in das Dunkel seines kleinen Ladens. Ein kleiner Junge in abgerissenen Hosen und einem mit Flicken überladenen Shirt erschien und fragte etwas. Der alte Mann zeigte auf Beanstock und erklärte ihm, dass der Mann den Weg nicht kannte. So vermutete Beanstock und kramte in seiner Jackentasche bereits nach einem Geldschein. Der Junge nickte eifrig und griff nach der Hand Beanstocks. Ein Schein wechselte seinen Besitzer. Der alte Mann nickte Beanstock zu und grinste.

Der Junge sprach auf dem gesamten Weg. Er holte kaum Luft und fuchtelte dabei mit seinem freien Arm herum. Beanstock verstand kein Wort, aber er fand es sehr belustigend. Sie gingen tief in das alte Viertel hinein. Hier waren die Gassen so eng, dass man meinte, die Häuser berührten sich oben mit den Dachterrassen. Wenn Beanstock einen Blick nach oben warf, sah er des Öfteren ein braunes Kindergesicht über den Rand spähen.

Aus einer Tischlerei stoben Späne, es duftete nach frischem Holz und daneben bot ein fliegender Händler frisch gebackene Fladenbrote und Pfannkuchen an. Was für eine Mischung von Aromen und Gerüchen.

Die nächste Gasse war etwas breiter und endlich hielt der Junge an und wies mit seinem Finger auf den Eingang einer Bar. Beanstock sagte das einzige Wort, das er kannte.

„Merci!" Dann reichte er dem Jungen einen Geldschein und das Kind rannte davon.

Über einem Hufeisenbogen stand in arabischen und lateinischen Buchstaben der Name der Bar.

Rubens Bar.

Hinter dem Eingang ging es durch einen kurzen Gang zu einem Innenhof. Ein plätschernder Brunnen in der Mitte verbreitete einen Hauch von Frische.

Rund um den Brunnen standen niedrige Tische umgeben von bequemen Korbsesseln. Im Hintergrund zog sich ein breiter Holztresen entlang der Wand, hinter dem ein Herr in arabischen Gewändern mit einem Shaker Cocktails mischte. Ein Kellner in schwarzen Pumphosen und einem weißen Hemd kam mit einem Tablett, auf dem sich Teekanne und Gläser befanden. Er sah Beanstock fragend an und zeigte ihm mit einer Geste seiner freien Hand, dass er sehr willkommen wäre.

In einer Nische unter dem umlaufenden Arkadengang sah Beanstock das Ziel seiner Suchaktion.

Die drei Leute, die um den runden Tisch saßen, blickten dem Butler entgeistert entgegen.

Beanstock nahm sich einen Sessel und setzte sich dazu, als wäre er der Überraschungsgast auf den alle sehnlichst gewartet hatten.

Ein Kellner erschien mit einem Tablett und stellte Gläser, einen Teller mit Dattelkeksen, Zucker und eine silbrige Teekanne auf den Tisch.

„Danke, dass Sie mit dem Tee auf mich gewartet haben. Den können wir jetzt gut gebrauchen", sagte Beanstock in die Runde. Er griff zu der Kanne und schenkte ein.

„Sie müssen wissen, dass ich als Butler daran gewöhnt bin, Tee einzuschenken. Also nehmen Sie es mir nicht krumm."

Von der anderen Seite des Tisches kam kein Wort. Die aufgerissenen Augen in den bleichen Gesichtern konnten sich nicht von diesem Anblick trennen.

Beanstock nahm einen Schluck von seinem Tee, setzte sich bequem in dem Sessel zurecht und sah erwartungsvoll in die Runde.

„Wie haben Sie es verdammt noch mal herausbekommen Mr Beanstock", begann nun Mr Friday.

Neben ihm saß Nastja und an ihrer Seite nicht ihre Großmutter. Neben ihr saß der junge Mann in dem feinen hellen Anzug, den Beanstock am Morgen vor dem Schiff mit Mr Friday gesehen hatte.

„Sie sind dann wohl die Großmutter, Gräfin Orlowska. Ich dachte mir, dass Sie hinter den großen Hüten und den Schleiern vor dem Gesicht etwas verbergen. Aber auf einen jungen Mann wäre ich dann doch nicht gekommen. Kompliment für Ihr schauspielerisches Talent. Sie sollten nur daran denken, immer mit dem gleichen Bein zu humpeln. Mit wem habe ich denn das Vergnügen?"

Beanstock sprach weiter, während Nastja immer wieder ängstliche Blicke zum Eingang der Bar warf.

„Sie müssen keine Angst haben. Ich habe die Polizei nicht verständigt. Noch nicht. Zuerst möchte ich eine Erklärung von Ihnen. Ich habe schon lange das Gefühl, dass Sie die ganze schlimme Situation an Bord der Matilda nicht verschuldet haben. Liege ich da richtig? Sie sind mit einer Betrugsmasche unterwegs und durch Frank Valentin in eine brenzlige Situation geraten, aus der Sie keinen Ausweg mehr wussten. Er hat Ihnen übel mitgespielt.

Habe ich recht?"

Mr Friday begann zu erzählen.

„Bitte glauben Sie mir Mr Beanstock. Niemandem sollte jemals ein Haar gekrümmt werden. Die junge Frau neben mir heißt Daphne und ist meine Tochter. Und der junge Mann heißt Jo und ist ihr Ehemann. Die beiden haben so viele schlimme Erlebnisse hinter sich. Sie tingelten in den Kriegsjahren durch Theater und zweifelhafte Etablissements." Mr Friday nahm einen Schluck Tee und fuhr dann fort.

„Die beiden verlegten sich durch einen Zufall auf die Betrügereien. Meine hübsche Tochter hier war immer ein leichtes Ziel für die Herren. Eines Tages lernte sie einen sehr reichen Mann kennen. Jo hatte zuerst Bedenken, aber als alles so gut lief, kamen sie nicht mehr davon los. Schließlich verlegten sie sich auf Kreuzfahrtschiffe. Nach dem Krieg waren hier eine Menge einsame Herren mit viel Geld zu finden. Ich war nach dem Krieg als Zahlmeister auf den Schiffen und konnte Ihnen genaue Listen mit potenziellen reichen Kandidaten zukommen lassen. Die Sache mit den verlorenen Schmucksachen haben die beiden erst zweimal versucht. Bitte glauben Sie mir. Als dann Frank Valentin auftauchte, konnten wir nicht so einfach verschwinden. Er erpresste die beiden. Ich vermute, wenn er keinen Spaß mehr mit meinen Kindern gehabt hätte, wären die beiden bereits Fischfutter."

Beanstock schwieg. Er musste erst verarbeiten, was er da gehört hatte. Was für eine verfahrene Situation.

Der junge Mann griff nach der Hand seiner Frau und

drückte sie.

„Ich habe diesen Parasiten umgebracht. Nehmen Sie mich mit. Ich werde mich stellen. Lassen Sie die anderen gehen."

Daphne kullerten Tränen aus den Augen. Ihr Makeup kam ins Rutschen und schwarze Bäche überzogen ihre Wangen. Beanstock nahm eines seiner Taschentücher aus der Jackentasche und reichte es ihr. *Also war es sogar hier im entfernten Marokko gut, immer genügend Tücher dabeizuhaben,* dachte er bei sich.

„Das kommt gar nicht in Frage, mein Junge. Ich habe Frank Valentin umgebracht. Ich allein habe den Plan durchgezogen. Kommen Sie Mr Beanstock, gehen wir", sagte der Zahlmeister und erhob sich.

Beanstock blieb sitzen und genoss den ausgezeichneten Tee. Mr Friday setzte sich zögernd. Er konnte sich auf diesen Mann einfach keinen Reim machen.

„Wissen Sie, ich bin ein Mann von Grundsätzen. Es gibt bereits mehr als vierzig Regeln, die ich festgelegt habe und zuhause auf Parsley Manor rigoros durchsetze. Ich bin absolut diskret, was meine Herrschaft angeht. Ich bin jederzeit bereit für meine Baronets durchs Feuer zu gehen. Für mich ist ein Verbrechen ein Verbrechen. Wenn jemand einem Menschen das Leben entreißt, ruhe ich so lange nicht, bis ich den Mörder gefunden habe und seiner gerechten Strafe übergebe. Und soll ich Ihnen etwas sagen?"

Die drei waren ganz Ohr und beugten sich etwas nach vorn, um ja nichts zu verpassen.

„Frank Valentin hatte eine schwarze Seele. Er hat so

vielen guten Menschen böse mitgespielt. Ich vermute noch viel mehr Morde auf seinem Konto. Das wird Scotland Yard eine Weile beschäftigen, aber letztendlich werden einige ungeklärte Fälle dadurch zu den Akten gelegt. Und was diesen Tänzer Valentin angeht? Ich meine er hat sich versehentlich selbst vergiftet. Ende. Meine Dame, mein Herr, ich denke, Sie haben sich für Ihre zweiten Flitterwochen eine wunderbare Gegend ausgesucht.

Casablanca ist ein Sehnsuchtsort. Denken wir nur an diesen wundervollen Film mit Humphrey Bogart und Ingrid Bergman. Wundervolle Musik, Sie müssen wissen, ich liebe Musik. Ich wünsche Ihnen ein glückliches Leben und hoffe nicht, dass wir uns irgendwann in Britannien wiedersehen. Ich hoffe weiterhin, dass Ihre Karriere als Betrugspaar beendet ist. Sie kommen doch sicher mit mir zurück an Bord, oder Mr Friday? Schließlich freuen Sie sich auf Ihr altes Dorf und das Bier im Pub mit Ihren alten Freunden."

Beanstock stand auf und ging zum Ausgang.

Mr Friday umarmte mit Tränen in den Augen seine Tochter und Jo und schloss sich Beanstock an.

„Verdammt anständig von Ihnen. Sie sind ein guter Mensch", sagte Mr Friday auf dem Weg zurück zum Schiff. „Ich wäre hiergeblieben und wir wären wahrscheinlich ewig auf der Flucht gewesen. Ich hätte meine Heimat nie wiedergesehen. Danke Mr Beanstock."

Der Rest des Weges schwiegen beide.

Als Beanstock in seiner Kabine war und sich umziehen wollte, klopfte jemand Sturm an seiner Tür. Er riss die Tür auf und dachte schon an das Schlimmste, als er Gonzales vollkommen außer Atem davorstehen sah.

„Was ist passiert? Was ist mit den Baronets?"

Gonzales hielt sich schnaufend am Türrahmen fest und fächelte sich Luft zu. Dann schluckte er ein paar Mal.

„Sie sind! Sie sind!" Er bekam es nicht heraus.

Beanstock verkrampfte sich.

„Was, Señor Gonzales, was?", rief er außer sich.

„Sie sind weg! Die russischen Damen sind geflitzt. Wir haben nicht aufgepasst und die Matilda legt gleich ab!"

Beanstock entspannte sich.

„Es ist alles in Ordnung Gonzales. Sind die Herrschaften zurück an Bord? Ist alles zu ihrer Zufriedenheit verlaufen?"

„Ja, natürlich, was denken Sie! Aber was ist mit den beiden Frauen?"

„Señor Gonzales, es gibt auf der Welt nicht nur Gut und Böse. Meistens ist es etwas dazwischen. Sie gehen jetzt in Ihre Kabine und ziehen sich für den Abend frische Sachen an. Ich habe Ihnen doch in Gibraltar einen Anzug gekauft. Dann treffen wir uns in der Offiziersmesse zum Essen. Sagen wir in einer Stunde. Ich werde inzwischen ein Auge auf die Herrschaften haben."

Aus einiger Erfahrung wusste Gonzales, dass es keinen Sinn hatte nachzufragen. Der Butler würde, gemäß seiner Philosophie der Schweigsamkeit, nicht mehr verlauten lassen als nötig.

Also ging der Chauffeur mit hängenden Schultern enttäuscht davon.

In der Kabine der Baronets war man bester Stimmung.

Der vorletzte Abend an Bord wurde mit einem großen

Abschiedsball gefeiert. Captain Wilson, in seiner besten Galauniform, hielt eine denkwürdige Rede. Das Dinner fiel zur Freude Sir Percivals diesmal sehr opulent aus und danach zeigten die Tanzgirls auf der Bühne ihr Können. Die Band spielte zum Tanz und Casablanca verschwand mit all den Problemen dieses ereignisreichen Tages im Dunst der Nacht. Bald schon durchpflügte die Matilda das ruhige Meer und nahm Kurs auf England. Beanstock atmete auf. Er sog tief die salzige Luft ein. Er war zufrieden.

Gonzales erschien neben ihm an der Reling. Er sah zu dem Butler und hätte zu gerne gewusst, wie dessen Tag verlaufen war.

„Was für eine Reise, Señor Beanstock. Ich freue mich so auf Parsley Manor. Was haben Sie mitgenommen aus Casablanca?", fragte Gonzales und hoffte dem Butler noch eine Kleinigkeit entlocken zu können. Und er wurde nicht enttäuscht. Allerdings bekam er eine Antwort, die ihm nicht die erhoffte Information brachte.

„Nun Gonzales, ich nehme etwas sehr Schönes mit aus Casablanca. Auf dem Markt habe ich ein glitzerndes Tuch für Lucinda erstanden. Sie wird sich freuen. Meinen Sie nicht auch?"

Die Band spielte *As time goes by*.

„Und es ist immer noch die gleiche alte Geschichte", sagte Beanstock leise. „Ein Fall von tu es oder stirb, die Welt wird Liebende immer willkommen heißen, während die Zeit vergeht."

Gonzales fragte sich erstaunt, ob der Butler nicht doch ein Romantiker war.

Heimat. Für jeden etwas anderes

Während die Matilda neuen Proviant an Bord nahm, ein neuer Zahlmeister vor Captain Wilson salutierte und die Seaman bewaffnet mit Pinseln und Farbeimern die Reling neu strichen, saßen die Baronets und ihre Freunde im gemütlichen Salon von Parsley Manor und tranken genüsslich Tee.

Die Matilda nahm Kurs auf ein neues Ziel und Captain Wilson war glücklich. Das waren sein Schiff und seine Heimat.

Gonzales stand in seiner Garage, polierte seinen geliebten Bentley. Das war seine Heimat geworden. Hier wollte er alt werden. Spanien war weit entfernt und langsam verblasste die Erinnerung.

Durch den Garten flitzte Lucinda, ein glitzerndes Tuch um den Hals und Junior bellend und springend im Schlepptau. Sie hatte nach der schweren Zeit eine Heimat gefunden. Sie hatte hier Freunde, die sie am liebsten nie mehr verlassen wollte. Vor allem Mr Beanstock war für sie die Heimat.

Der Gärtner schaute aus dem Fenster des Gewächshauses und schmunzelte. Mortecai rieb sich an seinem Hosenbein und schnurrte. Hier war er zuhause. Er wusste genau, was er für Glück gehabt hatte. An die Zeit vor Parsley

Manor wollte er lieber nicht mehr zurückdenken. Das durfte niemand erfahren.

In der Küche rührte Mrs Porkpie in einer Schüssel, während Phillis in Whisky getränkte Rosinen hineinfallen ließ.

Phillis hatte hier in dieser Küche bei dieser manchmal etwas ruppigen Köchin ihr Zuhause entdeckt.

Lizzy kam durch die Tür, wie immer eine Melodie auf den Lippen, und ging hinaus in den Garten, um Wäsche aufzuhängen. Sie blickte hinauf zum Himmel, sie sah zu den Baumriesen ringsum, sie hörte die Vögel zwitschern und fühlte sich wohl in ihrem neuen Zuhause.

Harrison lag unter einem der Bäume, rauchte eine Zigarette und hatte die Augen geschlossen. Neben ihm lag die Harke und ruhte sich aus. Das hatte sie verdient. Mr Beanstock war nicht in Sicht. Harrison kannte dessen Gewohnheiten und wusste, der Butler saß im Moment in seinem Büro und trank mit Mrs Argyle Tee.

Mrs Argyle beobachtete Beanstock und lächelte still. *Wie froh er ist, wieder hier zu sein*, dachte sie. *Ich bin froh, ihn gesund wiederzuhaben. Natürlich auch unseren Gonzales, aber ohne Beanstock? Das wäre nicht meine Heimat ohne ihn.*

Und Arthur Reginald Beanstock? Was war Heimat für ihn?

Er genoss den guten Tee, er griff nach dem nächsten Ingwerkeks und sah aus dem Fenster auf die vertraute Welt. Hier wollte er bleiben.

Mr Friday hatte sich von ihm verabschiedet. Ihm lange die Hand gehalten und still gedankt. Er war sicher schon dort, wo er auch sein sollte. Umgeben von Freunden und mit einem guten Ale vor sich im Pub seines Heimatdorfes.

Beanstock lächelte bei diesem Gedanken.

Was war eigentlich mit dem armen Professor Pott?

Am Tag der Abreise aus Casablanca war er traurig an Bord zurückgekommen und hatte Beanstock sein leeres Schmetterlingsnetz gezeigt. Er hatte die Chance verpasst, etwas in der Welt der Entomologie darzustellen. Der afrikanische Wollnasentrommler war am Mittelmeer nicht zu finden. Man würde ihn im Naturkundemuseum auslachen. Vor allem Dr. Victor Magnus, dieser blasierte Schnösel.

Beanstock konnte ihm keine tröstenden Worte spenden. Dafür war ihm die Welt der Schmetterlinge zu fremd.

Die Passagiere gingen in Southampton von Bord der Matilda. Beanstock kümmerte sich um das Gepäck. Auf einem der Koffer landete eine violette Schönheit mit zarten Flügeln.

Professor Pott stand in der Nähe und Beanstock machte ihn darauf aufmerksam. Sofort war das Netz bereit und der hübsche Vertreter seiner Art gefangen. Miss Gunner kam mit ihrer Kamera.

„Professor! Sie werden diesem schönen Tier doch wohl nichts antun? Ach bitte nicht!", rief sie.

Als der Professor sich von der Überraschung erholt hatte, wies er mit zitternden Fingern auf den Schmetterling.

„Das ist der grüngelbgepunktete violette afrikanische Wollnasentrommler. Verstehen Sie, was das bedeutet? Ich habe ihn gefunden und ich kann nachweisen, dass er auch bei uns vorkommt. Wie wunderbar ist das denn?"

Der Professor bekam rosa Fleckchen auf den Wangen.

„Aber sehen Sie, ich mache ein paar Fotos und dann können Sie es doch beweisen oder? Bitte tun Sie ihm nichts! Mr Beanstock, sagen Sie doch etwas!", lamentierte Miss Gunner.

„Meinen Sie nicht Professor, dass dieses Tier aus dem Mittelmeergebiet mit uns gereist kam? Vielleicht sollten Sie auf Miss Gunner hören."

„Nehmen Sie mir nicht diese Freude!", rief der Professor aufgebracht.

„Sehen Sie es einmal so. Vielleicht begründen Sie mit diesem Tier eine neue Art, die in England heimisch wird. Das wäre ein noch größerer Erfolg oder?", fragte Beanstock.

„Aber er ist so schön", redete der Professor weinerlich weiter. „Vielleicht legen wir mit seiner Freilassung die Grundlage für eine Kolonie von Wollnasentrommlern in Großbritannien. Ja vielleicht. Na gut, Sie haben mich überredet. Machen Sie Fotos. Aber die Fotos müssen perfekt sein und ich muss mit darauf, sonst glauben die es nicht."

Miss Gunner gab sich Mühe und dann ließ der Professor das hübsche Tier frei. Der Falter drehte ein paar Runden um die Gruppe, als Dankeschön, und sah sich in seiner neuen Heimat um. Es war wohl etwas kälter als in Afrika, aber er würde sich anpassen. Das war jetzt seine Heimat.

*

BEANSTOCK –
MORD AUF PARSLEY MANOR

ISBN: 978-3-752-87721-2
Auch als E-Book erhältlich

Beanstocks erster Fall: Ein untergetauchter Spion und eine geheimnisvolle Mordserie.

Auf dem Stammsitz der Baronets Parsley ereignet sich ein heimtückischer Mord. Der Butler Arthur Reginald Beanstock muss feststellen, dass die örtliche Polizei mit den Ermittlungen überfordert zu sein scheint.
Bald schon ereignet sich ein weiterer Mord. Und diesmal betrifft es den Haushalt seiner Herrschaft. Beanstock ermittelt und findet Hinweise auf eine Verschwörung, die ihn tief in die Vergangenheit zurückführt, als Spione noch die Lizenz zum Töten hatten und Cambridge nicht nur Studenten anlockte.

BEANSTOCK –
DAS GÄNSEBLÜMCHENKOMPLOTT

ISBN: 978-3-7481-1080-4
Auch als E-Book erhältlich

Beanstocks zweiter Fall: Eine Selbstmordserie in London und die geheime Dienstbotenverbindung Daisy Chain.

Ein unscheinbares Gänseblümchen dient der geheimen Verbindung *Daisy Chain* als Erkennungszeichen.
Als sich eine alte Freundin des Butlers Arthur Reginald Beanstock umbringt, ist es für den Butler der Baronets von Parsley eine Sache der Ehre, den Fall zu untersuchen. Er kann sich nicht vorstellen, was die alte Nanny dazu getrieben haben könnte.
Er reist nach London und kommt wieder einmal einem verwickelten Fall auf die Spur. Dann geschehen noch weitere Selbstmorde und selbst Inspector Morris von Scotland Yard glaubt nicht mehr an einen Zufall.

BEANSTOCK –
DIE BARKE DES TEREMUN

ISBN: 9783749451555
Auch als E-Book erhältlich

„Kennt der Nil dein Geheimnis – so wird es bald in der Wüste bekannt sein."
Arabisches Sprichwort

Und Geheimnisse gibt es wieder einmal für Beanstock zu untersuchen. Ein kostbarer Skarabäus führt den Butler Beanstock mitten in ein neues Abenteuer. Diesmal bekommt er es mit dem organisierten Verbrechen zu tun.

Eine skrupellose Grabräuberbande, ein undurchsichtiger Archäologe und eine verrückte Autorin machen es ihm schwer, das Rätsel um den goldenen Käfer aus dem alten Ägypten zu lösen. Was erwartet die Schatzsucher am Ende in Ägypten? Ruhm und Ehre? Oder wartet der Tod am Nil.

PETER SCOTT UND DIE LÖWEN VON ENGLAND

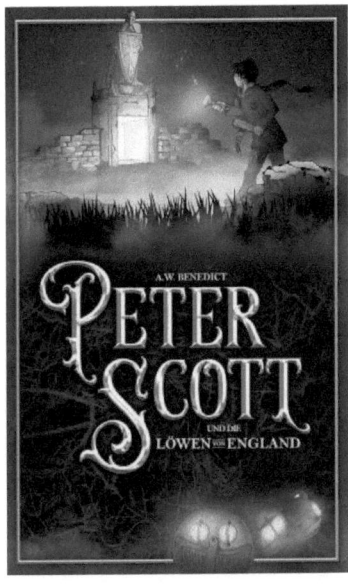

ISBN: 978-3-7481-7392-2 (auch als Kindle E-Book erhältlich)

Ein Schüler an einem College in England, ein Tor in eine fremde fantastische Welt, ein mächtiger Gegner: Das neue Fantasyabenteuer rund um den jungen Peter Scott.

Ein einziger Augenblick stellt die gesamte Welt des jungen Peter Scott auf den Kopf. Eben noch ein Schüler unter vielen anderen im Witfield College wird er im nächsten Moment in ein Abenteuer hineingezogen, wie er es sich niemals hätte vorstellen können. Peters erstes Jahr an der Schule in England wird für ihn die spannendste und aufregendste Geschichte seines Lebens. Immer wieder trifft er auf Denkmäler mit steinernen Löwen. Und warum ist sein Onkel Sam plötzlich nicht mehr auffindbar? Peter muss etwas unternehmen. Für ihn und seinen besten Freund Alan öffnet sich eine fremde, fantastische Welt, die ihre kühnsten Träume übersteigt. Mithilfe neuer und alter Freunde muss er sich dem Kampf gegen einen mächtigen Gegner stellen.

MAGDEBURGER MORD(S)GESCHICHTEN

ISBN: 9783746046662
Auch als E-Book erhältlich

„Och, in Magdeburg ist ja nichts los."
Vertreten Sie auch diese Meinung?
Wenn ja, dann sind Sie aber gewaltig im Irrtum.
In unserem ersten gemeinsamen Buch haben wir die ganz großen Kriminalfälle nach Magdeburg geholt. Alle Ähnlichkeiten mit bekannten Buch- oder Filmtiteln sowie den dazugehörigen Figuren, egal ob gut oder böse, sind also absolut nicht zufällig, sondern beabsichtigt.
Braesi & Benedict
Der Magdeburger Mörderclub